阅读之前 没有真相

午夜文库

轮椅上的真探系列之一

犯罪者的七不规范

张舟 著

新 星 出 版 社　NEW STAR PRESS

序曲

很久很久以前，有个小镇鼠患成灾。居民束手无策，黑死病的阴影笼罩着每个人的心。

一天，镇上来了一个外乡人，他说他能消灭鼠患。镇上的人大喜过望，承诺事成之后会付五千金币的谢礼。于是当天夜里，外乡人从腰间取出一支神妙无比的笛子，悠悠然吹着，一边吹一边往镇外走。只见成千上万只老鼠从各处涌出，汇聚成黑压压的一大片，追随笛声而去。吹笛人蹚水过河，老鼠也都像中了邪似的，竞相投水，不久就死了个精光。

全镇的人都给出了喝彩和欢呼，却没几个人肯给钱。既然老鼠都已经死光了，不拿金币出来好像也不会有什么不好的后果嘛。镇委会的干事们挨家挨户上门劝说，第一轮只收到了五十金币。迫于无奈，由镇长做主，更改了劝说的方式。终于，到了第二天早上，五千金币凑齐了！镇子的信誉保住了！

吹笛人带着人们的千恩万谢和一大袋金币上了路。

忽然一辆马车疾驰而过，将他撞倒在地。马车片刻也不停地驰远了。不久，几个卖菜的小贩走来，看看吹笛人，发现他两腿已断。他们想了一会儿，就伸手解开金币的袋子，拿走了他们昨晚交出的金币。

吹笛人在路上躺了整整一天，几乎全镇的居民都从他身边经过。每个人都不想惹上麻烦，所以脚步匆匆，只从袋子里拿了自家的金币就走。天快黑的时候，袋子里只剩下了五十金币，奄奄一息的吹笛人用力睁开眼睛，仿佛在等待命运光临。

一个抱着小孩的男人出现在他眼前。

五十个金币的主人，沐浴在夕阳的余晖中，泛着橙黄色的光，看起来很温暖。

“我才听说这个事……”男人为难地看着吹笛人，“可我不知道自己该不该把你这事担起来。”

吹笛人不说话，静静地望着男人怀里的孩子。孩子有一张花儿般粉嫩的脸。

男人叹了口气，放下小孩，把吹笛人抱了起来。

吹笛人的体格并不特别瘦小，抱起来却也不怎么费劲。男人让孩子牵住自己的衣角，把吹笛人抱回了家。

这个家里没有女人，男人不太灵巧地收拾了床铺，弄好了食物。他想请医生来给吹笛人看看腿，但镇上的医生谁也不肯来。吹笛人只好半死不活地在床上躺着。

这样下去，吹笛人会不会死呀？

不死的话，不知会拖多久呀？

邻里之间，会产生多少闲话呀？

男人忧心忡忡地搂着孩子睡下了。

然而只过了大半宿，也就是天快亮时，男人突然惊醒，发觉吹笛人正站在自己和孩子的床前。此时恰是黎明前最黑暗的一刻，男人奋力眨眼，也只能隐约看到一个黑影。

吹笛人面目模糊，阴森森，死气沉沉，连那双眼都是暗淡无光的，像两团灰色的雾。

“我做不来好事……只能用这种方式报答你了。”

那语声中的险恶令人不寒而栗。

没等男人发问，吹笛人已从腰间取出笛子，轻轻一晃，短小的笛子就变成了一把漆黑的长柄大镰刀。说时迟，那时快，刀光闪动，向孩子两腿斩下。男人和惊叫起来的孩子当场晕了过去。

男人醒来时，吹笛的妖人早已不知去向。孩子的腿从此落下残疾。

救了断腿的吹笛人，独生子的腿却反被砍坏——镇上的居民都说，这就是背叛镇子去讨好妖人、亲近妖人的下场。

过了大半个月，在一个月圆之夜，街角响起了熟悉的笛声。全镇的孩子就像中了邪似的，追随笛声飞奔而去。只有那个双腿残疾的孩子无法追赶笛声，得以幸存。

孩子把这桩奇遇编成童谣，一代一代传了下来。据说，吹笛人其实是神，是掌管人类生杀大权的死神。他至今仍在人间徘徊，检验着人性中的罪恶。

第一乐章

目录

猎　狐

始动篇

Chapter 1

闹市区。

高楼林立，车水马龙，行人步履匆匆。

招牌、横幅和高音喇叭里频频闪现父亲节的广告，但大部分商厦的男士馆依然乏人问津。Solaria Plaza作为本市的顶级购物中心，四楼男士馆尤为冷清，只有三三两两的顾客，在店员恭谨而淡漠的视线中或驻足或闲逛。

这是极为普通的商业街一景。

却配上了毫不协调的解说词。

“正如在座各位所知，有一位神秘的杀手，两年前于缅甸，在几乎绝无可能的状况下，刺杀了一名政界要员。当时有大批军警保镖在场，不计其数的摄像头、手机镜头以及训练有素的人类肉眼记下了杀手的相貌，美貌绝伦而又恐怖绝伦……（屏幕画面从Solaria Plaza的监控视频切换到缅甸官方提供的图文影像资料）……那非同凡响的美貌和迅雷般的血腥手段想必早已深深刻在各位脑子里了吧。事后那位政要的势力土崩瓦解，我们才知他竟是当世三大毒枭之一。而杀手也由此一击成名。奇妙的是，在此后的三桩刺杀大案中，杀手的形貌每次都大不相同，却在现场留下了同样的简笔画：一只九尾狐。由此国际刑警组织将其命名为九尾妖狐，并请求各国警方合作，实施猎狐行动。”

一个苍老的男声，清晰沉稳地读着案头的文书。

极恶杀手妖狐，两年四大案，令黑道大佬闻风丧胆，警界精英一筹莫展，政经要员惶惶不可终日。

妖狐接单的频率不高，可四名死者既是政界要员，亦是黑道大佬，因此朝野震动，连黑白两道的格局也为之一变。

有传言说，妖狐独来独往，不属于任何帮会，收费杀人，童叟无欺。

也有传言说，妖狐其实是东南亚大黑帮“极乐极道”的二把手，权势熏天。

更有传言说，妖狐外表千变万化，技艺高深莫测，因此是好几个帮会的骨干，随时都能挑拨离间篡位夺权。

而最离奇的传言是，妖狐并不是一个人，而是一个隐匿在黑道最深处的杀手组织。

（屏幕画面切换到后三次刺杀案件的图文影像资料。）

与一般杀手不同，妖狐行刺，每次的武器和手法都不一样，即使被人目击，也不会杀人灭口。

毋宁说更希望被人目击。

警方得到了丰富的目击者报告，却只有被愚弄的感觉。

妖狐有时是玉树临风的东方男子，有时是艳光四射的金发女郎，有时是风度翩翩的老学究，更有一次，竟是一个天使般可爱的孩童！

姓名不详，真容不详，年龄不详，性别不详。

形貌千变万化，道行高深莫测。

——这就是九尾妖狐。

“也不用想太多，或许妖狐并不存在，只是各国警方迫于破案率的压力集体捏造出来的。”会议桌末席有个男人发出了调侃的声音。

“闭嘴，现在不是开玩笑的时候！”发言的老人，S市公安局局长瞪了这男人一眼。

“好吧，也可能是模仿犯嘛，比如说，帮会的二把手篡位杀人，假称是妖狐所为，方便撇清自身的嫌疑。又或者，有些杀手想提升自己的出场费，就自称妖狐去接单，毕竟妖狐也没个资格证书什么的，真妖狐想维权打假也挺难呢。”

“现在不是你要嘴皮子的时候！”局长额角爆起了青筋。

男人耸耸肩，不说话了。

这个男人名叫叶胜英，是市局的刑警支队长。他精明能干，在业内极具声望，但在这个已经持续了八小时的高级别会议中，只能坐末席，恭听各位领导发言。

由于妖狐形貌不定，而四次现身唯一的共同点是美貌，黑白两道的大佬不得不纷纷割爱，遣走自己宠爱的美人。更有几位处境尴尬的，竟不得不与自己年轻貌美的妻子，以及妻子生下的娇儿爱女别离。毕竟妖狐既有成年形态，也有孩童形态。

也正是因此，权势熏天的大人物们急欲除之而后快。

妖狐的危害性其实并不比走私贩毒卖军火更大，但奋战在一线的干警受到了空前巨大的压力。

会议持续了八小时，显然还要持续下去，在座的每个人都疲劳之极了。

于是，带着西方人特有的俏皮劲儿，国际刑警组织的法方代表安德烈警官开了个不合时宜的玩笑。

“我们有充分的证据相信妖狐在警界高层有内线，甚至他本人就是警界的一位官员。依他那神出鬼没的作风，如果有人告诉我，他眼下正坐在我们的议事厅中，我也丝毫不会感到惊奇。”安德烈警官故作正经地说了几句话，却憋不住自己先笑了起来，“因此，用那几位神经过敏的大人物的方法来判断，我们之中最俊美的警官就是妖狐无疑了。”

众人的目光齐刷刷地……不，应该说是横七竖八地投向了会议桌的两端。

末席的叶胜英警官，因为受了局长训斥正窝在沙发椅里生闷气，忽然察觉到众多视线集中到自己身上，连忙咳嗽一声，坐直了身子。他从基层干起，黑白两道混得烂熟，总难免有些匪气。

当然，有更多的目光投向了首席，这次的专案组最高领导，从省厅下来督导工作的总指挥官高穆。

十二年前，高穆从公安大学毕业，省考双冠，进入S市公安局工作，最初是叶胜英的部下，五年前升任副局长，两年前平调至省厅任刑警总队长，两月前晋升为省厅副厅长，是一位不可多得的技术型官僚。

这火箭炮般青云直上的晋升速度并不常见，所以坊间总结了两条理由：一、省委书记是高穆的姐夫；二、高穆是省委书记的小舅子。

安德烈警官自然不可能了解其中奥妙，他只是看看英俊的叶胜英，又看看清俊的高穆，感到两人形貌确实难分高下。

高穆已经长得很好看了，他姐姐作为一个女人，又该是怎样的绝代佳人呀！这是外界经久不衰的谈资，很显然不会让高副厅长心情愉快。

局长不想看高穆的脸色，只能腹诽安德烈警官废话太多。

“您建议将我也列为妖狐的嫌疑人选？”疲劳使高穆嗓子发干，但那柔和的语声带上少许沙哑之后，反而显出了几分性感，“有点意思，我赞成。”

“呃，我说……”叶胜英举手要求发言。

他总算学会了举手，但局长还是不想让他发言。可惜安德烈警官抢先了一步：“叶队长，请说。”

“如果我是一名女警，您的玩笑话事实上已经构成了职场性骚扰。”

……尴尬。

果然更尴尬了。

……尴尬的冷场。

高穆抬了抬手，正要发话。

“可我并不是女警。”叶胜英接着讲道，“只因为性别，呃，就造成了无法指控，就这一层面而言，我认为我们的《治安管理处罚法》该补充点内容了。”

高穆呵的一声笑了出来，既然有他带头，厅内众人也就放心地哄堂大笑，压抑的气氛缓解了不少。

Chapter 2

猎狐行动是最高机密，连警界也只有十三位警官知情。

这次声势浩大的行动对外保密，对内则宣称是为了处理邪教问题。

先放出假消息，说潜伏在某邪教内部的卧底报告，S市闹市区的Solaria Plaza将会遭到一次恐怖袭击。然后高层表示极为重视，调动全国的精英成立工作组，除了少数刑警，还有大批武警以及深受邪教困扰的各国国际刑警们，汇集到S市准备大干一场。

一周前。

法方代表安德烈警官飞抵本埠。

就在当日，省厅专案组的人马也到了。

从某辆车里下来的长官似乎是位大人物，因为见到他的警员都匆忙敬礼。

于是安德烈警官不无疑惑地问翻译："这就是这次行动的总指挥官？我看他甚至不满三十岁！"

"咱厅花不满四十岁。"常跟老外打交道的翻译也挺幽默。

"东方人真是不可思议，年纪始终是个谜。"

安德烈的视线又移到了现地指挥官叶胜英身上。这个男人儿子都已经读高中了，却很难用"中年男子"这一类词去形容他。在安德烈看来他完全是个帅小伙，活像美国队长从电影的大屏幕上走了下来。

不过，安德烈在某次缉毒行动中和叶胜英有过深度合作，七八年前就已见证其成熟男子的风采。

当年在缅甸，叶胜英曾以一己之力制服六名持枪毒匪，所以业内声望极高，浪漫的国际刑警们还根据他的本名给了他一个美称：暗夜神鹰。

在单位里多少有点郁郁不得志的叶胜英，在黑白两道的传说中可是一位大名鼎鼎的传奇人物。

大概是感受到了安德烈的目光，叶胜英快步向他走来。

“老伙计，还记得我吗？”

“鹰，我怎么可能忘得了你！”

两人大力拥抱，随即抛开翻译，用教科书般尴尬的英语交谈了起来。

过了好久，安德烈才意识到高总指挥官已经走到这里——脸上带着客气的微笑，站在一边，正等着跟国际友人打招呼。

这种耐心而平静的姿态很让人心生好感。

见安德烈望向自己，高穆一边向他伸手，一边开口寒暄，竟是纯正的法语。

安德烈身为西洋人，常被华人误认为英语很好，其实法国人的英语水平并不比中国人高。此时听到母语，他不由一阵激动，闲话也就多了起来。由于长期在法意边境跟贩毒走私的黑手党打交道，他的法语中不断冒出奥斯塔地区的方言，察觉这一点后，高穆的法语也由正统的巴黎腔换成了奥斯塔口音。

“了不起！真是太了不起了！”安德烈警官和大部分法国人一样爱说感叹句。他握紧了高穆的手。

这双手看起来挺秀气，然而干燥、有力、很暖、很硬，跟普通官僚的手大不一样。

“说几句法语算什么，他甚至会说缅甸土著的五种方言。”叶胜英听不懂他俩说的话，但一流的推理能力让他猜得出安德烈在感叹什么。

“啊，我想起你了！我听说过你，黑眼睛的语言天才！”

在晋升前，高穆也曾随叶胜英借调到国家中心局，参与国际刑警组织的缉毒行动，只是他长期在毒窟卧底，很少抛头露面，名望远不及叶胜英。这还是安德烈头一次见到高穆本尊。

高穆谦虚了几句，然后转向叶胜英，露出了亲切的笑容：“叶队长，久远不见，甚念。”

“我也是。”叶胜英报以礼节性的微笑。

可他俩没握手也没拥抱——安德烈警官纳闷地歪了歪头。

高穆和在场的每一个人都认真打了招呼，带领专案组成员住进了市局附属的生活区三号楼。之后的两周，安德烈一天比一天认识到这位总指挥官的才能。

他的人际关系处理非常到位，两周后，也就是猎狐行动开始时，来自各地的精英和本地的干警队伍至少在表面上做到了团结一心。

安德烈长年在国际刑警组织任职，深知让隶属不同部门、怀着不同图谋而来的精英们通力合作有多困难。

在这个法国人的大脑里，完全没有“裙带关系上位”这一概念的阴影。

Chapter 3

议事厅中，屏幕画面切回购物中心的监控视频。

由于有七十八个监控镜头同时工作，视频角度各异，整个购物中心的状况一览无余。

所有出入口，连下水道和排风扇的空洞里都安装了微型摄像头。大厦内外至少有一百名便衣警察在走动巡逻。

当然，他们都以为自己是在干反恐的活儿。

猎狐行动只有议事厅中在座的十二人，以及警界的某位高官知情。

行动其实已经持续了八个月，迟迟没有进展，直到上个月才有所突破。

潜伏在黑道大帮会“极乐极道”内部的一名高级卧底，历尽艰辛，终于使帮会大佬相信自己安插在警界的内奸中出了叛徒。大佬亲自发出邀约，雇妖狐刺杀这名实际上并不存在的叛徒。

此前警方也曾多次伪装成犯罪分子发单，但妖狐从不接单。也正是因此，众人深信妖狐早已潜入警界深处。

“我原本可以在这里荣幸地向各位宣称，妖狐已落入圈套，陷入了我们的天罗地网……”

局长的解说仍在继续。

突然，屏幕上爆出了火花。

就在这电光石火的一瞬间，四楼男士馆十八个摄像头黑了十七个。

唯一还能运作的摄像头位置较偏，没有拍到爆炸的场面，当然更没有拍到犯罪者的身影和动作。

局长一贯沉稳的语声中，终于透出了极致的沉痛。

“妖狐没有用过炸药，也不杀目标之外的人。所以我们大意了。今天，出人意料的爆炸造成了七死十九伤，而且伤者还在陆续死去……请各位细看现场最后一个监控摄像头拍下来的视频，这个摄像头也只多坚持了十秒钟。”

视频倒回一分钟前。

货架和一些杂物。

一个男人走过。局长介绍说：“这是我们的便衣。”

男人走远后，镜头里又只剩下了那个货架和那些杂物。

一个女孩撞入拍摄区域。她撞在货架上，杂物陆续坠地，她匆匆回头，骇然瞪大双眼。

她就那样看着，看着……

如果别的摄像头没有损坏，就可以拍到她看的景象了。现在警官们却只有她这个人可看。

视频没有声音，只能看见火光在闪，女孩苍白的脸颊上溅到了物件的碎片和人血。

她没有抱头倒下，也没有歇斯底里地哭泣，她正对着监控镜头，死盯着监控镜头拍不到的方向。

宝贵的十秒钟在这近乎静止的画面中飞速逝去。

她眼中的惊恐最终化作了彻底的空洞。

她看到了什么？

她一直在看什么？

女孩的姓名是夏目晴，跟母亲去那里选购父亲节的礼物。警方顺利地查清了她的身份，遗憾的是这女孩伤势虽轻却出现了精神障碍，一直无法开口说话。

“她是姓夏？还是姓夏目？”有人举手发问。

“姓夏目，唔，是的，这是一个外籍女孩，父亲是日本人，母亲是华人。父亲五年前开始在本市做生意，母女俩也跟来定居。”

“真希望她不仅仅是被爆炸现场吓到了，但愿她看到了关键的东西。”

“我们已经安排了专家对她进行心理疏导。”

“太渺茫了。”安德烈警官叹了口气，“这唯一的线索也未免太不牢靠了。这一回妖狐难道又要全身而退了吗？”

“不！”

局长重重一拍桌子。

“我们正在根据监控视频进行细致的排查。以死伤者为重点，爆炸发生前二十四小时内进入大厦的人为次重点，七十二小时内进入大厦的人为候补重点，一一核对身份。在案情水落石出之前，没有一个人可以离境。这些人里如果出现失踪者、身份不明者，那就更好了。我国独有的户籍管理制度和身份证件制度，会让持外国护照的妖狐无所遁形。”

“或许，妖狐可以伪造户籍和身份证？”安德烈警官眨了眨眼睛。

“这对外籍人士来说难如登天。”

“或许妖狐也有中国国籍？”

“我们不支持双重国籍。而外国人几乎不可能在中国入籍。如果妖狐竟是一个土生土长的中国人，在居委会和地区派出所都有完整的成长资料，我认为他很难在世界各地兴风作浪，成为一名国际杀手。毕竟持中国护照出入境可不容易。”

“如果那是一位手眼通天的高官呢？”安德烈警官笑了。

“相信我，高官想要出境入境，比平民更不容易。”局长也挤出了笑容，“我们的政界要员哪怕只是想出国旅游，也得接受极为严苛的审查。”

“这么说妖狐算是出不去了？”

“安德烈警官，我们法网恢恢，不疏不漏，宛如铜墙铁壁。除非妖狐认命、服服帖帖蛰伏在墙里，那我们找他是有点难，但找到他也只是时间问题。如果他想翻墙出去……”

敲门声响起，一名警员走入议事厅，俯到局长耳边说了些什么。局长皱了皱眉，扭头向高穆说明情况。高穆的表情倒没什么变化，只是冲报讯的警员点点头。于是警员又走到叶胜英身边，低声说：“叶队长，请跟我走一趟。”

叶胜英一头雾水地起身跟他走到廊下，正要发问，只见高穆也疾步走了出来。

“紧急吗？现在的状况？”高穆问警员。

“也不算急吧。”警员看看叶胜英，脸色有些不自然。

“那我跟叶队长说几句话，你去忙吧，我们十分钟后到。”

然而，警员离去后高穆并没有开口，他只是取出一支烟咬进嘴里。

叶胜英要是个拎得清的人，这当口就该为领导点烟了。但他这方面一向有点拎不清。

“什么话？这么难以启齿？”他直截了当地问。

高穆点上烟，也递给他一支，深深吸了一口，用瞬间烧红的烟头也帮他把烟点上了。

叶胜英并没有推辞，悠悠然吐出一个烟圈后，嗤笑着说：“你变了。”

“我没，至少对你，我还和从前一样。”

“从前你对我无话不讲，现在却顾虑重重。这根本就是形同陌路的表现好吧？”

“两年不见，你没主动给我打过一个电话，亏我特地留了亲友专用的私号给你。”高穆抱怨道。

“我只是工作太忙，真的，没别的原因。”

“我以为你生我的气。”

“我这暴脾气你还不了解？我要是生你气，就会立刻操起电话把你骂得狗血淋头。”

“倒也是。”高穆失笑道。

“是有不少人上我这里来挑拨，确实，你入职比我晚，升职比我快，我的实绩，有一大半记在了你领导有方的功劳簿上。可我跟你是什么交情？过命的交情！在缅甸，在越南，在柬埔寨，我数数，嗯，你少说救过我十次命，没有你，我儿子早成了烈士遗孤。”

高穆脸上也闪过了一丝不自在，但他克制住了，很快就回应道：“叶哥，你救我次数更多。我向来只服你一人。有些话说起来可能显得虚伪，可是叶哥，跟你共事的十年，真是我最舒心的日子。你是个能干又肯干的人，我只跟你合得来。”

“可我有谁都受不了的暴脾气。”

“我受得了，我脾气好。”

叶胜英不禁大笑。

早年，暴脾气的叶队长拍案怒吼时，高穆侦查员总会在一旁温言软语地安抚；后来，叶队长还是经常大发雷霆，而升任副局长的高穆也依然温言软语，耐心劝慰。

叶胜英认为这是难能可贵的优点，但也有人私下里议论，说高穆是个殷勤而虚伪的狐媚子，跟他姐姐一样。

“叶哥，刚才的事，谢谢你替我解围。”

一个男人在工作场所被人强调美貌，很尴尬，可较真、发怒也不是体面的做法。大部分时候高穆只能死忍。

不过，叶胜英虽然跟他交情好，在这个话题上延续下去的话，气氛也会尴尬起来的，所以只是含糊答道：“哪儿的话，不就是开了个玩笑嘛，调节一下气氛。谁让你坐在那里一副眼看就要胃穿孔的表情。”

“……我以为我并没有露出什么特别的表情？”高穆不禁摸了摸脸。

“不是说你表情扭曲啦。你那次在缅甸突然吐血，也是从头到尾表情都没变化嘛。说实在的，我真佩服你的情绪管理能力。我就没在你脸上看到过情绪。”

说到这里，叶胜英忽然想起了自己的宝贝儿子。他也从来没有在儿子脸上看到过情绪。不过那小鬼恐怕不是因为管控能力强，而是生性淡漠，心里真的没什么情绪波动。

“我那次不是胃穿孔，是胃溃疡急性出血。”高穆在边上纠正道。

“反正都是差不多的毛病。”

“差很多好不好。”

“噢，对了，别抽烟了，既然胃不行。”

“一直在戒烟，只是最近压力大，不抽几支哪熬得住。”高穆嘴上辩白着，手却探入衣兜，摸出一个便携式烟灰缸，把烟头按灭了。

叶胜英认识上百个老烟枪，只有高穆会用便携式烟灰缸。

细心、妥帖、文明，这就是高穆，不俗。

不是那种清高孤傲、目无下尘的不俗。那样的不俗总会让俗人心生不快。高穆的不俗在于自律且宽容，让每一个跟他打交道的人都感到如沐春风。

叶胜英轻轻叹了口气，也把自己的烟掐了。

“你继续抽好了。”

毫不意外的言词让叶胜英摇头苦笑：“哪舍得让你吸二手烟。”

“呵，我待遇真好。”

“那是，我对亲儿子也不过如此。”

“……占我便宜。”高穆愣了一会儿，才攥起拳头敲了敲叶胜英的背。

“你调走后我大事小事都不顺遂。当部下，当搭档，当上司，你都是最好的，我被你宠坏了。”叶胜英自嘲地一笑，“这两年我可遭了大罪，没有一天不生气。其实嘛，不论上面提拔谁，我都没想法，我能有什么想法？你智勇双全涵养又好，后台也过硬，在省厅春风得意吧？瞧瞧这肩章，我一辈子都高攀不上。”

“升太快也不是什么好事。”高穆垂下眼帘，淡淡地说。

“啊，对，外面闲话是有点多。”

“我倒不在意闲话，想做大事就不怕人议论。”高穆苦笑起来，“实话跟你说了吧，这次的总指挥官省厅里没人肯当，大家推托不休，最后只好无记名投票表决，结果当选的那位副厅长突发急症、疑似胃癌，火速退居二线，于是我就被破格提升为副厅长，跑到这里来担当大任了。”

“这、这也行？”

“即使行动大获成功，我也不可能升职，毕竟刚升上来。可是，一旦失败，就会成为我一生的污点。”高穆又抽出了一支烟，咬在嘴里但忍着不点。过了好久，他才虚弱地说：“叶哥，事情发展成现在这样，我已前途尽毁，只等上面问责了。”

“只要破案就能挽回。”叶胜英用一种斩钉截铁、不容置疑的口气说出了安慰的话。

“如果真是邪教闹事，虽说有些伤亡，倒也不是大罪，也就算个办事不力吧。可是，事实是，警方设了个逮杀手的圈套，由于不想打草惊蛇，再加上对杀手的习性估算失误，没有事先安排全部群众撤离。你明白这是怎样的弥天大罪吧？破案是最基本的了，破不了案，我恐怕会进监狱。”

“可这也不是你一个人的决策啊。”

“叶哥，死难者的家属会是什么心情？对我这样的人恨之入骨吧？”

过度的劳累，让高穆两眼充血，眼圈发红。

叶胜英总觉得他眼泪都快下来了，只得小心翼翼地宽慰道：“我若是家属，就算知道了真相，也只会抱怨警察几句，但主要还是恨妖狐。”

“嗯。”高穆舒出一口气，把没吸的烟直接塞进便携式烟灰缸，“明天警方必须召开新闻通报会了，该给公众一个说法。我将亲自会见各家媒体，强调一下邪教的危害性，并当众谢罪。”

“不用吧，你太累了，本来也不用你亲自出面吧。”

“你们宣传科能力怎么样？”

“还行，跟几家主要媒体关系都不错，我们还做自媒体，几个年轻人挺会弄的，擅长网络互动，会卖萌画Q图，亲民形象深入人心。”

“那就好，底子好，我明天也能轻松点。局长说话爱打官腔，在这种大事件上容易被别有用心的人揪住态度说事，还是我当发言人比较稳妥。”

“也对，那我明天陪你一起谢罪啰。”

高穆的脸上又一次露出了不自然的表情。

“唔，十分钟过了吧？”叶胜英敏锐地问，“我究竟该上哪儿走一趟？”

高穆向左指了指。

叶胜英走了十来步，却发现高穆站在原地没跟上来。

“你不带路的话，我就这么直走……可就走到市局外面去了？”

高穆这才迈步走到叶胜英身前。见他没有停一停的意思，叶胜英一边想着他为什么回避和自己并排走，一边跟着他走到了底楼边门。

高穆推开门，霎时间，明朗的阳光涌入走廊，让叶胜英想起了高穆第一天来市局报到的情景。

……门开了，新人在门后露出了脸。那天也是阳光灿烂，新人的笑脸瞬间照亮了整间办公室。

当时叶胜英正为了桩大案不痛快，怒斥上下都是酒囊饭袋。

一般来说新人总会有点畏缩吧，但高穆只是带着礼貌的微笑在一旁静候，等叶胜英好不容易克制了情绪，才上来自我介绍。

他的自我介绍简洁而清晰，配着得体的笑容，这让叶胜英感觉好了点。然后，在区区只有三句的自我介绍之后，他又说了十五句话，每一句都直指大案要害。

是的，叶胜英大发脾气爆出来的粗话里具体有什么内容，跟随他多年的老警员没听出来，掌握着多方面信息的物鉴人员没听出来，在边上尴尬得直搓手的刑侦副局长没听出来。在场的所有人，所有人，都有点怕叶胜英，又觉得他这样发脾气很烦，只盼他快点平静下来继续干活。

只有高穆听了，听懂了。

那客气的笑容下竟不是敷衍，而是理性对待、用心思考，最终帮了叶胜英大忙。

叶胜英硬把高穆要到了自己身边，高穆不负所望，一次又一次地帮上了忙。

其实叶胜英每次大发脾气，都是因为脑子里太乱，明明好像抓到了要紧的线索，偏又理不清说不清。这种时候他总是特别焦躁，特别容易冒火，这种时候，他总是特别需要高穆安详平和的笑容。

“高穆，我记得你对心理学挺有研究？”

“还行吧，本科的时候学过一点，也帮我姐校对过几篇论文。”

高穆没有回头。

所以今天叶胜英看不到他的脸，更看不到笑容。

“我想请教你，所谓的双重人格犯罪，真的存在吗？”叶胜英凝望着他的背影。

当上了领导的男人身材往往会走样，即使不发福，身板也是松松垮垮了。只有高穆，在精疲力竭的此刻依然腰背挺拔、英气十足。

“你是问‘第二人格在主人格不知情的状况下控制身体、犯下罪行’这一类的？确实是影视文学作品爱用的题材，理论性的著作也有一些，但我们刑警目前还不太会把这种说法写入卷宗。反正就是精神疾病的一种吧。”

“哦。”

其实叶胜英也钻研过犯罪心理学，只是明知故问罢了。

夕阳的余晖中，高穆的身形几近完美，无可挑剔。可他落在走廊地上和墙上的影子却是歪斜而扭曲的。

你品格再好，也总有一个变了形的黑影拖在你身后。在镜面的世界里，总有一个正相反的你。

“叶哥，你对心理学也不是外行呀。”

高穆回转身，迎着叶胜英凝重的视线，笑了，仿佛在说“我知道你在明知故问”。

功名利禄和流言蜚语也没能破坏两人惺惺相惜的感情，然而这一刻，两人同时从对方眼中读出了深意。

——如果妖狐真在我们十三人之中，那么，只能是你了！又或者，是我自己的另一个人格，连我自己也不知情的另一个人格在作祟！

Chapter 4

高穆有丰富的海外剿匪经验，通过不合法的途径把他自己弄出国并不难，绝非普通官僚可比。

头脑、心智、手腕，乃至身体的素质与机能，他都极为杰出。

两年前他调任去省厅，换言之，跟叶胜英分开了。老实说，两年犯四案，他抽得出时间。

为什么非得认定妖狐不愿意多作案呢？或许妖狐只是国家公务员不方便频繁接单而已。

还有地点，缅甸。第一次刺杀发生在缅甸。

高穆跟叶胜英在缅甸潜伏过八个月，精通方言，熟悉地形，在好几个黑帮里搭着内线。

唯一的问题就是动机了。

高穆缺钱吗？贪财吗？很明显答案是不。功名利禄皆在手的俊才，自然不会贪那种赃钱。

那么，是他在人事关系复杂的省厅深感压抑，结果被逼出了另一重人格？所以去黑道叱咤风云快意恩仇了吗？

完美警官的另一面，是邪恶放浪的杀手？

完美本身就是一种可怕的压力，情绪管控到了极致，就出现了另一个任性妄为的“自我”？

叶胜英一边思考，一边跟着高穆走出市局。

经过一条不长的林荫道，两人到了长阳医院的北侧边门。

这家医院是市局的合作单位，是军医大学附属医院，也向普通市民开放，医疗资源在本市是数一数二的，院里不少医护人员有军衔。

和案件有关的伤患与死者，按例送入本院特区。市局的物鉴人员甚至在这儿搞了个研究所。

这次爆炸案的死难者都在特区五号楼。叶胜英知道。

“我在这里等你。”高穆终于忍不住又取出一支烟。

“瞧你这烟瘾大的，胃还经得起折腾？”

“少废话，去五号楼一〇三，EICU病房。”高穆连吸几口。那股恨不得把烟生吞活剥的劲头，让叶胜英连连摇头。

才走进五号楼就有人迎了上来，是叶胜英熟识的法医老张。

“叶队长……”老张迟疑着说，“请做好心理准备。”

受难者的样子有时相当可怖，叶胜英点点头。老张带他换上隔离衣，进行了严格的消毒后才走入病房。

只有靠门的病床上有人。床前有股子消毒水的味道，却掩不住血腥气。

“请上前仔细辨认伤者的面容，认得出这是谁吗？”

咦，这话不对劲啊，口吻也不对劲，是对待家属的公式化问询啊。

叶胜英上前一步，俯视伤者。伤者的大半张脸都包在纱布里，口鼻掩在氧气罩下，几乎看不清长相。但是……叶胜英的心往下一沉。

“认得出是谁吗？”

“保险起见，我想看一看他的身体，确认一下身体特征。”

“其实也不用。”老张的语声中透出了深切的同情。

但叶胜英已经掀开了罩在伤者身上的白布。

尽管做了紧急救治，那破烂不堪的身体仍然令人鼻酸。

叶胜英看了看，又把白布罩上了。

他的动作既不轻，也不重，既不快，也不慢，这是一种只有在充满自信与能力的男人身上才能见到的沉稳。他以同样沉稳有力的声音说道：“叶真生，是我儿子没错。”

老张把知情同意书递给他，按说该陈述一下伤情，却又不忍心给老同事雪上加霜，所以说不出话。

叶胜英一条条细看，脑髓外流，表皮剥脱、体腔破裂、多发性内脏破裂、脾切除……

“八位不同科室的主刀大夫协同奋战了七个半小时，才拉住了小叶子的命。”

“啊，谢谢，大家真给我面子。”

但大夫们都避开了，只留老张一人面对……呃，有可能爆发雷霆之怒的叶胜英。

“很快就要做进一步治疗了，大家都说会尽最大的努力把小叶子治好。”

“嗯。”叶胜英配合地签着字，忽然又想起了什么似的，问道，“我一直在开会，还没看全部视频，这孩子是在哪儿被发现的？体育用品区？”

“为什么这么问？”

“没什么。”

儿子平时只穿校服，运动时才换专用的衣履，不太可能在男装部买东西。但叶胜英并不想对同事宣传儿子的怪癖。

“唔，好像是在奢侈品专区……是了，是在那个日本女孩边上啊。爆炸发生时他推了那女孩一把，那女孩才得救了。”

“不愧是我儿子！”

叶胜英一向喜欢乱发脾气，今天却出人意料地沉得住气。

回到医院边门，见高穆还在那里抽烟，他上前去盯着高穆的脸，一字一顿地说：“我不恨警方，你不必过意不去，警方的失策我也有份。但是，我恨妖狐。”

高穆掐了手上的烟。

“你听明白了吗？我恨妖狐，我要亲手把妖狐揪出来，食肉寝皮。”

高穆的神情显得有点尴尬，但怎么说呢，倒不像是被揪住了狐狸尾巴的样子。

“你有什么话尽管说。”叶胜英盯着他不放。

“哦，那我说了，作为家属你必须回避这案子。”

“……组织需要我。”

“没办法，不能破例，这是上面的意思。”看叶胜英没有明确表现出抗拒，高穆又追加了一句，“我陪你去警械管理室交还枪弹，好吗？”

“如果我说不必，你会放心由我一个人去？”叶胜英攥住腰间的配枪，手背上爆出了青筋。

“我一定会把凶手绳之以法，相信我，叶哥。你不要知法犯法，把自己赔进去。”

“好，相信你。”长久的沉寂之后，叶胜英从牙缝里挤出了四个字。

两人沉默无言地办完了不算复杂的手续。叶胜英就此下班，而高穆也没回议事厅。他进五号楼探视了受难者。

虽是伤者家属，特事特办本来也没什么不可以。局长在电话里强调了好几次，想要叶胜英留在一线效力。

可本次行动的最高首长已经开始怀疑叶胜英就是妖狐了。

如果妖狐竟是神鹰的另一面，黑白两道将会掀起怎样的惊涛骇浪啊！

就在刚才，身在省城的首长紧急召开了一次只有四人参加的电话会议。

他从五个方面分析了叶胜英就是妖狐的可能性，认为只有一个问题难以解释。叶胜英事先知道猎狐行动的详情，不需要用一大堆人命来自保脱身，更没必要把自己的独生子也炸进去。但是话又说回来，犯罪者的冲动一向难测，把亲骨肉弄死的先例也不少见。

——高穆站在叶真生床前，握住这少年的一只手，心头五味杂陈。

啪嗒。

少年惨白的手背上落到了一点红。

一时间，高穆没反应过来。

他愣愣地看着红点迅速堆积，汪起了小小的血泊。

血水乱糟糟淌下来，把他手上的手套都染红了。

他再也支撑不住，向后方倒去。后脑一阵剧痛，不知撞上了什么。

“高副厅长！高穆！啊！医生！医生！”

老张急迫的呼唤声带来了更为嘈杂的人声，但一切声响都在迅速远去。他昏了过去。

Chapter 5

我心中一动，向镜子望去。

镜子里什么也没有。

镜子里没有我的身影。

这、这是怎么回事！

有个声音对我说，去墙外看看吧，去墙外看看另一个你，去看看真相。

所以，镜子里的“我”是去了墙外吗？

墙外是哪里？是哪里！该怎么去！

男人醒来时冷汗已湿透重衣。

眼前是熟悉的病房及陈设，正巧有面落地镜，男人立刻扑到镜子前。

“对自己的脸还是毫无印象吗？”一个柔和的女声在他背后响起。

男人这才意识到房中并非只有自己一人。他转过身，朝自己的心理医生发出了苦涩的声音："这张脸其实已经不陌生了，毕竟每天洗漱时都会看到。可我一点也没有'这就是我自己'的触动感，根本就是个不认识的人。"

"不用慌，我会帮助你的。"

"我现在已经不慌了。"

男人想不起自己的姓名和来历。

警方早就为他放出了信息，但一直没有亲属来联系。他只能住在医院的特区五号楼里。

"你的头部遭到了撞击，这两个月来我多次使用催眠术，试图唤醒你潜意识中的记忆，遗憾的是收效甚微。你在深层的睡梦之中仍然无法确认你自己。我多希望你能在镜子里看到点什么啊，哪怕不是你自己，哪怕是什么怪物，也比空无一物好啊。"

这位心理医生好像感情挺丰富？男人有点纳闷，但没表露出来，只是顺着她的话说："是啊，哪怕是非现实的怪物，也总能分析下原形什么的。空无一物……真令人费解。对了医生，我在催眠状态下的思绪为什么总是那么简单？跟一片空白也没多大区别了。"

"我有个猜想，唔，我们为什么不试一下呢，你稍等。"

医生打开记事本，在空白的页面上奋笔疾书起来。

她化着淡妆，长发干练地束在脑后，总体上说给人一种赏心悦目的感觉，但由于脸部线条较硬，手也偏大，称不上美女。

她也穿着长阳医院的白大褂，不过男人知道她身份不一般。她通常一周才来医院一次，每次来时男人都能从周围医护人员的态度中体会到"大驾光临"具体是什么意思。

男人的视线落到了她胸前的名牌上——高斐。

"好啦，来吧，在这里写下答案。"

高斐把笔塞入男人手中。

一、请简略陈述PTSD与解离性失忆症的异同。

这是一位心理学专家，在她面前最好坦诚一点。于是男人顺从地写了起来：

PTSD，post traumaticstressdisorder，一般指创伤后应激障碍，是指个体目睹或遭遇一个或多个涉及自身或他人的实际死亡、或受到死亡的威胁、或严重受伤、或躯体完整性受到威胁后，个体延迟出现和持续存在的精神障碍。

解离症的起因也多为极大的压力或极深的创伤，指的是在记忆、自我意识或认知功能上的崩解，此症发病率极低，包括解离性失忆症、解离性迷游症、多重人格异常及自我感消失症等。其中解离性失忆症被认为是最常见的解离症，此病最常见的是对个人身份失忆，但对一般资讯记忆尚存……

记事本上尽是些心理学相关的问题。

男人顺畅地写到第五题，歪歪头，停下了笔。

"毫无阻碍？"

"毫无阻碍。"

“像一加一等于二一样自然？”

“是的，非常自然。”男人看着医生，“我失去了记忆，但仍然会做算术，能骑车，能正常地生活起居，换句话说，做这些心理学的题目，就像做四则运算一样，对我来说是基本技能？”

“我的猜想被证实了。”高斐笑了，“你本身也是这方面的行家，因此下意识地，并且是有效地抗拒了我的催眠。”

“哦。”

“今天你已经累了，好好休息，下次，试着有意识地提醒你自己对我多加配合？”

“好的，那样的话一定会有进展了。”男人温顺地说。

高斐淡然一笑，起身离去。

男人则又站到镜子前，心情复杂地看着自己的身影。

一阵喧闹声在病房外响起，准是枫林五中那帮学生又来了。几个月前，闹市区的购物中心发生了一起爆炸案，炸死了好多人，有个男孩至今昏迷不醒，据说快变成植物人了。他的同学经常来看他，孜孜不倦地对着他说话。

这家医院接纳了爆炸案的受难者。重伤、失忆、昏迷的伤患很多，医护人员总是一副忙不过来的样子，病房也人满为患。男人所在的一〇八病房，好像是门诊室临时改装的，托这个福，反倒是单人病房。

“喂，几楼几楼？”

“三〇三啦。”

“小月亮上次来过。”

“她岂止来过一次呀。”

“Oh!My heart will go on and on!”

有人丢出了一句电影里的英文歌词。

他们夸张地起着哄，一阵风似的冲到楼上去了。

My heart will go on and on!

我心永恒……

两个月前，男人无意间发现自己听得懂英语。有次跟值夜班的医生一起看网络电视，他又发觉自己懂日语。

医生和护士都很高兴，围着他分析各种可能性，不断地提问，想帮他回忆点什么出来。他也相当激动。

直到有一天，他在一个美剧里听到了几句俄罗斯语，字幕组打出了“俄语，翻译无能”的字样，他才暗自心惊。他在医护人员面前掩盖了这一点，事后悄悄去了医院的图书馆。

在图书馆偏僻的角落中，他从一大堆落满尘灰的厚书里确认，自己至少精通四十三个国家与地区的语言。

难道他原本是个语言学家？

语言学家怎么会住在军医大学附属医院的特区里？主治医生也似乎来头很大？而且在特区五号楼出入的警察特别多，原来本市公安局的物鉴人员在这儿有个研究所。

从此，男人小心地掩饰着自己的才能。他不希望在恢复记忆前，就被这帮军警将自己的底细查个一清二楚。

自己究竟是什么人？

他有时也会感到困惑。

可不知为何，他本能地觉得，能否确认自己的身份并不怎么要紧，暴露身份、暴露“真相”才比较要命。或许正是因此，即使是在被催眠的梦里，镜子也映不出他的形貌来。

他原本从事的是什么行当？为什么警惕性这么高，警戒心这么强？记忆的碎片每天都会在他脑中浮起，只是他再也不愿意和身边的人讨论。

“嗨，你好。”

在食堂吃饭时，市局的叶队长又来了，端着餐盘在他对面坐了下来。

叶队长每天都来医院，很勤快，但不是为了查什么案子。那个昏迷不醒的高中生就是叶队长的儿子，他只要有时间，就会来医院照看儿子。

男人每天都会遇见他好几次，不想搭理他。有一段时间，男人甚至改为在病房里吃饭，以免他老来搭话。可这人竟端着餐盘坐进了病房。

两人独处更尴尬。男人只好又回食堂吃饭了。

男人受不了叶队长说话的口气，大概是罪犯审多了，这人的口气里总有股子刺探之意。

“儿子好点了吗？”

“毫无起色。”叶队长叹息。

“会慢慢好起来的。”

“嗯，承你吉言。”

在这种全无价值的对话中，两人吃完了午饭。叶队长掏出一包烟，甩在桌上，先给他自己点了一支，又用烟头帮男人也点了一支。

男人不知道自己会抽烟，但把烟咬在嘴上、接受对方的殷勤时，他意识到用烟头点烟需要双方都懂点技巧，否则很难点燃。但现在掩饰也来不及了，算了，会抽烟也不算什么特征吧。

“饭后一支烟，快活似神仙。”叶队长说。

这是一句俏皮话，于是男人识相地笑了起来。烟的味道是他喜欢的味道。

“你挺像我一个朋友。”叶队长抛给他一个金属盒。

盒子造型精巧，有半个巴掌大，他很顺手地拧开旋钮，朝里面掸了下烟灰。

“你倒知道用法。”又来了，那种刺探着什么的语气，“我第一次见时竟不知这是什么东西，更不知道怎么打开用。”

不妙……可既然已经用了……男人老实巴交地说：“这不就是个便携式烟灰缸吗？在日本几乎人手一个。”

“国内用的人就不多了，这是我那个朋友的爱物，值大几千呢。”叶队长拿起烟灰缸掂了掂，忽然又说：“在医院里抽烟不好，再说了，我怎么可以让病人抽烟呢！”

没等男人反应过来，他就把两支烟都掐灭了。

这人，真的莫名其妙啊。

好不容易摆脱了叶队长之后，男人回病房干坐了大半天。

其实他很想去图书馆，挖掘一下自己还懂多少东西，却担心被人盯上。在清晰地忆起自己的真实身份前，还是什么都不干比较稳妥。

他静静地望着窗户，望着天色一点一点暗下去，终于感到忍无可忍。去三〇三病房，瞧瞧叶队长的儿子去？或许并没有多大意义，却有一种积极进取的爽快感。

叶队长工作很忙，应该早就离开医院了吧。

他不紧不慢地走到楼梯口，心里还有些犹豫，就在此时，突然传来了一声尖叫。

紧接着，震耳欲聋的杂音自上而下滚滚而来。

大脑还来不及思考，他的身体已经做出了反应。

他用力往楼梯扶手上一撑，身体腾空跃起，差不多就在同时，一个孩子带着沉甸甸的书包以及破碎的板材掉了下来。他一把抱住那孩子，双双下跌，引发了更多的尖叫。就在这乱七八糟的尖叫声中，他反身搭上二楼的扶手，抱着那孩子从扶手上滑到了底楼。

嘭嘭的心跳声，粗重的呼吸声，随即而来的号哭声……都是那失足坠楼的孩子发出来的。

男人也不禁为自己的平静惊讶。

“叔叔，你好厉害！一定是体操运动员吧！”一个大眼睛黑皮肤的小美女叫了起来。这就是大家嘴里常说的小月亮了，他见过她好几次。

“别胡说，我学了这么多年体操，从没见过这样的身手。”三楼有个男孩也坐上扶手，一溜烟滑到底楼，稳稳落地。

“王梓，那是你孤陋寡闻啦。”小月亮也想滑下来，可穿着裙子，不方便。

男人放下怀里的孩子转身就走——糟了，这才想到这种情况下一般人根本做不到双方毫发无损。消息看来是封不住了，要尽量让这些孩子认不出是哪位患者救了人，有医护人员过来了，快离开现场！

对面有人挡住了他的去路。

“叶、叶队长。”

失忆至今，男人第一次在人前显露了慌乱。

叶队长分明看在眼里，却只是笑：“你真勇敢，身手真好。”

男人无言以对地看着他。

“听高医生说，你心理学造诣也不浅，总觉得你从前可不一般。你想想，想想，你会不会也是警察？刑警？武警？”叶队长有一双明亮的眼，神采奕奕，很美，可那光芒中有锋芒，刺得人心慌，“又或者是犯罪团伙啊黑帮什么的……卧底？”

“我想不起来了。”男人自暴自弃地答道。

“我会把你的英雄事迹汇报上去，等我的好消息噢！”

不，男人只希望他永远别再出现了。

Chapter 6

叶胜英走出医院时，发现高斐在林荫道上等他。这是医院到市局的必经之路。

“您还没走？”叶胜英情不自禁地说了句废话。

“也没什么事，只是我一贯谨言慎行，今天特别想找人聊聊天。”

“可以是我吗？”

“你是小穆唯一的朋友，可以信赖吧。”

“我是高穆唯一的朋友？”叶胜英吃惊地问。

“小穆的性子很随和，不过，他不大容易动真情，所以交不到朋友。”高斐撩了撩额发。

外界的人恐怕很难相信嫁给了省委书记的高斐并不是什么美

女，至少不是世俗意义上的美女。她长相随父，刚毅有余，却欠缺女性的柔美风韵。她和高穆长得一点也不像。狐媚子什么的，更是毫不沾边。

“最近我才渐渐意识到，小穆恐怕是真的……治不好了。”高斐坚毅的眼中浮现了泪花。

叶胜英当然不会蠢到在这种时候说节哀顺变。

“你不知道小穆小时候有多优秀，大家都说他迟早会当上将军或宇航员。”

好稚气的理想，又好浪漫。此时说来却唯有心酸。

叶胜英吸了口气，字斟句酌地说：“我觉得他现在这样也不错。操劳了那么多年，休息一下不是挺好？长年以来他每天只睡四小时，不加班的夜里死命读书，读不动书的时候死命锻炼，那吃苦耐劳的样子连我看着都心慌。坦率地说我之前跟他碰面时，他的精神状况已经出问题了，压力大到好像随时会吐血……哦，对了，一般人看不出来，他擅长控制情绪嘛，只有我能看出来。”

“真不愧是唯一的朋友。”

“我希望高穆能得到平凡人的幸福。”叶胜英郑重地说，“我宁可他带着这个病、这点瑕疵，不完美却很轻松地活下去。”

“我竟被你说服了。”高斐失笑道。

“塞翁失马，焉知非福，我是这么想的。”

“嗯，谢谢你。我不能常住在这里，多亏你每天都来照顾他。”

“我反正要看儿子，照顾他也是顺便啦。倒是不通知令尊令堂，真的没关系？”

“小穆当年极力支持我的婚事，结果被爸妈逐出家门。现在他变成这样，仕途也走不下去，我不认为求爸妈来看他会发生什么好事。”

意料之外的家丑。叶胜英连忙转变话题：“医生说他随时可以出院了呢。”

“这样就可以出院了吗？也是，治疗的手段已经用尽，除了好好保养也没别的法子了。”

“过些天，他应该就会跟您回省城去吧。”

叶胜英的口气里带着一种暧昧的试探，因此高斐爽快地答道：“叶队长，我想让小穆留在S市。这里是他出生、成长的地方，是他的故乡。在这里赋闲养病对他有好处。”

“赋闲？”叶胜英立刻抓住了重点。

“他已无法胜任原先的职务，省厅给他安排了一个闲职。简单点说就是保留警衔，待遇不变，但厅里不再需要他去坐班。”

“噢，太好了……”见到高斐惊异的目光，叶胜英一阵尴尬，但还是将错就错地说了下去，“这话说起来可能太自私，可我真是打心眼里希望高穆留在我身边啊。我谁都信不过，除了他。他也是我唯一的朋友。”

这番说辞高斐能相信多少，又会怎样解读，就不是叶胜英能揣摩出来的了。

他只能保证最后一句话发自真心，但愿高斐能信。

他虽然常跟人称兄道弟，却也都是虚情假意。人性的丑恶面见得太多，尔虞我诈早就成了他的本能。就连高穆病重入院，他也只是以探望为名百般刺探罢了，总想着乘虚而入，查清高穆究竟是不是妖狐。

高穆那么精明，当然看得出他的殷勤探望中没多少情谊，难怪态度总有些冷淡。想到这里，叶胜英不禁脸一红。

我唯一的朋友，真的，唯一。叶胜英默默地想，既然如此，他的脑内是不是还有一个妖狐的人格，倒也不是很要紧了。命运又把他送回了我身边，我对他细心呵护，严加看管，就算真有妖狐在，它也只会被我活活葬送到潜意识的深渊中去。

熏风拂过，路两边的梧桐叶沙沙作响，一时间，交错的光影迷乱了叶胜英的眼。

但是，长阳医院和市局那庞大的建筑群始终鲜明瞩目，不容忽视。

他已在老张那里探过口风，Solaria Plaza的监控视频已经排查完毕了，妖狐绝对没有机会离开，也就是说，妖狐目前不是在市局的附属生活区里，就是在长阳医院的病房或太平间里。

叶胜英，“暗夜神鹰”明察秋毫的眼，绝对不会放过这里。

Chapter 7

大清早，失忆的男人看到一大群人拥入病房。

“我把你的事迹向上面汇报了，局里想给你颁个见义勇为奖。”叶队长笑容可掬地说，“但你连个名字也没有，这可怎么好？所以啊，我帮你跑了好几个部门，户政科，民政局，一家家跑，总算是帮你办妥了。你会得到一个特殊的身份证，功能样式跟普通的差不多，哪天你找回了自己的记忆，这张身份证就可以注销了。”

“唔……”

“长期失忆、无法联系到亲属的人，我们就会走这个流程。毕竟也不能让病人吃医院一辈子对吧？当然了，你失忆的时间还不够长，按说还得再观察观察。我为了帮你提早走流程，可费了不少心哪，你得好好谢我。”

“多谢。”男人别无选择地说。

“怎么样？开心吗？有了身份证你就可以有自己的手机，租房买车，还可以找工作了。当然了，你现在没有学历和职历，很难找到像样的工作。所以我有一个特别棒的主意！”

“什么主意？”男人强打起精神问道。

“你不是做过高医生给你出的题吗？去考一张心理学的资格证书怎么样？当然了，报考也有学历和职历的要求，不过相信我，高医生能帮你这个忙。”叶队长冲他挤挤眼，“拿到资格证就上这里来应聘吧。这里的精神科正缺人手。这样你既能申请医院的单身宿舍，户籍还能落进医院的集体户口，堪称完美！”

“确实完美！”

病房里的每一个医护人员都大点其头。

完美，无懈可击的完美，给我身份证和户籍，给我工作和住处，体贴而又严密地监控着我——男人在心里叹了口气。

“你打算给自己取什么名字？”管后勤的老头儿热心地在男人面前摊开一本百家姓。

男人静静地翻阅百家姓。

“有哪个姓让你产生触动感吗？”

“没有。”

“那跟我姓如何？”叶队长笑了。

男人摇摇头。

“要不要跟高医生姓？”叶队长的笑容里总是有刺，刺探着什么，刺得人浑身不自在。

“其实我和高医生不熟。”男人耸耸肩。

“这么久了还没有建立起亲密的信赖关系，高医生真失败。”

“我不大喜欢亲近人。”

“好了好了，跟我姓怎么样？”管后勤的老头儿乐滋滋地插话，“以后人管我叫老狐狸，管你叫小狐狸，多好玩。”

“大爷您姓什么？”

“你猜。”

男人环顾了一圈，发现每个人脸上都是一副“你猜猜猜”的表情。看来这老头儿的姓里有门道。

“古月胡？口天吴？人可何？”

男人在百家姓的空白页上写下了三个字，S市的方言里，胡吴何都跟狐字同音。

“你也懂本地方言呀？”叶队长的刺探又来了。

“我是土生土长的本地人。”男人下意识地解释道。

“噢，那亲属怎么老也不来。”

“没有亲属了，绝户了，也是可能的。”男人冷冷地说。

看气氛有点尴尬，后勤老头儿笑着打圆场：“都猜错了。老朽复姓令狐是也。”

“好冷僻的姓。”男人的表情缓和了点。

“怎么样？跟我姓，有没有一种叱咤风云快意恩仇的感觉？令狐大侠？”

“太冷僻了，我弄个常用的就好。”

男人盯着眼前的三个字，指着最后那个字，慢慢地说：“就姓这个吧，我觉得这个姓，很贴切地表达了我目前的心境。”

“何？不错。那名呢？”

“叶队长，你觉得何为这个名字怎么样？”

“为什么要问我？”

“你对我有再造之恩，不是吗？”

吾为何……我是什么？

吾何为……我做什么？

叶胜英推敲着这个名字，若有所思，似有所悟。

弄个法律认可的新身份就算再造之恩了吗？或许这男人一语双关，暗示他的记忆已逐步复苏？

雪莉妹妹

犯罪者的七不规范第一条：

不冒充友人

Chapter 1

晨光透过纯白的窗帘照入卧室，映在叶真生脸上。

端端正正躺在被褥中的他，有一张眉清目秀、线条明晰的脸，让人不禁联想起美术教室中的石膏像。

五点五十九分五十一秒、五十二秒、五十三秒……

床头柜上的电子钟有条不紊地跳着数字。

这是一只金属长管状的钟，泛着电镀铝的冷光，跟这间陈设简单的卧室正般配。

卧室内的绝大部分物品是白色，窗帘、被套、枕巾、床单、拖鞋，莫不如此，简直和医院的病房没什么区别。冷淡的白色间夹杂着少许金属色，但感觉比白色更冷。总算书桌上堆了些课本、练习册之类的杂物，使室内有了少许生活气息。

六点整。

叶真生眼皮一颤，仿佛触动了体内的某个神秘机关。与此同时，长笛般的钟发出了轻微的笛声。

从睁开眼、两眼无神到清澈明亮——钟面显示只花了五秒钟。他随即起身，整理床铺。

走出卧室的时刻是六点零一分，跟昨天一样。

每天都一样。

嗯，大部分的事。

chapter 2

要去卫浴间，就得穿过客厅，于是叶真生遇到了每天早晨的最大变数。

……芳香剂的清香中透着一股汗味。

……长沙发的扶手上架着一只脚，而且，脚上还穿着皮鞋！鞋底还有泥灰和半块变形的口香糖！

转到长沙发正面，就可以看到一个胡子拉碴、衣衫不整的男人，正恬不知耻地倒在那里呼呼大睡。

这星期的前三天客厅都做到了无可挑剔的整洁，因为这个男人加班。

现在这种整洁被理所当然地破坏了。

叶真生静静地看着男人修长强健的腿、居然还称得上细的腰、半敞的衬衫中露出来的厚实胸膛，情绪毫无波动，只是想，就这么个邋里邋遢的渣男，竟能让一大波女人神魂颠倒，大赞“性感、豪放、酷”什么的，吵着要给自己当后妈。

话说回来，“性感”这词真比立体几何还难懂，叶真生至今没能搞明白。

他张了张嘴，想摇醒这男人，对他说通宵工作对心脏不好，不洗漱就睡会损害口腔环境，但没出声就把嘴闭上了。

他在自己的手心里画了个O，表示张嘴，又打了个X，表示闭嘴，转身进了浴室。

小时候叶真生做人比较直率，但每次指出父亲的不良习惯，都会遭到一顿暴揍。当然，还有叶胜英的那句经典台词：我操，你是老子我是老子？老子难道要你教育！

被揍多了，叶真生就学乖了，想发言画O，该闭嘴打X。

要是没这套OX大法护体，叶真生一定早就被亲戚邻居同学老师快递员水管工以及他可能接触到的任何人抽死了。

换言之，叶胜英警官的粗暴教育有效防止了独生爱子一出家门就被社会教做人。

洗过澡，一身清爽的叶真生走进厨房。

他打开手机上的健身app，查看今日推荐早餐，对默认的食谱进行了精细调整，然后拿起量杯和天平，严格按照食谱操作了起来。一刻钟之后，卡路里、糖分、脂肪、蛋白质、钙质、十五种微量元素、五种维生素配比达到完美平衡的营养早餐顺利上桌。他为自己盛了一份，也为父亲盛了一份，搁在餐桌对面。

O快起来吃早饭，不然危害消化系统、容易动脉硬化以及发胖。X

叶真生静静地吃完早餐，用吸油纸擦了下碗盘，放入洗碗机。一般的主妇会在这样一个晴朗的早晨赶时间洗洗晒晒，但叶真生从不上阳台晾东西，嫌空气里杂质多，所以，反正是要用烘干机，洗衣服这件事就被安排到了傍晚。

早上的时间还是挺紧张的。

他再次打开app，一板一眼地做起了两人份的午餐。

由于三餐对健康的影响极大，他也为父亲在app上建了个档。

父亲的年龄、身高、体重、三围加腹围、基础代谢率、BMI和运动量都和他不一样，需要的营养也不同。

午餐做起来相当费工夫。

六点五十五分，他终于把两个餐盒都装好了，再度走进卫浴间。刷牙漱口，对着镜子整理仪容，七点整，他准时拎起了书包。今天是暑假里的返校日，并不是正式上学，但他也拿出了一贯的严谨态度。

房门咔的一声轻轻关上，与此同时，长沙发上的叶胜英伸了个懒腰，拖着疲惫的身子坐了起来。他抬头瞧了瞧桌上的早餐，两荤五素三豆一谷，以及自创的健康饮品一杯，感慨着说："将来什么样的姑娘能有这么好的运气娶到……噢不不，是嫁给小叶子享福啊。"

穿着脏皮鞋的脚在地板上划拉了几下，他一边下地，一边又叹道："然而这小鬼脾气实在太奇葩，只怕连女朋友都交不上！"

餐桌上的杯碗盘盏是小市民家庭常见的款式，不完全配套，一个浅绿的，两个米黄的，带着不同花纹。这当爸爸的糙汉子原本不讲究这些，只是叶真生只给他自己弄了套纯白的餐具，还严禁爸爸染指……

事实上，家里所有白色的物品都不许叶胜英碰。比如说那个白色的单人沙发，那扇白色的卧室门。

也曾吵过很多次，精确点说是叶胜英单方面嚷嚷，当儿子的只是从逻辑上进行批驳。虽然每次都会挥拳头，但叶胜英总不能真把儿子打死，渐渐地，似乎也就习惯了这种没什么人情味儿的口吻。

如果叶胜英的个人卫生状况能达到及格标准，就可以使用家里的任何物品。叶真生不止一次说过。但是，一般人都达不到叶真生的标准，而叶胜英大部分时候还不如一般人。

带着一脸不爽的表情，叶胜英走入卫浴间。洗面池明明刚用过，却擦得一点水渍都没有。面对如此强大的压力，叶胜英以一种毅然决然的气势，拿起那个白色的杯子，开始洗漱。

手机响了，不用听就知道又是紧急加班。

叶胜英草草梳洗完毕，回到客厅，望了一眼桌上的早餐。早餐他是吃不上了，总算还有午餐能带走。

早年，他号称一点也吃不惯叶真生的营养餐，没滋没味半生不熟，什么玩意儿！吃的年头多了，倒承认了儿子的好，还说市局食堂那有口皆碑的自助餐太咸太腻，挑不出几道可吃的菜，出外勤时部下弄来的盒饭更是堪比猪食。

他将叶真生精心装盒的午餐放进了包里，急匆匆走到门口，吓了一大跳，连退两步。

刚才门确实发出了被关上的声音。

可叶真生确实还站在门里面。

——从头至尾，叶真生都在冷眼旁观这家伙做的好事。

“你怎么还在？”这男人不无狼狈地问。

“防晒霜。”叶真生淡淡地说。

并不是指责声，只是提醒，叶真生说话的口气里向来没什么情绪。

“你不要老强迫我用防晒霜，不不，大宝就可以了，不要拿小金瓶糊我一脸！你知道局里的姑娘缠着我一起研究什么小金瓶小棕瓶小红瓶小黑瓶我是什么感受吗！不要往我嘴上糊唇油！都有人怀疑我的性取向了！”

“为你好。”

“操，我是老子你是老子……”

“你单身太久难免遭人非议，加油相亲吧。”

“都是你这拖油瓶搅得我没法再婚！你等着，我早晚娶个悍妇回来治你！”

这男人曾经发誓会控制他的脾气。

他也曾在某个难得的假期拼命努力，让自己的一言一行都称儿子的心。其结果是，一连七天叶真生没有主动对他说一句话。

除了陈述、批驳、要求、解释和询问，叶真生不说别的话，不说任何一句废话。

那个假期，最终还是在他孤独的吵闹声中落下了帷幕。

大家都说叶真生有个糟糕透顶的爸爸，叶真生自己倒不这么认为。

chapter 3

中午放学时，隔壁二班的王梓来找叶真生。

王梓是个充满活力的男生，校体操队的王牌选手，个子不高，身子灵活，脑子更是灵极了。

多亏有王梓在，叶真生才不至于拽到没朋友。

严格来说，为人处事一板一眼的叶真生并不拽。只是坏了规矩的人，在守规矩的人面前往往会有一种被冒犯的感觉，叶真生也就不拽也得拽了。

只有跟他从小玩到大的王梓相信，他开口指教别人时完全没有显摆自己的意思，只是单纯看不惯别人犯错。随着年岁渐长，他越来越寡言少语，对视野中的“错”容忍度变高了，跟别人的摩擦变少了，显得更孤独了。

因此王梓有事没事都来逗他说话。

“哎哎，你瞧。”

“这是什么？”叶真生歪着头看王梓的手机屏幕。

命题：女孩=罪恶

我们都知道，女孩的人生需要时间以及金钱。等式如下：

女孩=时间×金钱

我们还知道，时间就是金钱。等式如下：

时间=金钱

所以：女孩=金钱×金钱

所以，女孩就是金钱的平方。

我们都知道，金钱是罪恶的根源（root）。

换言之，罪恶的平方根（square root）就是金钱。

所以，金钱的平方就是罪恶。

我们可以得出结论：女孩就是罪恶。等式如下：女孩=罪恶。

“这是我在豆瓣谜诡组发的帖子。”似乎是担心叶真生不能领会其中妙趣，王梓又补充说，“ROOT可以翻译为根源，而平方根在英语中也用到了ROOT……”

“哦，偷换概念。”

“你就不能夸我一下？”

“能夸的点在哪里？”

“好吧，我算是服了你了。你往下看。”

雪莉妹妹回复道：

命题：男孩比女孩更为罪恶

我们都知道，男孩的人生需要时间、金钱以及女孩。等式如下：男孩=时间×金钱×女孩

我们还知道，时间就是金钱。等式如下：时间=金钱

所以：男孩=金钱×金钱×女孩

所以，男孩=金钱的平方×女孩

我们都知道，金钱是罪恶的根源（root）。

换言之，罪恶的平方根（square root）就是金钱。

所以，金钱的平方就是罪恶。

所以，男孩=罪恶×女孩

引用楼主的推理结论：女孩=罪恶

我们可以得出结论，男孩比女孩更为罪恶。等式如下：

男孩=罪恶×罪恶

“无聊透顶。”叶真生评价道。

“你看，被人这么打脸，能忍？我就跟人家约了！当众！现在组里那帮渣男都捧着西瓜坐等看好戏了，你看我能输吗？”

“跟妹子约架你也不嫌丢脸。”

“首先，网名叫雪莉妹妹并不等于人家真是个萌妹子，没准是个抠脚大汉。第二，就算真是妹子，瞧她这副自以为是的德行，一点也不萌，肯定是丑女。第三，也是最重要的，人是被我约出来了，可约的不是架，而是谜局。你若问我是什么样的局呀……”

“我不问，没兴趣。”

前后桌的同学都笑了，而王梓拿出过硬的心理素质，径自说了下去：“我定时间和地点，她来人。可她不告诉我哪个是她，要我用推理推出来！”

这回叶真生连评价也没给，只是哦了一声。

“你要帮帮我！”

“这跟我有什么关系？”

“我输了得吃键盘。”

“放心吧，你的生理机能不足以支持这一点。”

“老兄，你帮我去赴约啊！”王梓忍不住叫了起来。

“为什么？”

“我每天都帮你的忙，所以你今天该帮我的忙。”

“唔，这一点你并没有事先说明，因果关系不能成立。不过，明天开始……”

“互相帮忙是因为我俩是朋友！啊啊啊！我又不是要和你做交易！”

“朋友？”叶真生沉吟起来。

“不会吧！难道你没拿我当朋友？你从没拿我当朋友？有种你就在这里说出来！直说！”

0我真的不知道每天听你讲废话，看你跟别人打架，任由你抢走午餐盒里的好菜，给你抄我的课堂作业和笔记……（中略）……就算是跟你做朋友了。不过，看你这副气急败坏的样子，如果我说实话你一定会很难过。我并不想让你难过。X

“直说吧！你、从、没、拿、我、当、朋、友！”

“不，你是我的朋友。”见王梓瞬间哑火，叶真生又补充说，“唯一的朋友。”

“这还差不多。”王梓有点不好意思了，撇撇嘴，把脸扭到一边。

“我替你赴约去。”

“这还差不多。”

“你不总说你是新世纪的少年神探吗？为什么要我替你去？”

“不知道为什么，总觉得自己不是那妹子的对手。你比我行。”

“可我没看过推理小说，能冒充你？”叶真生慎重地问。

“什么！我精挑细选送了那么多书给你看，你一本都没看？”

“我不看虚构类图书，我说过的。”

“亏你将来还想当刑警呢！”

“我是想当刑警，这跟看不看推理小说有什么关系？请用合乎逻辑的理由说服我，不要闹情绪，不要卖情怀。”

“枉我打小就混推理圈，在你面前，我常常觉得自己是个压根儿没逻辑的人。”王梓摆出了五体投地的架势。

chapter 4

当天傍晚，叶真生在紧急补习了两本推理名作和十三篇书评之后，步行三千八百五十一米，光顾了凯悦大厦底楼的书吧。

书吧光线明亮，氛围幽雅闲适。他推开门，年轻的服务员立即前来殷勤招待。

“给我一杯纯净水，不加冰。”看到服务员愕然的表情，叶真生只好又说，“给我一杯冰红茶，再给我一杯纯净水，别忘了吸管。”

红茶搁一边，那只是用来满足消费额的。

叶真生撕开包装，用吸管喝纯水，无视旁人惊讶的目光。

主厅里摆了六张桌子，除了他这桌，只有邻桌有顾客坐着。那是两个女孩儿。

一个穿白裙，性子比较活泼，说话时爱做俏皮的手势，右手小指上套着水晶指环，在灯下闪闪发光。她的对面则是个扎辫子的姑娘，容貌十分美丽，却不爱说话。

白裙女孩有点面熟，叶真生不禁多看了她一眼。

他有字面意义上的“过目不忘”之能，看过的景象即便微不足道，也永远不会淡忘，因此立时想了起来。这女孩长得像肖彤，去年上春晚表演过节目的一个年轻女演员。叶真生挺欣赏这种秀丽中透着英气的长相。

白裙女孩在吃薯片，辫子姑娘却在喝酒。一种名叫血腥玛丽的烈酒。

> 0烈酒伤肝，对胃黏膜不利。炸薯片热量高，淀粉含量高，需要大量运动才能消耗，是我的话绝对不吃。书吧不像是有酒类经营许可证的样子，该向有关部门举报……下略。X

只见白裙女孩低头看了看右手手腕，那手腕洁白如玉，上面什么都没有。她猛地醒悟了似的，推了推同伴，问现在几点。辫子姑娘回答说，五点半差两分钟。

和雪莉妹妹会面的时刻就定在五点半。叶真生打起了精神。

大偏厅里突然爆发出一阵喧哗声，那里有六个年轻人围桌而坐。两男两女正在打牌，余下两人则在边上观战。靠窗坐的女孩衣着时尚，打扮得很漂亮。另一个则胖乎乎的，长相比较一般。

“请问，这里是不是有一位柯南先生？外线电话！”

之前招待过他的服务员走进主厅，大声发问。

听到的人都用一种看笑话的眼神看叶真生，但叶真生不觉得这名字有什么问题。虚构人物的名字，用来称呼，有什么问题？

“这年头还有人不打手机号？看来是雪莉妹妹想搞鬼。”

他沉吟着起身，碰到了红茶的杯子，茶水泼了一点出来。这使他有点不愉快。走到电话机旁时，对方已经挂了线，他只得悻悻然回到座位上。

……赫然在红茶的托盘上看到了雪莉妹妹留下的挑战书。

托盘上垫着店里的广告单，写有今日优惠、本店特色、联系电话等常规内容。广告单已经被他的茶水打湿了一块。在水渍右侧、面积很紧张的空白处，有行娟秀的铅笔字挤在上面。由于沾了水，好几个字模糊了。

猜猜我是哪个？雪莉。

对方发出了挑战，也提供了线索。

很公平，很讲理。

叶真生对其产生了一点好感。

呵，他竟然也会对人产生好感，真是久违了。

就在这时，邻桌的辫子姑娘，赌气般吞下了大口大口的酒。她的勇气备受众人瞩目，但被呛住的狼狈相也备受瞩目。叶真生盯着她直看。她马上回瞪了他。

血腥玛丽？雪腥玛莉？雪……莉？难道她就是雪莉妹妹？

她那个活泼的朋友正拿餐巾纸擦手。辫子姑娘拼命忍住咳嗽，抢过朋友的薯片，一口气吃下许多。看来她的喉咙不太舒服，需要薯片压压酒的味道。

小偏厅里，先前就有一个年轻女郎独坐一桌。她默默地喝着茶，却不看书，频频看手机，似乎特别在意时间，抑或是……在等什么人的联络？在等人？看她的年纪，约莫二十多岁，脸看不清，只能看到蓬松的卷发散落在肩头。

女郎身上穿着时下最流行的碎花裙，斜挎着一个漆皮包。包带鲜红闪亮，衬在浅色的碎花裙上，十分抢眼。也不知道是附近的大学生，还是忙里偷闲来喝茶的白领。这个书吧既然开在了高达二十二层的商务大厦底楼，大厦里的公司职员下来喝茶也不奇怪。但叶真生却不免有些怀疑。

女郎的年龄显然比雪莉的自我介绍大了几岁，不像高中女生，倒像高中老师。不过他也知道，网络上的年龄就像性别一样，从来都是半真半假，不可全信。可这么一来，四位男生以及那个三十多岁的老服务员，也不能排除是雪莉的可能性了。

想到这里，叶真生困惑地歪了歪头。

“喂！”

女郎抬头向人声嘈杂的主厅扬了扬手。年轻的服务员马上跑了过去。

在书吧当值的两位服务员，一位是年过三十的老前辈，一直在柜台里坐镇。到处奔波的这位年纪很小，显然是假期打工的高中生。难道这位面容姣美的服务员……就是雪莉？

牌桌那边好像发生了争吵。时尚少女的对家责备她打牌走神，她的失误造成了两人的失败。

叶真生认真地观察着，却被服务员打断了兴头。

服务员在邻桌那白裙女孩的要求下撤换烟灰碟子，经过他桌边时，发现他托盘水淋淋的，就来问他是否需要换个新托盘。他谢绝了她的好意，还拉住她问长问短。她却红着脸匆匆离开了。

究竟谁是他要找的人？

“雪莉，你好。”

没有任何犹豫，叶真生坐到了辫子姑娘对面。

饮酒的辫子姑娘露出狡黠的笑容，却依然保持沉默。她眉眼旖旎如画，这展颜微笑的模样，简直艳光四射。叶真生也拿出了体面人该有的礼仪，含笑回应。

“好好笑。”白裙女孩放下手里的薯片，乐呵呵地说道。

“雪莉。”他侧过头，严肃地盯着坐在他身旁的她，“你说什么好笑？”

“嘿，雪莉？”白裙女孩吃惊地睁圆了眼。

她的眼睛又大又亮。

“雪莉。”他坚定地重复了一遍。

“我？雪莉？为什么你知道是我？”

白裙少女笑了起来。开朗的笑容让她的脸变得十分生动，充满了魅力。

“你看，你还在吃薯片，可之前却忙着擦手。一般来说，除非手上特别油腻，否则人们总是习惯在吃之前和吃完以后把手擦干净。你的动作幅度虽然微小，却挺可疑。”叶真生淡淡地说，“是不是因为你在我桌上写字时手指被红茶弄湿了，自然而然就擦起手来了呢？”

雪莉反驳道：“薯片吃了一半，我偏偏就想擦手，怎么样？靠这点理由就断定了我的身份，还真是个爱瞎蒙的大侦探。”

“没断定。这只是引起了我的怀疑。”

至于确定身份的关键嘛，在这里，叶真生摊开手掌。

他掌中是一张皱巴巴的餐巾纸。

“啊呀！你和服务员搭讪，并不是因为你误以为她是雪莉，而是为了偷那个烟灰碟子里的废纸？”

“这不是普通的废纸，这是你用来擦手的餐巾纸。你开始并没有想到立即擦手是个破绽吧，所以后来才匆忙弥补。烟灰碟子里垃圾又不多，没什么必要叫服务员更换。你想快点把物证处理掉才这么做的，不是吗？”叶真生指着这张至关紧要的餐巾纸，“是什么液体把纸弄湿了？你们的桌上只有酒，很好，那么让我来凑近闻一闻，是酒味吗？抱歉，不是，这上面只有红茶的味道。”

“太精彩了。”雪莉大大方方拍手叫好。

辫子姑娘站了起来，宣布她的光荣任务已经完成。但她并没有出门，而是走进柜台，和小服务员叽叽咕咕地咬耳朵。

“收买当班的服务员，假装说柯南先生有电话，以便确定哪个是我，借机写下了那句挑战的留言，对吗？”叶真生还原雪莉妹妹的“作案”过程。

“我是为了给你一点线索嘛。”

“嗯，其实我还有张底牌。”

那条留言里，有几个字模糊了。这种现象应该怎样理解？

或许大家会说，写字的人开始书写时，手指的背部沾到了茶水，所以在继续写下去的过程中，指背上的水，沾到了前面写好的字上。

错。

水渍可是在字迹的左边。

留言的人若是右手靠在广告单上写字，握笔的手指根本沾不到那摊水。那些字迹，也就不可能被手指背部的水弄糊。

那个人应该是用左手写下留言的。叶真生离开的时间太短了，短得来不及发生什么复杂的巧合。雪莉妹妹一定是不折不扣的左撇子，所以连写字都矫正不过来。

那么，在场的人里有左撇子吗？

一般人的习惯是让右手空着，把手表、手链或者指环等等物品戴在左手上。因为对于右手是惯用手的普通人来说，佩戴这些零碎会影响做事。值得注意的是，白裙女孩看了空空的右手腕，随即向朋友询问时间。右腕上本来一直戴着手表吧，为了掩饰自己是左撇子，今天特意没戴吧。而水晶指环，却被疏忽大意地套在了右手小指上。

“不是疏忽，其实我也能用右手写字，而且从来不戴表，只用手机看时间。大侦探，这也是为了给你提供线索啦。”雪莉莞尔一笑，伸出两只手，给叶真生看手腕的正反面，确实，左右腕上都没有表带的痕迹。

“哦，对，这一点是我的推理出了错。”

雪莉脸一红。短暂的沉寂之后，她从包里取出了一本杂志，低声道：“柯南先生，一点小礼品，不成敬意。”

这是本英文杂志，书页已泛黄发脆，看起来非常旧，被小心地装在透明套子里。

“Strand Magazine……”叶真生随口读了一下杂志名，忽然意识到雪莉正满怀期待地看着自己。

旧成这样的书反而更值钱，叶真生明白，自己应该表现出适度的激动。可一开始冒充王梓来这里就是错的，现在还要变本加厉错上加错吗？这女孩真诚坦率，又很用心，王梓真的好差劲。

“贵重礼物我不能收。”叶真生轻轻说道，“我事先没有想到该为你准备礼物，无法还礼。我真失礼。”

“本来就是为赢家准备的纪念品，不用还礼。我想你既然网名叫柯南，就一定会喜欢《海滨杂志》。我自幼在英国长大，去年才跟爸爸来这里定居，这本一九〇四年的二月号虽然难得，对我来说倒也不算什么……”雪莉的眼中闪着光。

只是叶真生既然连“性感”的意思都搞不懂，自然也读不懂少女眼中闪耀的光。

“对不起，我想重新介绍一下我自己。”

枫林五中高一（1）班，学号01，叶真生。

叶真生把自己的学生证放到雪莉面前。

他不能不跟王梓打招呼就贸然说出真相，也不愿继续欺骗对方。至少学生证上的个人信息是真实的。

“你不是在豆瓣上发帖子的柯南，对吗？”雪莉似乎立刻领会了他亮出证件的用意。

叶真生没有否认。

“我也觉得你不像是那种发帖冒犯女性的人。”

叶真生不想在女孩面前说朋友的坏话，不吭声。

“很高兴认识你噢。”

雪莉握起叶真生的手，慢悠悠地在他手背上写下了一个又一个数字。

chapter 5

雪莉妹妹不可能姓雪名莉，但叶真生交代了自己的真姓大名之后，她只是笑，不肯说自己叫什么。

“又不是什么甜妹子，昵称搞得这么甜。”辫子姑娘回来了，一边笑一边说。

“雪莉是酒名，哪里甜了！”雪莉锤了朋友一拳。

“那你呢，妹子，你怎么称呼？”

“既然雪莉都叫雪莉了，我就叫琴吧。”辫子姑娘风趣地眨眨眼。

叶真生看看她手里的酒杯，摇摇头。

未成年的女孩子，喝着烈酒，还帮自己弄了个酒名当绰号。如果老爸在这里，一定会大发雷霆。叶真生好像已经听到了皮带的呼啸声。哦，不，叶警官应该不会揍别人家的女儿。那可是违法的。

“叶小哥，我看得出来，雪莉很中意你，你俩交个朋友吧。”

叶真生想到自己刚哄过王梓，说他是唯一的朋友，一时难以应答。幸好雪莉羞答答地跟小琴闹了起来。

“叶小哥，我是第一次见到这么难看的校服，松松垮垮的，像个面口袋……呃，也是第一次见到穿面口袋都这么有气质的人。”又一杯酒下肚，琴有点醉了。

“我有什么气质？”叶真生转头问雪莉。

“理性，知性，还有清爽感。”

“哦，谢谢。”

叶真生不擅长与人相处，由于择善固执，通常不出十分钟，就会与人起摩擦。为了回避无谓的纷争，他不得不时常发动OX大法忍耐，然而今天这两个女孩，尤其是雪莉，居然没什么特别要他容忍的地方。她也点了杯纯净水，若无其事地喝起来了。

不知不觉中，时间过了六点半。书吧中顾客越来越多，大厅偏厅都热闹了起来。突然有人猛拍桌子，原来是那个卷发女郎叫了几次结账服务员都没听到，发火了。小服务员一溜小跑奔到她身边，只见她丢下一把零钱，就步履匆匆地从偏厅走了出来，手里紧攥着她那个一下午看了上百遍的手机。

叶真生的视线下意识地跟着她，看着她穿过主厅，戴上墨镜，却没有上街。她从书吧的偏门挤了出去，走到了大厦的走廊上，大概是要去乘电梯。看来她还真是在这楼里上班的白领。

“哎呀，都六点三刻了，我必须回家吃晚饭，不然老妈就再也不会允许我出来见网友了！”女郎匆忙的身影显然为琴敲响了警钟。

就在这时，窗外传来一声惨叫。

书吧开着冷气，门窗紧闭，可见这声惨叫的音量有多大。整个吧中的人都朝落地窗外望去，和街上的行人一起，目睹了女人坠楼着地的惨景。

“跳楼自杀的人一般不会惨叫！”琴噌的一下跳了起来。

“从办公室的窗子里‘失足’掉出来也很不容易。”雪莉在失足二字上加了重音。

“会不会是哪家公司正组织员工大扫除擦窗？”小服务员紧张地问。

“擦窗？不可能。这种大厦都是由保洁公司的专业人员开擦窗机……”

“附近没有别的高楼了，死者应该就是从我们这座大厦上掉下来的，说不定可疑的人还在楼上！”琴打断了叶真生的话。擦窗机什么的又不重要，什么时候解释说明都行。

“既然我们在这里，那么就是凶手不走运了——假如真有凶手的话。”雪莉握紧拳头，势不可当地说，“叶小哥，你赶紧去外面看。我去看电梯，小琴守住楼梯口，用心记住每一个出来的人，也许凶手就在其中。”

没等叶真生拒绝，她就拉着琴跑开了。

她俩是混推理圈的，遇见真正的命案难免激动过度。可叶真生这辈子只看过两本推理小说，为什么要去现场看尸体？

刑警最反感的就是普通市民挤进现场指手画脚。叶真生并不想做一个破坏规矩的人。

但是，他没来得及让雪莉听到他的拒绝，换言之，雪莉心里已经认定他会去看现场，他也就无法推托了。

由于是盛夏，时近七点，天色却还亮。

看热闹的群众围了个里三层外三层，叶真生费了九牛二虎之力，也没能挤到尸体近处。小说里的侦探可以蹲在尸体旁慧眼如炬大发宏论，现实中就没那么方便了。叶真生只能踮起脚尖，越过乱七八糟的头顶和帽子瞄了现场几眼。

那确实是个女人，长卷发，浅色裙子，没溅出多少血，却漏出了白花花的脑浆。

奇怪的是，背上倒有一道血痕……

噢，不是血痕，是红色的挎包带，亮闪闪的漆皮，跟摔碎了的墨镜和手机一起，在夕阳中反着光。

叶真生怔住了。

就在十几分钟前，那女人还在书吧中喝茶。难道她匆匆出去就是为了上楼并且从楼上掉下来？

因为怀疑她是雪莉，叶真生也曾仔细观察过她一阵子。她生前的音容笑貌在他眼前不断闪回。“过目不忘”的天赋让他在考场上无往不利，但这种时候却只有负面作用。

“太可怜了，活活从楼顶掉下来了！”

有人在叶真生身后感叹。

“老兄，你眼力这么好，能看清楼顶上的情形呀？”

又有人在旁边质疑。

“这倒不是。”先前的人解释道，“是前面那个从擦窗机里下来的保洁员在说啦，他望见一男一女在楼顶吵架，当时就觉得会出事，果然那女的就掉下来了，比他还先着地。”

一男一女在楼顶吵架？

犯罪的意味更浓了。

一一〇的巡特警到场没多久，救护车和刑警队的警车也赶到了。马路上人声鼎沸，小道消息不绝于耳。叶真生不想在这种时候和父亲的部下套交情，反正也只会被撵离现场。他钻出人群，回到了大厦。

“你来啦？”雪莉朝他扬起手。

她手里有个小巧玲珑的手机。原来她悄悄开启摄像功能，把所有出入电梯的人都拍了下来。

叶真生对她说：“不管是意外事故还是杀人案，总之受害者坠楼时，身边有个男人。”

“哦？肯定不会是自杀？”

“自杀的人‘知道’自己会坠楼，通常不会发出‘惊’叫声。”叶真生谨慎地避开了肯定一词。

“电梯里先后出来了三个男人，不过，你说的那个男人也许根本没到底楼来。”雪莉皱起了眉头，“也许他不急着逃走，他从容不迫地走进了某家公司的办公室，准备像平常一样下班。这样最自然最安全，不是吗？”

“我们先看了视频再说。”

第一段视频晃动得很厉害，大概是因为雪莉当时还在朝电梯的方向跑。六点五十三分时，左中右三个电梯，两侧的两个停在底楼，中间那个正在十七楼，徐徐下降，在六楼停了停，到一楼，电梯门打开，里面走出了一男一女，年纪都在三十左右，穿着正规的套装，像是大厦里的公司职员。两人似乎互相不认识。女人一直低头玩着手机，显得心不在焉；男人则东张西望，满脸浮躁不安。

镜头最后定格在男人表情不自然的脸上。视频结束。

第二段视频就稳定而清晰了。左侧的空电梯上行到十二楼，又下行到一楼，出来了一个手提公文包的胖老头。

第三段视频拍到的是肯德基送外卖的小伙子，戴着工作帽，穿着工作服，身份一望便知，脸却看不大清楚。

“就这四个人？”

“外企嘛，准时下班的不多，加班是常事，你看还有人叫外卖。”

“如果之前是送外卖的小哥在楼顶上，那个保洁员就会说死者生前是在跟肯德基的外卖员吵架了。人一旦穿上制服，个体的特征就容易被忽略。”

“没错，那两个白领模样的男人确实更可疑。”雪莉点点头，却又摇摇头，“可话又说回来，楼顶的男人完全可以在事后换上肯德基的工作服。那又不难搞到手，我和小琴都有一套。”

“嗯？”叶真生发出了纳闷的声音。

“有谋划的话，只要去肯德基当一下临时工，就能搞到手。”

“……莫非你和琴妹子也有过什么谋划？”叶真生情不自禁地跑题了。在雪莉面前，理性的硬壳似乎正在软化。

“……你管得着么你！”雪莉白了他一眼。

情绪化的话题只会浪费时间，于是叶真生转回正题：“去问问小琴那边怎么样？”

“好。”

雪莉的声音无精打采，显然对琴那边没抱多大希望。

哪知琴带来的却是爆炸性的大进展。

“哎呀，又没发生火灾，谁会走楼梯？所以这么长时间只有一个人走楼梯下来啦。噢，不，不是走，是冲，跌跌撞撞冲下来跑到后街去了。”

“那么可疑的人，你就眼睁睁看着他跑掉了？”雪莉激动地问道。

“那是不是一个男人？”叶真生的声音很平静。

“不是什么男人哟，是女人，女人，就是那个在书吧中对我朋友大发脾气的卷毛女，真是的，不就结账慢了点吗！”

“什么！你确定你没认错？”雪莉嚷嚷了起来。

“那张凶巴巴的脸我印象很深，怎么会认错！”

“我，我没法相信哪！”

“哼，幸好我拿手机偷偷拍了张照，本来是想给警察看，没想到你倒先质疑起我来了。”

“小琴，外面摔死的那个……就是卷毛女！”

“你说什么！”琴也嚷嚷了起来。

卷发女郎究竟是怎么从楼顶掉下来，又从楼梯上跑下来的啊？啊啊啊啊啊！

闹鬼？灵异现象？

琴哆哆嗦嗦递手机给雪莉看，却听啪的一声，手机跌到了地上。三双手同时向手机伸去，碰到了一起。

“阿雪，你的手指怎么这么凉！”

“别慌，你只是撞到了我的戒指！”

一个女孩脸色发青，一个女孩脸色苍白，只有叶真生态度不慌不忙。

“外面那个……收走了吧？”琴不安地问。

“你放心，尸体肯定已经被刑警队带走了。听说一一〇的警察在死者背后的包带子上看到了指纹。”叶真生答道。

“包带子上面的指纹肉眼可见？”雪莉歪了歪头。

“那是个漆皮挎包，指纹可以说是一目了然。”

“看来，死者被人推下楼的可能性很高，因此刑警队出动了，决定立案侦查……”

“而你们这些小鬼也好快点回家去了！”

陌生男人的声音突然响起，打断了雪莉的话。

原来是刑警队进楼了。过来跟他们搭话的，是队里最年轻的一个，脸上努力摆出了严峻的表情，看起来却没什么威慑力。

“小帅哥，确定是杀人案了吗？”雪莉把琴的手机捡起。

“不该打听的事别乱打听，快回家。还有，叫我叔叔。”

雪莉忍着笑叫了声叔叔，故作老成地说：“若是杀人案，我有重要线索提供。”

“哦，好孩子，你很有社会责任感，是什么线索？”年轻的警员掏出了记事本。

“事发后我第一时间守住电梯口，还用手机把出入电梯的人都拍了下来。”

“哦，干得漂亮。不过这次的三个电梯内都有摄像头，就不需要你出力了。”刑警又把记事本合上了，一迭声地催他们快回家去。

商务大厦的电梯内怎么可能没有防盗摄像头！这么低级的失误！雪莉的脸涨得通红。

“叔叔，我的手机拍到不得了的东西……”

琴还想献宝，被雪莉一把拽了出去。

大侦探当然要跟刑警一争高下了。琴拍到的诡异照片，说不定正是破案的关键。

“天啊，天都黑了，我准会被老妈训得很惨。”到了街上，琴急得跳了起来。

围观的人群已经散了，镇守现场的刑警还在工作。现场四周拉着警戒绳，点着灯。叶真生远远望着那圈里的血污，发了会儿呆，忽然回过神来："小琴，手机给我看看。"

"你们怎么就是不信我的话。"琴嘟囔着，一脸不高兴。

雪莉把手机交还给她，她磨磨蹭蹭摆弄了片刻，随即宣布手机已死。

"喂，你不是故意的吧！"雪莉劈手抢过手机，左按右按，也不见屏幕亮起来。

"我干吗故意弄坏自己的手机！"琴真的生气了，丢下雪莉扭头就走。

"小琴，都说了叫你别买山寨智能机，你偏不信，三天两头死机，还不经摔。"雪莉拽住她的手。

"我又不像你，没人管。我老妈给钱虽然大方，可连杯奶茶钱都要报账，我不买山寨机做假账哪还有活路嘛。"

"你不会以为有个后妈才好吧！"雪莉也生气了，"我想要人管还没人管呢！"

雪莉的隐私在这意想不到的场合冲进了叶真生的耳朵。

她也……没了妈妈……

"别吵了，我送你们回家。"叶真生静静地说。

"叶小哥脾气倒是好。"琴扑哧一声笑了，"也是，没法想象你发火的样子呢。"

"我从不发火，可夸我脾气好的，你还是头一个。"

雪莉在边上哼了一声。

"哟，这哼声好酸。"琴朝叶真生挤挤眼。

叶真生愣愣地看着她。

想当年初中的语文老师费尽九牛二虎之力，也没能使他搞懂"通感"，所以在他条理分明的大脑中，酸味是一种只有舌头才能尝出来的滋味。

chapter 6

到家时已经快八点了，叶胜英当然不在。

叶真生翻了翻食谱，十五分钟就弄好了晚餐。

可是，尸体俯卧在地的景象还历历在目，让浇在鸡肉上的番茄酱和美乃滋看起来颇为恶心。

必须想点喜欢的景象压一压。

是的，即便是没什么人味儿的叶真生，心里也有喜欢的感觉和喜欢的人……

他凝神注视着白色的餐具，很快，纯白色变成了柔和的米白色，筷子、盘子、杯子、勺子、筷子，陆续竖起了长耳朵。这是他最心爱的小白兔餐具，三岁时的专用，尽管只用了三周。后来他就被送到了乡下，再也没有得到过那么贴心的呵护。

“当年，为了哄你好好吃饭，我也算是费尽心机呀。”为他买餐具的男人也曾坐在这间客厅中谈笑风生。

想到这里，叶真生的视线移向了长沙发。

男人靠在沙发上的样子立即出现在他眼前，栩栩如生，活灵活现。

“高穆叔叔……”面对这虚幻的温情与关怀，叶真生默默地说，“哪怕只是为了不让您失望，我也会用心管理自己的身体。”

嗯，好像可以吃饭了。

看了个死人而已，老爸每天都看，有什么了不起？即使心里空洞到了极点，也有干劲做好营养三餐，并且全部吃掉，这才是叶真生，不是吗？

然而，饭总算是吃下去了，却毕竟无心向学。

眼见着学习计划表上的格子接二连三打上了“未完成”的标记，他越发介意起来，突然想到雪莉在他手上写过一串数字，应该就是手机号码，于是立刻拨过去。

遗憾的是，对面送来的是坏消息：琴的手机重启成功了，里面的数据却没能完全恢复。换言之，楼梯间的神秘女郎只能永远是琴的一面之词了。

真的见鬼了吗？

叶真生是一个坚定的无神论者，坚信万事皆有因，科学和逻辑能解释一切。

为了打发这个难熬的夜晚，他登上了微博。本意是想看新闻，可不管他看哪个网页，总有个热门话题在他眼前晃。

有一个女人，昵称叫无足的候鸟，三天两头在微博上伤春悲秋，控诉丈夫变了心。她早年不顾家人反对，辛勤工作，用微薄的收入为男人付学费，可是男人博士毕业找到了上佳的工作，就跟办公室里的同事搞起了暧昧。

这么老套的故事也能成为热门话题？叶真生心里嘀咕了一句。他才十六岁，这种事离他太遥远了，在微博上义愤填膺的也大多是二三十岁的女人吧。

他把微博的各种网页关掉，决定去王梓最爱的豆瓣瞧瞧。没想到那里的人也在讨论无足的候鸟。原来无足的候鸟已坠楼而死，警方还拘留了疑凶。当凯悦大厦四个字映入眼帘时，叶真生才恍然大悟。

由于谜诡组里不断有人把微博的消息搬过来，叶真生也不得不向这个信息爆炸的时代投降。他再次打开了微博。

死者安慧的亲朋好友同事学生纷纷在微博发言。学生说安老师是一位温柔高雅的淑女，同事则说她勤勤恳恳，是个好人。而事发现场的目击者更是人数众多，贴遗体照片的，放手机视频的，什么人都有，叶真生不过是个普通的目击者，顿时被淹没在围观群众的汪洋大海里。

八月二日傍晚，金陵北路湖南路口，死者安慧自二十二层高的凯悦大厦天台坠落，当场毙命。

正在准备收工的保洁员坐在擦窗机里看到了之前的情景，安慧和一个男人在天台激烈争执，争执的具体内容却听不清。

“如果我知道后面会发生什么，我一定会多停留十秒钟。就算不能救那个女人，也至少能看到真相啊。”保洁员对着记者的摄像机，懊恼之色溢于言表。

警方锁定的疑凶是安慧的丈夫杨阳。

这也不足为奇。首先被怀疑的总是伴侣，人生就是这么充满讽刺。

杨阳今年三十二岁，某德资公司电子工程师，不巧的是，此公司的事务所就在凯悦大厦里。

据说他已经承认自己是天台上的那个男人，却不肯承认自己犯了罪。

“她发短信来说已经到了我单位，要我上天台和她好好谈谈，做个了结，不然就大吵大闹，让我和第三者身败名裂。我只好硬着头皮去了。上去就看到她已经站在围栏边了，痛斥我搞外遇不要脸。唉，她好歹也是大学讲师，却不懂好聚好散的道理，像个没文化的泼妇。我和她争了几句，后来，她就自己一头栽下去了。我其实也是想拉她的……”

毫无愧疚之意的发言在网络上激起了滔天巨浪。畜生禽兽之类的咒骂铺天盖地。然而叶真生的关注点却和大众不同。

“自己一头栽下去了”，而不是“自己跳下去了”，“栽”和“跳”，可是完全不同的动词。跳楼自杀的尸体和失足坠楼的尸体受创角度不同，逃不过法医的慧眼。想想那声很难理解为自杀的惊叫吧，这男人非常精明。

警方在死者背后的挎包带子上取得清晰指纹，经查证与杨阳吻合。物证动机俱在，杨阳再否认也无济于事。案情似乎并不复杂。而凯悦大厦的物业管理人员匿名在网上发布了监控摄像头拍下的视频后，群情激奋，话题被进一步推向了高潮。

这个名为“死前三分钟”的电梯间监控视频，一夜之间风靡网络。发布者虽然不敢实名，但在虚幻的网上也算出尽了风头。

叶真生打开这视频，微微一怔，走进电梯的男人显然是雪莉拍到的那个年轻白领，斯文潇洒，一副绅士派头。原来这就是死者的丈夫。叶真生回想起他下楼时那慌乱的神色，也觉得此案基本可以盖棺定论了。

只见他乘电梯到了顶楼，走了出去。空荡荡的电梯在顶楼停留了一会儿，又下行到一楼，卷发女郎戴着墨镜正等在电梯门口。她步履匆忙地走进电梯，连墨镜也没摘，就慌里慌张地按了顶楼的按钮。

虽然镜头里只有戴墨镜的她，但叶真生可以确定她就是书吧中的那个女人，绝不只是装束一样。

温柔嘛，她似乎算不上，在书吧中还发过脾气，高雅么就更算不上了，叶真生觉得她那身搭配挺艳俗，特别是那个亮闪闪的挎包。

不过大家总爱对媒体说死者的好话，不足为奇吧。

视频显示是杨阳先上的天台，他撒了谎。可是，这个精明的男人为什么要撒这种容易被戳穿的谎？

对了，连热衷推理的雪莉都忘了电梯内有摄像头，杨阳忽视了这一点，也勉强说得通？叶真生并不认为他精心策划了一场谋杀，毕竟离婚比谋杀合算多了。坠楼并不在他的预料之内，所以他也慌了……

“你在看什么呢？看得这么专注。”背后突然响起了父亲的声音。

“随便看看。”

“啊，无足的候鸟。”叶胜英被网页吸引了注意力。

叶真生回头看他：“这案子归你管？”

“案子？什么案子？”

叶胜英从不跟儿子谈工作上的事，所以可能是在装傻。

“那么，是无足的候鸟——这个昵称有什么特别的意义？”叶真生有条有理地追问。

“倒也没什么，只是我想，她大概是阿飞的影迷吧。”

“哦。”叶真生对娱乐圈的明星所知甚少。

“据说世上有一种没有脚的鸟，它的一生只能一直飞翔，飞累了就睡在风中。这种鸟一辈子才会落地一次，那就是死亡来临的时刻。”叶胜英感慨地说起了阿飞的名言，“阿飞是爸爸大学时代的偶像巨星啊，他自杀跳楼那年你还是小娃娃，你们这一辈，大多不知道他了。唉，他特地选在了四月一日愚人节跳楼，不知是想嘲讽自己是愚蠢之人，还是想小小地愚弄一下世人。”

“这个无足的候鸟是在八月二日坠的楼。”

“啊，这数字……四月一日和八月二日……”

“老爸，你觉得这只是巧合吗？”

四月一日和八月二日，真的只是巧合吗？

如果安慧是特地选择了八月二日，其中又有何深意？缅怀少女时代的偶像？

噢，不，这日子不是她选的，她又不知道自己会被推下楼。

这里头有什么不对劲。

叶真生打开手机记事本，把已知的情况和未知的疑点一条条罗列了出来。

也不知是幸还是不幸，凶嫌的照片很快就传遍了网络，照片上还添加了各种文字说明，既有理性揭发，也有感性诅咒。据说凶嫌的亲友在现实生活中都有点抬不起头来了。但死者的照片一直没有公开，被保护得很好，亲友也没有受到舆论骚扰。

案件渐渐进入了尾声。

有消息说，警方已经获批逮捕杨阳了。

不过，网上的消息总归靠不住，叶胜英倒是个当刑警的，可惜嘴比谁都牢，什么也不会对儿子讲。

叶真生整理了自己的记事本，归纳出三大疑点：

第一、女人从楼顶掉了下来，又从楼梯上跑了下来。闹鬼？不对劲。

第二、八月二日和四月一日，怎么看都不像是巧合。但偶像的死期只对死者有意义，对杨阳毫无意义。那么，案发的日期是死者挑选的？不对劲。

第三、女人起身从偏厅向外走，边走边戴墨镜，给人一种准备上街的感觉，可她并没有上街，后来的视频也证明，她是去乘电梯。那么，她为什么要戴墨镜？她一直在大厦内活动，并不需要遮阳。难道戴墨镜只是为了不让摄像头拍到她的正脸？这可是死者，不是凶手。她如此煞费苦心为哪般？

一般来说，只要解决凶嫌身上的疑点，就能找到真相。然而在这个案子里，三大疑点居然都在死者身上，这真是太不合常理了。叶真生思前想后，足足失眠了好几天，最终，想通了其中的关键。

他毫不犹豫地拨了雪莉的手机。

"快去凯悦大厦，我也马上就去，我们在那儿碰头。"他简洁明了地说。

"咦，你这是要还礼了吗？"雪莉调皮地问。

"你那边怎么回事？怎么那么吵？"

"我正在和小琴逛街购物啦。"

"总之你快来，难得今天头七，错过了可能再也没有机会。"

挂了电话叶真生才意识到，自己的口气有点生硬，跟命令差不多。又失礼了，在雪莉面前。不过她倒不像是爱计较的人，正适合太容易得罪人的他。

凯悦大厦依然高耸入云，大厦前的马路上依然人来人往。

那女郎的死尽管一度在网上引发了热议，现在却没多少人谈论了。惨剧，通常只有至亲好友才不会淡忘，难怪大家总是说，要爱惜生命，不要做亲者痛仇者快的事……

书吧门口有好几个人，两个抽烟的男人，一个发呆的女人，甚至还有一个扫地的大婶。

只是有雪莉和琴在，这些人全都成了空气，基本上没有存在感了。

“你俩，你俩这是……”

“你催得那么急，我的小琴连试穿的衣服都没来得及换下来，就匆忙结账跑来了。结果你让我俩在大太阳底下等了这么久。”雪莉扮了个鬼脸。

“这是……COSPLAY的衣服？你俩穿得，呃，活像两块草莓蛋糕。”

粉红色，奶白色，超短裙，还带花边蕾丝和蝴蝶结。简直是庸俗肤浅的大集合。但叶真生却不得不承认，本来就漂亮的琴此刻活脱脱是童话里走出来的小公主，雪莉看起来也靓丽之极。

“蛋糕？真是个没见识的家伙。”琴表示不屑。

“这是哪个少女漫画的COS服？”扎着双马尾的雪莉实在是太可爱了，叶真生费了老大的劲儿，才忍住没去揪她的蝴蝶结。也正是因此，他的废话比前半辈子加起来的总和都多。

“听听这歧视少女漫画的口气。听好了小哥，这是魔法少女小圆的校服。我和雪莉跑遍全城才买到的。”

“魔法少女，小圆？”叶真生笑了，“很般配，这名字和这草莓蛋糕般的衣服真是般配极了。亏两位还一起穿在了身上。”

“这你就不懂了，我和阿雪是最要好的朋友，我看中的衣服，一定会帮阿雪买一套，阿雪看中的包，也一定会帮我买一个，要的就是这种成双成对的感觉。”

——成双成对的买包买衣服？要的就是这种感觉？

叶真生心里的最后一个疑问也得到了答案。

“还有，别看不起魔法少女小圆，那可不是一般的少女漫画，那是个奇怪的动画。”

“难道不是美少女变身拯救世界什么的？”

“那只是表象啦，表象看起来很俗套，真相却很奇妙。”雪莉笑着解释。

“那么，真相是？”

“真相是一个女孩拼命地救另一个女孩，想让她得到幸福。那个女孩却选择了自我毁灭，留下她的挚友黯然神伤。”

“哦，真相是……”叶真生的视线从蝴蝶结上移开，移到了雪莉背后的远方。哦，不，雪莉背后是书吧的招牌和发呆的路人，并不存在什么远方。只是这一瞬间，叶真生的目光没有焦点，极尽空虚，仿佛在凝望远方。

“真相是女孩选择了自我毁灭，全世界都不知道，全世界的人都欢笑如常，只有她的挚友好像知道，又好像不知道，黯然神伤。”

琴一点也没有感觉到气氛的变化，老实巴交地接住了叶真生的话茬。

“哦，这就是真相，没错，这就是真相。”叶真生向前迈出了一大步，一把抓住雪莉身后的女人，“是吧，死者的挚友小姐？”

雪莉和琴手拉着手往旁边一跳，露了惊异的表情。

一直站在书吧门口发呆的女人也骇然抬起了头，想把叶真生的手甩开，却甩不开。

“琴妹子，过来看看，你曾经夸口说过，你对这张脸印象很深……”

今天，女人身上没有花哨的裙子和浮华的包。她穿着白衬衫和格子裙，短发。

琴眯起眼睛仔细打量着她，终于气冲冲地叫了起来：“没错，就是这女人！就算你剪短了头发我也认得你，从楼梯上慌慌张张跑下来的你！”

这些天，琴都快被闹鬼的事吓破胆了。

“该说实话了吧，小姐，你的朋友是跳楼自杀的，而无辜的杨阳蒙冤……”

“不，杨阳绝不无辜！他是个人渣。”女人眼中立刻冒出了怒火。

“死者是自杀，而被大众误认为死者的你是唯一的目击者。”叶真生平静地说，“事发当日你以死者的样貌出现，没有留下与你自身有关的线索。所以我刚才往这里跑的时候，心里也明白得碰碰运气。多亏你怀念挚友，在头七这个多少有点特殊的日子，回到了现场。很好，你没有辜负友情，也不负我所望。”

“放开我，我听不懂你在说什么！”

女人这才反应过来，想要赖，但为时已晚。

“我总觉得这案子有点怪。跟凶嫌有关的事全都清晰明了，死者那方却反而疑点重重。直到今天我转念一想，改变了观察的视角：只要把受害者和加害者的身份对换，把死者安慧看成凶手，把杨阳看成凶手蓄意谋害的对象，一切就合乎情理了。”

被学生同事评价为温柔高雅勤勤恳恳的安老师，事发当日的衣着相当花哨。而那个轻佻的漆皮包，在事后发挥重大作用，给了杨阳致命一击。要知道没有物证是很难给人定罪的，哪怕嫌疑人亲口认罪都没用。

可话说回来，想让丈夫的指纹印在包带子上，对于一个妻子来说，是最容易不过的事情。

安慧完全可能事先就做好了手脚。

“那裙子和那个包，都是安慧买了送给你的吧，挚友小姐？我之前一直吃不准，你究竟是有预谋的帮凶，还是无意识的从犯。如果说你是帮凶，安慧是怎么说服你由她去死的呢，一般做朋友的总会规劝吧？劝不了还可以严词拒绝，安慧也就只能放弃她的寻死计划了。但是，如果说你只是无意中入了安慧设下的局，那么事发当天，你那身和安慧一模一样的装束又该怎么解释？我真是怎么也想不通啊。多亏这两个妹子，让我知道两个女人要好到了极致，互赠衣饰是很自然的事。琴妹子，如果雪莉买了条裙子送给你，你会觉得奇怪吗？如果雪莉打电话叮嘱你，要你穿上她帮你买的裙子出来逛街，你会怀疑她企图做坏事吗？”

琴严肃地摇了摇头。

“恭喜你，小姐，你是证人，而非帮凶。”叶真生吁出一口气，“不过，如果你继续沉默下去，就会变成帮凶了。”

“我不会辜负友情。”女人咬牙切齿地说。

“死者擅自把你安排在帮凶的位置上，就已经辜负了友情。在她心目中，一个变了心的男人比朋友重要多了。”

“可是，可是……”女人哭了起来，扑倒在朋友曾经肝脑涂地的马路上，号啕大哭。

叶真生并没有去扶她、开导她。她是成年人，成年人会做出成年人的抉择。

他只是把雪莉和琴请进了书吧。

跳楼自杀的人通常不会惊叫，因为坠落本在意料之中。但安慧是想利用自杀制造冤案，所以故意发出了惨叫声。

一头栽下楼，而不是纵身一跳，也是考虑到了尸检。

这计划已如此精密，可安慧还怕不够。她知道丈夫的性格，知道丈夫一定会向警察诚实地描述全过程。于是她把挚友拉入圈套，安排挚友在丈夫之后乘电梯上楼。让杨阳在警方和大众面前彻底信用破产。

叶真生的眼前，浮现了挚友小姐当日在书吧里不断看手机的情景。

离婚也好，自杀也好，都会给男人自由，死者……不光是死者，连死者的亲友都觉得无法容忍吧。

“为什么不直接和丈夫同归于尽呢，设这么复杂的局？”琴喝着冰镇啤酒感叹。

“因为动手杀人是很可怕的事啊。”雪莉老老实实地捧着纯净水。

“从安慧的微博看，她是个温柔、阴郁、脆弱、多愁善感又有点神经质的女人。无足的候鸟这个名字本身就挺戏剧化。追求诗意的死亡，而不是下耗子药或挥舞菜刀，我觉得很符合她的性格特征。我可以想象她是怎么干的，把挚友约到书吧，自己爬楼梯上天台，用手机把丈夫叫去，丈夫到场之后，又设法用手机把挚友叫去，可能是事先写好的短信吧，叮嘱挚友必须戴墨镜进电梯什么的。这个时候挚友小姐大概已经起了疑心，上天台后一见她的装束，又见她迫不及待坠楼，多多少少猜到了她的意图，于是特意避开杨阳，从楼梯下去……”

“咳，这个故事告诉我们，楼梯间也该装上摄像头。”琴好像被酒呛到了。

“已经装上了，连天台那里都装上了。”年轻的服务员跑了过来，拍着琴的背，又跟雪莉咬耳朵。

只要警方去调查，裙子和包的购买记录，两个女人的关系，手机的联络时间，都会水落石出吧。民间侦探能做的，也就是动动脑细胞和嘴皮子……

啊，不知不觉中，并不爱看推理小说的叶真生，竟然当了一回侦探。

“死者对挚友小姐还真是百分之百的信赖呀。而挚友小姐果然也没耽误事，非常拎得清。”服务员走后，琴大发感慨。

“小琴，我对你也是百分百的信赖。”

“阿雪，我相信你不会把男人放在挚友之前……”

前几天她俩不是还吵过？女孩子的友情真是难以捉摸。有些时候男人夹在中间纯属多余。

叶真生默默地喝水。

“对了，我突然想起来了！”雪莉的笑脸转向叶真生，就化作了怒容，“小琴的朋友刚才告诉我，说你根本就没从她手里拿到过什么废纸！那张沾上了红茶水的餐巾纸，难道是你伪造的？”

“嗯，话虽如此——”

“叶真生！”

雪莉火冒三丈，连双马尾都似乎冒出了青烟。

于是，叶真生终于没能忍住，揪了揪那马尾巴上的蝴蝶结。

旧罪的阴影

犯罪者的七不规范第二条：

不迷信推理小说

Chapter 1

小时候，王梓常和邻家妹子小月亮逛城隍庙的地摊。确切点说，是王梓老拉着叶真生约小月亮一起玩。因为叶真生不出马，傲气的小月亮根本约不出来。

总之，城隍庙的地摊上摆了很多稀奇古怪的玩意儿，是两个捣蛋鬼玩乐的天堂。而叶真生只是跟在边上袖手旁观。

“啊，捞金鱼！”小月亮兴奋地大叫。

“别捞了，你爸妈又不会帮你买金鱼缸，捞到了也只能扔掉。”王梓劝小月亮省省零花钱。

“蓓蓓的爸爸就帮她买了金鱼缸，这说明我也有希望！”

“蓓蓓？”王梓摇头道，“蓓蓓还有电子琴呢，你有吗？”

“阿叶阿叶，我好想捞金鱼玩。”小月亮转身拽住叶真生的衣袖。

偏有人撞过来，把她的手撞开了。

“小妹妹，大哥哥买个金鱼缸送给你好不好？”

城隍庙也是地痞流氓扎堆耍乐子的地方，常有不知死活的痞子凑上来跟小月亮搭讪。

这种时候，小月亮总是沉着一笑，既不害臊，也不逃避，更不多说废话。只见她亮出手中的折扇，“唰啦”一声打开，就像古装电视剧里的公子哥儿似的，潇洒利落。

纯白的扇面上早就写好了四个狗爬体大字：名花有主。

“小妹妹，我知道那里有家店，金鱼缸特别漂亮哦。”

遗憾的是，欣赏了小月亮的狗爬体后，坏人通常还会继续纠缠，完全无视“名花有主”一词的含义。这是因为小月亮长得很好看，虽然年纪还小，个子已经很高，笑起来就算不能倾国倾城，也起码能倾倒几条大街。

王梓总是劝导她说，打开折扇时该把脸皮绷紧，可小月亮天生是一副甜蜜蜜的笑模样。

身为男性，王梓的切身体会是，女孩子一边甜笑一边说不，就不能算拒绝，这简直比真正的勾引更像勾引。坏人当然会继续纠缠啦，然后小月亮手中的扇子就理直气壮地砸到了对方脸上。这丫头当时沉迷武侠小说，没事就在巷子里嘿嘿哈哈，尽管是花拳绣腿，力道也不轻，基本上一扇子下去，坏人的鼻子就会流血不止。

再然后，王梓就只好冲上去和坏人打起来了。

地痞流氓的同党总会蜂拥而至，幸好王梓这边还有叶真生。

小时候的叶真生跟后来上中学时不一样，经常不看场合振振有词，践踏别人的自尊心，在学校常遭人欺负。

而老师们只会装样子管管，甚至有那么点乐见其成的意思。毕竟权威人士的自尊心比小学生更娇贵嘛。

小孩子欺负人的花样很多，叶真生从来不动气，也很少和人对抗。

比如说，见午饭被泼翻，他只会默默收拾课桌，然后去小卖部买一袋全麦面包充饥，顺便告诫小卖部的老板娘，这面包是普通面粉做出来的，只是添了点麸皮，还拿焦糖色素染了色，即俗称的假冒伪劣产品，对身体有害无益，成功挡掉了小卖部的不少生意，惹得老板娘怀恨在心。学校里的小卖部是随便什么人能开的吗？那可是校领导的远房亲戚。

明明是受害者，却反而更得罪人，连师长都不想帮他主持公道。但叶真生的“能耐”还不仅限于此。

再举些例子吧，他看到座椅上被涂满胶水，就会去找班主任换一把椅子；看到作业本被撕烂，就会去找任课老师说明情况；以此类推。也就是说，只要理性判断这事他自己收拾不了，就会去找老师反映。客观上形成了“多大点事都告状”的效果，所以在一般同学中也不得人心。

“我应该这么做。”面对王梓的劝导，他总是如此回答。

“呃，不不，我确信你不该。”王梓大摇其头。

“根据我的判断，我应该这么做。”

“我不晓得你的根据是什么，但是，有人来惹你，你就该大发脾气，冲人家挥拳头。”王梓抛出了自己的经验之谈，“无论输赢你都会交到更多的朋友。”

“那样的话，岂不是跟我爸一样了？他老用拳头解决问题，而不是讲理。我不想当一个不讲理的人。”

“可叶大叔确实交游甚广，三教九流都搭得上交情啊。”为了讨好小月亮，王梓也常看武侠小说，说话有江湖腔。

“我是一个明辨是非的人。从懂事开始，我做的每一件事都是正确的事，说的每一句话都是正确的话。我不可能为别人的错误吵闹或打架，让自己有理变没理。”

“我，我算是服了你了……”

所以，即使望见一大帮人在校门口堵人，叶真生也只会淡然一笑。对方让道歉就道歉，让服软就服软。道歉和服软都不管用的话，他还会撒腿就跑。考虑到他跑二十多公里的半马只要一小时多，正常人都追不上他，大家的纠葛始终无法按正常人的方式“挥拳头”解决。

只有一种情况他会出手，那就是王梓被群殴的时候。

王梓原本也看不惯叶真生，但更看不惯大家拉帮结派欺负他一个人。

叶真生虽说没什么人味儿，却有股子奇妙的纯正感。

他纯洁、纯情、正派、正直，跟他接触多了，摸到了门路，就会发现他是能实实在在给你益处的人。传说中的益友也不过如此了。

王梓三天两头为他的事跟别人吵嘴，偶尔打起来，势单力孤又打不过。

这种时候，叶真生就会亮出见义勇为的大道理，动手把对方打得落花流水。

他性格文静，长相清秀，给人一种好欺负的错觉。可是大家都忘了，他有个徒手都能制服持枪歹徒的爸爸。大概是遗传因子作祟吧，他战斗力极强，一个人单挑五六个，根本不在话下。

这种事发生的次数多了，王梓都搞不清是他欠自己的情、还是自己欠他的情了。

他俩就是这样的交情，夹缠不清。

王梓只知道他从不在事后抱怨自己多管闲事。

他也从不抱怨王梓爱管小月亮的闲事。

或许在他的是非观里，这种行为被定性为热心、乐于助人，算正确的事。正确的事，就是该做的事，不计后果也要做，理所当然。

王梓挺佩服他的。

不知从何时起，王梓对小月亮产生了朦胧的情愫，就老拉他一起当跟班。因为深受武侠小说毒害的小月亮爱用花拳绣腿惹是生非，招惹上流氓可不得了，王梓顶不住，就需要叶真生来保驾护航。

万幸的是小月亮看书速度快，没几年就把经典武侠小说看了个遍，转而沉迷推理小说了。坚信青梅竹马必成正果的王梓也立刻看了起来。推理小说虽说也有套路，却常有作家推陈出新。小月亮沉迷了很多年，沉迷至今。

于是，王梓提笔写起了自己的推理小说。

他发誓要当大作家，总有一天，让小月亮围着自己转。

Chapter 2

这一年暑假过后，王梓与本名陈玥的小月亮，一起升到了高中二年级。

学期伊始，枫林五中最大的盛事莫过于旧校舍重开。

旧校舍是一栋八十年代的老建筑，只有三层高，灰扑扑的，在绿树成荫的校园中，和崭新的教学办公大楼形成了鲜明对比。

早年，这栋楼分成了几个区域，出租给外地来的小老板，帮校方创收用。可能是因为经济不景气，不管是搞印刷的，做建材的，还是搞服装批发的，倒卖蔬菜水果的，没有一家做得长久。空关了好几年，愈发破败了，透着股危房的味道。

哪知今年初夏闹地震，震级不大，却震出了大意外。崭新的教学楼震坏了几块天花板，外墙还裂了一道缝。旧校舍只震落了三十多年前刷在墙上的石灰。

于是趁暑假修新楼，王副校长大手一挥，让建筑队把旧楼也粉刷了一遍。整栋楼刷得亮堂堂，更名为社团活动楼，鼓励学生们拼创意搞社团。

全校的学生都因此沸腾起来了。

新社团的创建申请书在学生会堆成了山，课间休息的时候，到处都是发传单做演讲的积极分子。

陈玥也煞费苦心地搞了好几次活动，可惜反响不佳。

确实，和时髦的动漫社团比起来，和经久不衰的篮球队足球队比起来，推理俱乐部既老土又无聊。

“小月亮，听你介绍了这么多，我们好像有点明白了。不过你能具体说说吗？大家聚在一起究竟玩什么？”

“推理并不是玩。”陈玥皱起了眉。

“那有比赛吗？能拿奖牌吗？我要是去游泳队，刻苦训练，拿到省级的奖牌，高考能加分呢。”

“魔方兴趣小组也不错哎，虽说高考不加分，但可以上电视参加比赛。成绩好了有奖金，亲戚朋友都知道你聪明过人。”

“推理小说写得好，也能名利双收。”陈玥皱着眉答道。

“可是看小说写小说是很私人的事情，不用特地花时间搞什么推理俱乐部吧？”

“讨厌，又不求你们参加！”陈玥还没发火，她的好朋友汤蓓先发火了。

“没事，蓓蓓，实在搞不起来，我就不搞了。”

陈玥把汤蓓拽到了校门外，免得她跟同学们吵起来。

“王梓肯定会参加的嘛。”汤蓓努力安慰道，“我也挺感兴趣，我申请加入。”

陈玥抿了抿嘴。

推理俱乐部需要有实力的人加入，汤蓓只是个不中用的外行。至于王梓，早就来打过招呼，说有别的打算。

“难得今天放学早，到我家去看金鱼吧。”汤蓓瞧瞧陈玥的脸色，体贴地转移了话题。

陈玥每年捞金鱼，都养在汤蓓的金鱼缸里。

汤蓓并不擅长养金鱼，老把鱼养死，不然十个金鱼缸也不够用啦。

如今陈玥已经不缺零花钱了，却一直没买金鱼缸。

至于原因，还用问吗？小月亮的金鱼，当然应该养在蓓蓓的金鱼缸里。

“走吧。”

“嗯！”

陈玥用力点点头，一迈步，却撞在了身旁的小轿车上。

也不知这车是什么时候来的，启动、行驶、刹车都悄无声息，想必十分高级。遗憾的是，驾车人的素质却比较低。

“喂喂喂，你走路不长眼啊？”驾车人从车窗中探出头来，扯着嗓子嚷嚷。

“阿姨，您在校门口倒车，而且是放学的时候，您觉得合适吗？”

“你叫我什么？阿姨？你竟敢叫我阿姨！”驾车人当即勃然大怒。

“那？”陈玥冷冷地笑了，“怎么称呼？大妈？大婶？”

眼看这场风波要闹大，总算正主儿来了。一个打扮得花枝招展的女孩嘴里叫着妈咪，大老远跑了过来。母女俩一起冲陈玥翻了个白眼，驾车扬长而去。

枫林五中坐落在枫林路的尽头，原本十分僻静。可是，自从天方国际学校（即天方SAS）送了二十个交换生过来，这里就起了翻天覆地的变化。每天上学放学的高峰期，校门口就像在开豪车展览会。宝马保时捷，路虎法拉利，一个个豪车接送。陈玥就不明白了，这些富二代，路也不肯走，校服也不肯穿，巴巴地跑到公立学校来读书，究竟能锻炼什么呀？诚然枫林五中的校服是不太好看，料子也比较差，不过穿着校服嘲校服，才是高中生的生活常态嘛。

“小月亮，别生气了。”

“我没生气。”

“看，看，柯晓晖！你们二班的新同学柯晓晖！”

“蓓蓓，这么激动至于吗？”

“你看他多帅！”

“呃，我觉得他跟帅字不沾边啦。”

陈玥眯起眼，看着柯晓晖迎着阳光走来。廉价的白衬衫，剪裁不合体的长裤，嗯，是枫林五中的劣质校服没错。不过穿在柯晓晖身上，完全不影响他的气质。

高富帅三个字充满了世俗的铜臭气，配不上柯晓晖。这位风雅美少年，简直让人怀疑有贵族血统。

一辆黑色的劳斯莱斯向他打开了车门。驾车人下了车，是一个身材挺拔五官俊美的中年男人。柯晓晖对他露出了微笑，他则把柯晓晖肩上的书包接了过去。沉静而温馨的场景，让汤蓓的两眼爆出了红心。

“天哪，柯晓晖的爸爸也好帅！”

陈玥唰啦一下打开折扇，用扇面掩住了嘴。

“讨厌啦，你笑什么！”

“那不是柯爸爸，只是柯家的司机。”

“什么！”汤蓓怪叫了起来。

“一个谦和有礼，一个不卑不亢，这架势，像父子吗？”

果然，柯晓晖并没有钻进车子在副驾驶位上坐下。男人为他打开了后车门，手挡在门框上方，做了个请进的动作。

从头到尾都像在看电影，汤蓓感叹着，目送劳斯莱斯驶远。

至于陈玥的观察力，十几年朋友做下来，汤蓓早就不会大惊小怪了。陈玥看人特别准，一面之缘的陌生人，身份、职业、脾性什么的，她总能说中九成九。据说这是夏洛克·福尔摩斯的基本技能，但汤蓓打心眼里想管她叫陈半仙。

“柯晓晖进校第一天，就成了全校女生的梦中情人。”

“咦，我倒不知道我两周前有了梦中情人。”陈半仙在扇子后面嗤嗤直笑。

“小月亮，追你的男生很多，可你……”

你始终放不下叶真生，尽管你不承认，你甚至不肯承认你看上过他——汤蓓在心里默默地说。

因为不想惹好友伤心，这番话汤蓓一直说不出口。后续的劝解也就无从说起。

“谁叫我只喜欢你这样的甜妹子呢。”陈玥语声里带着笑，非常自然地化解了僵局。

“讨厌啦，我问你，你觉得柯晓晖怎么样？”

“我猜他是交换生里唯一穿校服的人，所以很欣赏他哦。”

“如果只是穿校服让你有好感，倒还有两个……啊，说曹操曹操就到。”汤蓓兴冲冲地指着校门口，“这次分到了我们三班的林美琴和路雪妍。”

“林美琴？名字好熟。”

“我们的新校花啊，右边扎辫子那个，她都取代你当上校花了，你怎么可以不认识！”

“嗯，果然比我漂亮。”陈玥歪着头打量美女。

“大家都说她跟柯晓晖是一对儿，白富美配高富帅。”

“我看他俩没戏。”陈玥耸了耸肩。

总是独来独往的柯晓晖，和这个林美琴？

林美琴的手，正和同伴紧扣在一起。

在明艳动人的林美琴身边，路雪妍显得英姿焕发。那端正而秀丽的脸，高挑而挺拔的身段，让陈玥联想起叶真生。她忍不住叹了口气。

“小琴人不错，阿雪也挺好，她俩一点都不娇气，总是一起坐公交车回家。”汤蓓笑嘻嘻地说。

恰巧一阵风拂来，掀起了少女们的衣裙。

陈玥手忙脚乱地压住自己的裙摆，却瞥见林美琴裙下露出了一大截腿，路雪妍正忙着帮她压。无论是白皙的腿，还是白皙的手，都像美玉一样光洁可爱，唯独手背的近腕处生了颗小小的黑痣，反衬得手与腿肤光胜雪、美不胜收。

“真是两个如花似玉的美女。”陈玥发出了感慨。

“那咱俩呢？”

“咱俩，咱俩还是快点回家吧。”陈玥哈哈一笑，挽起了汤蓓的手臂。

沿枫林路直走，走过三个岔道口，就到了本市最大的中医院。从医院边门进去，右拐抄近道，不出十分钟，以拆迁钉子户著称的老巷子就到了。

老巷子也是陈玥出生成长的地方，有太多童年回忆。巷子口的土墙上还残留着她跟王梓比身高的划痕。

想当年，巷子里的小伙伴上同一个托儿所，同一家幼儿园，同一所小学，从早到晚混在一起。大家都是独生子女，因此不是手足，胜似手足。小蓓蓓家经济条件最好，总是她要什么父母就给什么，让伙伴们羡慕不已。遗憾的是，后来汤爸爸突然去世，汤妈妈深受打击大病一场，汤家的情况就一落千丈了。

童年的伙伴们后来陆续搬进了新公房，只有汤蓓还住在老式的平房里。不过，她最亲密的几个朋友，依然和她情同手足。

“哟，小月亮回来啦！”

“小月亮真是越长越漂亮了。”

巷子口，几个老头儿正喝着小酒侃大山，看到陈玥，都笑了起来。陈玥和汤蓓上前去问了好。年轻人到了成家立业的年纪，大多会从巷子里搬出去，所以老巷子名副其实地老龄化了，透着股懒洋洋的悠闲劲儿。

她俩沿着石板路向巷子深处走，遇到老熟人就打声招呼。身前身后不时传来铃声，是收旧货的汉子骑着三轮车时停时走。

“你妈妈不在家？”

“最近她找到了新工作，总是天黑才着家。”

汤蓓在家门前站定，掏钥匙开门，奇怪的是，钥匙怎么也拧不动。

“我来看看……不妙，我看这锁被人撬过，你家又遭贼了。”

“这贼还真聪明，我妈前些日子歇在家，就不见来。我妈刚找到工作出门在外，贼就又来光顾了。”

“闪开，闪开。”

陈玥从书包里摸出了一个放大镜，仔细地看锁孔，一边看一边嗯嗯点着头，似乎颇有心得。

“大侦探，你这是在勘查现场？”

“蓓蓓，别乱走也别乱摸，好好看着。”

陈玥放弃了锁孔，直接推门板，推了两三下，门就开了。

汤蓓家只有一间屋子，用布帘分隔成了卧室和起居室。灶头搭在外面，厕所得上公共厕所。门被推开后，屋子里的状况基本上一览无余了。

屋里没什么摆设，唯一的优点是敞亮。墙上糊着廉价的壁纸，已有不少霉点，有几处已剥落。门正对着窗，窗前是一张书桌，桌上放着书刊报纸之类的杂物，以及汤蓓的宝贝金鱼缸。

曾经透亮的金鱼缸现在灰蒙蒙的，怎么也擦不亮了。汤蓓却一直没换，不仅因为她缺零用钱，更因为这是亡父留给她的纪念品，是她一度“奢华”过的见证。

“如果把缸底的沙子去掉，水质就会变好，金鱼也就不会死得那么快了。”陈玥说。

“有沙子有假山，才像个金鱼缸的样子。”

小蓓蓓当年闹着要鱼缸，多半只是三分钟热度，如果不是因为父亲死得早，她可能早就不养鱼了。她不关心金鱼的寿命。

至少这个金鱼缸，要维持五年前的原样——陈玥好像听到了她的心声。

“这一带据说老有贼闯空门。”

“老巷子了，大部分住客都搬走了，我家房子又旧，扛不住贼。无所谓啦，反正家里也没什么值钱东西。”

“报警了吗？”

“懒得去，警察嘛也就是问问话做个笔录了，根本不会花力气追查吧。盗窃案的破案率向来不高，不指望他们。”

“总这样下去也不是个事儿，就算没丢什么大件，老是整理屋子也挺烦的，对不？”

“嗯，那就拜托陈大侦探露一手。”

陈玥点点头，又从书包里拿出了卷尺。

她在屋里走来走去，量这个，量那个，有时站，有时蹲，更有一次竟趴在地上。被贼翻乱的屋子里到处都是痕迹，散落的纸张书本，摔出了裂痕的闹钟，三五个不完整的脚印，窗框上蹭掉的漆，扯坏的布帘子，翻倒的橱。这些痕迹在汤蓓看来毫无意义，只觉得整理屋子果然会是个大工程。不过在陈半仙，噢不，在这个年少的夏洛克眼里，已经说明了很多问题吧。

年少的夏洛克又拿着放大镜和卷尺走到了屋外。

在屋外，她花费的时间更久。

“小月亮，你究竟在看什么呢？”

“蓓蓓，你一直在我身边嘛，说说看，你看到了什么？”

“这是在考我吗？”

“没错，让我看看你有没有加入推理俱乐部的实力吧。”

“石板路这边的泥地有点湿，可今天是个大晴天。这说明我家隔壁的王大娘又直接把洗拖把的水往门外泼了。”

“嘿，真是个好习惯！”

汤蓓困惑地看着友人的脸——那脸上并没有讥讽之意。

“泥地上有车辙，石板路上也拖出了浅浅的车轮印子，是辆三轮车，多半是辆刹车不灵的三轮车，否则车轮不会轧到石板路外的泥地上……这对破案有用吗？我想只是收旧货的人正好骑着三轮车经过罢了。”

“不是经过哦，是停在了那儿，至少十分钟。”

“哦，对，在这里。”汤蓓向前走了几步，跺跺脚，“车轮印子在这里一下子浅得几乎看不见了，却留下了些碎泥巴，说明是停过又骑……可是，这究竟跟抓贼有什么关系？”

“不一定有关系。”陈玥的扇子轻轻敲在了汤蓓头上，“侦探用眼睛搜集现场的信息，用头脑分析这些信息，但其中只有很少的部分会跟案子有关。重点是我们不能遗漏任何信息，因为在破案之前，没人知道哪些信息有用哪些信息没用。”

“大侦探，现在信息搜集完毕了吗？”

“基本完毕，可以开始分析了，我们进屋去说吧。”陈玥拉着汤蓓又一次进入了乱糟糟的屋子，“大约在十分钟前，顶多十五分钟前，一个上了年纪的男人闯进了这屋子，身高在一米七以上，穿着廉价的塑料凉鞋，大脚趾有伤，有抽烟习惯……”

“嘿，嘿，你也未免说得太逼真了！好像亲眼见了贼进屋的一幕似的。”

“在我的脑海里，还模模糊糊地浮现了他在屋里走动翻找的景象呢。不过对于外行人来说，这太不可思议了，我很难向你一一解释。”陈玥在墙角蹲了下来，“说个最简单的吧，你看这留在你英语作业本上的半个脚印，泥屑和三轮车辙里的一致，考虑到王大娘洗拖把的用水量，以及目前这大晴天的蒸发力，可以确定在三轮车碾过湿地的前后十分钟内，贼的，嗯，凉鞋，也踩上了那块地，然后踩进了这个家……或许我们刚才还跟他在巷子里打过招呼。”

“噢，我的天！”

“你看这块从闹钟上摔出来的小碎片，尖角上有点红，是他的血。多半是他的脚，比如说，从凉鞋里露出来的大脚趾之类的，被碎片划伤了。”

陈玥把放大镜放下，从书包里掏出了一个银质的挖耳勺和一个小塑料袋，用小勺把碎片拨进塑料袋，小心翼翼地收了起来。

“这、这就破案了吗？我彻底服了！我该早点儿请你来看，比报警都管用啊！”

“不，民间侦探只能动动脑细胞和嘴皮子，我可以勾勒出贼的样子，却不可能抓到他。天地广阔，人海茫茫，只有警察行使职权才能展开有效搜查。”

“我还以为夏洛克·福尔摩斯无所不能呢。”

“没有警察的话夏洛克也很难抓住罪犯。蓓蓓，报警！”

Chapter 3

社团正式报名的日子轰轰烈烈地到了。

活动楼的四周人山人海，挤满了凑热闹的学生。忽听一阵嘹亮的军歌响起，原来是军宅联盟占领了顶楼天台。从天台上丢下了超巨幅红布条，上书八个大字：国家兴衰，匹夫有责。这还不是最高潮，叶真生的好朋友，经常代表学校出去比赛的体操队头号种子选手王梓，穿着一身体操服出现在天台上。

全体女生欢声雷动，就在这欢呼声中，王梓跳上巨幅红布条，以无比优美的姿态滑了下来。

欢呼声马上变成了惊呼声，不过，体操小王子当然不会在众目睽睽之下摔个狗吃屎，他准确地滑落在舞台的花球堆里，动作漂亮又利落，跃起身时还摆了个酷酷的POSE。

不幸的是，学生会的干部立刻跟着老师冲了过来，把这家伙抓走了。

社团报名大会也被紧急叫停。

之后的一个月，教务处、学生会和家长委员会就社团问题展开了严肃讨论，最后把危险性强的、活动起来容易过激的、有越轨嫌疑的社团全部取缔了。

大家兴奋了这么多天，只落得一场空欢喜。

反倒是推理俱乐部，因为既老土又无聊，和文学社合唱团之类的老式社团一起得以幸存。

国庆长假后的第一个星期天，社团报名大会再次拉开序幕。

操场上黑压压一片人，挤在推理俱乐部的桌前等填表。

陈玥是不是充满了成就感？

怎么可能！她一脸烦躁地坐在那里扇扇子，只有汤蓓眉开眼笑——不是因为报名人多，而是因为柯晓晖也在队伍里。

“推理是什么东西？”队伍里有人问。

“好像是三段论之类的东西。”队伍里又有人答。

“错，错，推理是查案抓凶手啦。”队伍外还有闲人插嘴。

陈玥的黑脸变成了红脸，被怒火烧的。

“你们连推理是什么都不知道，干吗来报名呀？”汤蓓笑嘻嘻地走进队伍采访。

学生小赵说：“看到好多人排队我就来了，这么多人排队准是好事，我怎么可以错过呢！”

学生小钱说：“看到小月亮我就来报名了，同一个社团哎，以后课余时间就能跟小月亮在一起了，这就叫近水楼台先得月啊！”

学生小孙说：“……我是女的，我对小月亮没兴趣。”

“同学，看得出你是女的。”

“我看见柯晓晖在这里排队，就来了。”

“对哦对哦，我也是！”小孙边上的女同学纷纷点头。

陈玥的红脸又变成了黑脸，大概是被怒火烧焦了。

“亲爱的同学们，感谢大家对推理俱乐部的支持，不过，活动楼最大的阶梯教室也只能容纳一百二十人，所以很遗憾，我们不得不对报名的人进行严格筛选。下面将由我，推理俱乐部的干事汤蓓向大家提几个问题。”

请问推理的概念是什么？

——学生小赵拿出手机，群发短信向朋友求助。

你接触的第一个推理作品是什么？请谈谈你的感想。

——学生小钱拿出手机，上网百度。

你最喜欢的推理大师是谁？为什么？

——学生小孙拿出手机……

唰的一下，陈玥手里的折扇收了起来。

她紧攥着扇柄，脸上却浮现了甜甜的微笑。

王梓明明不是站在第一排，却下意识地抱住了头。

随着问答的进展，淘汰的人被陆续踢出队伍，过关的人则请进大礼堂。报名桌前渐渐空出了一小块，一块，一大块……

这是怎么了！

原来是有个看似在沉思其实在打盹的人，一点也没发觉自己身前的人都走光了。

“柯晓晖同学就算站着打瞌睡，也是无比优雅呀。”

“他看起来真是高贵极了。”

“没有白马也是不折不扣的王子。”

妹子们，别再花痴了！快做点什么保住你们最爱的那张俊脸吧！说时迟那时快，还没等王梓日行一善把那家伙弄醒，一把折扇已从天而降砸中了柯晓晖的前额。

如你所知，没有把他砸得头破血流，已经算是小月亮手下留情了。

“你是来报名还是来捣乱的？”陈玥老实不客气地呵斥全校女生心目中的王子。

“啊，抱歉，我只是最近累坏了。”

并不是常见的油腔滑调，语声听起来很诚恳。

于是，陈玥点了点头。

“请问是什么契机让你对推理产生了兴趣？”汤蓓在边上捂着胸口问。

“唔，家庭氛围。”

“能说得具体点吗？”

“家母年轻时赴日留学，深爱日系推理，至今仍是京都大学推理研究会的荣誉会员……”

京都大学推理研究会，听起来好高端，但还不至于让偏好欧美派的陈玥肃然起敬。她向柯晓晖做出了欢迎的手势。

chapter 4

初步筛选后，人数锐减到了一百名之内。

王梓故意挑了礼堂后排的位置坐，全程拽着叶真生不放手。叶真生根本不想参加推理俱乐部，事实上他不想参加任何社团，却更不想当众跟王梓扭打起来，只好被迫旁听。

陈玥出了形形色色的谜题，礼堂中的人越来越少了。

连报名表都没填的叶真生也越来越显眼了。

叶真生真希望陈玥发火把自己撵出去，只可惜她似乎是念着青梅竹马的情分——对他的存在视若无睹。

由于淘汰制度并不是预先设定的，就算是陈玥，也显出了江郎才尽的样子，最后连灯谜和脑筋急转弯都出来了。

“我来出个题吧。”

坐在陈玥身边的汤蓓带着毅然的表情站了起来。

大教堂的顶上并排垂下了两根长索，直垂到地面。那可不是普通的绳索，而是金索，全长十五米，价值连城。现在的问题是，如果你是偷金索的人，而且手里只有一把大剪刀，你最多能偷多少米？

有人说，多跳几跳，能剪多少是多少。

有人说，往上爬一两米，剪断索再跳下来，也未必会受伤。

有人说，先沿着一根索往上爬，爬到顶，伸手把另一根索从头上剪断，再爬下来，在离地一两米的地方剪一刀，大概能得十六七米。

这应该是最佳答案了吧？

当然不是。

叶真生身旁的体操小王子举手说：“我沿一根索往上爬，爬到顶，把另一根剪断，不过不全剪，顶端留个四米多吧，在四米处打个环。”

“然后呢？”陈玥问。

“我撩起自己正爬着的索，把它穿进环里，就像线穿针似的，穿成双股索。再一手攥住双股索，另一手把双股索从根上剪断。这样双股索就吊在环上了。索的长度是十五米，双股索就是七米半长，加上环上预留的四米，再加我的身高一米六八，实得十三米一八。也就是说，我真正要跳的高度连两米都不到，我觉得我能行。”

“废话，你是体操小王子，你当然能行，正常人都不行好不好！”汤蓓显然对这个答案不满意。

“总之我拿到了三十米中的二十五米多，我是最高分，我应该当推理俱乐部的副部长！”

“别扯了，你靠的是体能又不是脑子，推理俱乐部不适合你，就算你们那啥联盟被校方取缔了，你也可以留在体操队发光发热嘛。”

“体操是我的事业，社团活动是我的爱好……”

“好啦，别争啦，蓓蓓，特殊的技能，对侦探来说也是很重要的，兴许能在意想不到的地方发挥作用呢。不过王梓同学，副部长的位置可不能给你，因为你没有说出最佳答案。”

“我不信！还有比我更行的？”

“两根索先在底下打个结，人再往上爬，爬到顶。”

“咦……咦！”

“看得出你已经明白了，就这样在顶上剪断另一根索，打个环。而人正爬着的索就变成了一根超长索，让它穿过环，变成双股索，双股索长约十四米半，任何人都可以靠它回到地面，最后手松开，把带着结的超长索从环里抽出来，大功告成。”

“不愧是推理俱乐部的创建人，小生心服口服！”

“别贫嘴啦。”陈玥嫣然一笑。

“这个谜题太简单，看我出个更难的！把多余的人都淘汰掉！”汤蓓握拳叫道。

喂喂喂，人群中立刻传出了抗议声。

汤蓓无视这些杂音，开始了下一个谜题。

那是好多年前的事了。

那时城市还不像现在这么繁华，高楼大厦也比较少。市里最著名的珠宝行，也不过是在一座六层楼房的顶楼。珠宝行中没有安装高精尖的防盗设备，于是毫无意外地发生了盗窃案。在当时看来，一小把裸钻的价格简直是天文数字了吧，现在大家都讲究切工成色出产地什么的，价值也不算太惊人了。

盗窃案发生在国庆长假期间。楼里空空荡荡，只有底楼的物业管理处有两个保安在。楼外倒是锣鼓喧天，各大商家都拉起了横幅做活动，还有马戏团表演。

对了，巡回表演的马戏团，现在已不多见，当时却很受群众欢迎。小狗做算术啦，老虎钻火圈啦，那次最受欢迎的是小丑踩高跷和驯鹰师放鹰，因为比较少见。

驯鹰师一声呼哨，几头鹰就一飞冲天了。呼哨声好似口令，连发几声，鹰又飞回驯鹰师臂上乖乖吃食。据说鹰的智力不算高，野性难驯，能靠呼哨和饵食训练到可以当众表演的程度，已十分难得。就在人们欢声雷动、为精彩表演鼓掌的时候，来珠宝行值班的胖经理和钻石柜台的瘦柜长嚷嚷着跑出楼来，原来是节前刚到货的一小把裸钻失窃了。

这家珠宝行原本就经营不善濒临倒闭，这下更是雪上加霜。人们都说胖经理肯定要被解职了。

不久之后，警车也赶到了现场。

只见天台的栏杆上垂下了一根绳子，垂在六楼窗前，绳头上还打了个牢靠的环结。

窗玻璃碎了一地，贼无疑是从天台上爬下来的了，高楼作案都这样。六楼的窗栏杆上还系了另一根绳子，直垂到底楼绿化带，看来这就是贼的逃跑路线。

问题正出在这里！

这天凌晨下过一阵雨，警方发现窗子的碎玻璃上有淡淡的水痕，可见窃贼破窗而入是在下雨后。然而，两三米宽的绿化带里明明还有泥泞，却找不到窃贼的脚印。于是，警方认为这只是内贼故布疑云，缠着胖经理和瘦柜长追查不休。

这家经营不善的珠宝行买了巨额保险，这完全可以是动机。

最后，瘦柜长扛不住压力，在某个深夜跳了河。可惜失窃的钻石却怎么也找不到，最终成了悬案。

“这是要我们找钻石？”

“不，是看大家能不能找出这个案子的真相。”汤蓓咬了咬嘴唇，在真相二字上加了重音。

“简单，根据我看推理小说的经验……”学生小赵翻着手机短信读道，“自杀的人如果真是贼，剧情就没法发展啦，所以真相必然是胖经理监守自盗想要钻石又想骗保险金，谋杀了他的从犯瘦柜长。”

“请问除了看推理小说的经验，你还有别的理由吗？那个环怎么解释？没有脚印怎么解释？”

“绳子只是为了做出外贼侵入的假象，偏偏胖经理运气不好，一场雨，揭穿了根本没有人靠绳子爬下楼的事实。”小赵干脆利落地忽略了那个环。

“那么钻石在哪里？”

“根据我看推理小说的经验……肯定不在胖经理家里。”

经验丰富的小赵同学被请出了礼堂，也就是说，惨遭淘汰。

“撵得好！这种从来没看过推理小说的人居然也好意思胡吹！”学生小钱举着手机不停地刷百度知道，终于靠高额悬赏刷出了答案，“偷来的钻石藏在哪里最安全？半新不旧的洗衣机里！”

“为什么？”边上有人好奇地问。

“因为小偷也怕小偷啊，不在家的时候被小偷闯空门怎么办？被对钻石一无所知的小偷无意中偷走怎么办？半新不旧的洗衣机不用担心被偷走，闯空门的小偷会翻抽屉床头柜翻鞋盒子翻各种地方，但怎么也不会去翻浸着脏衣服的洗衣机，对吧？此时洗衣机还显出了它最大的优点，那就是装上水也不会引人生疑。钻石虽然是世界上最坚固的东西，却怕火烧。说穿了就是碳嘛。有一位见多识广的推理小说家曾经写到，只要有充足的氧气并暴露在高温火焰之下，坚固的钻石也终将在燃烧后化为一缕二氧化碳。所以把钻石放进洗衣机，不仅不易被发现，要是在洗衣机里装上脏衣服和水，还可以达到伪装兼防火的效果。”

“这……警方确实没查洗衣机吧。”汤蓓呆呆地说。

“胖经理和瘦柜长都是独居的单身汉吗？”陈玥问。

“设定是都上了年纪、有家室的人，你看这毕竟不是毛头小伙子会做的工作和职务……”

“那就说不通啦，就算警方没查洗衣机，不知情的家人也会用洗衣机洗衣服。还说什么脏衣服和水保护钻石啊，老婆或老娘一洗衣服，马上就穿帮。所谓的最佳藏匿地点，只对独居的单身汉适用。”

“那我……”小钱用哀求的目光看着陈玥。

“善用百度把案情分析得头头是道也是一种才能，推理俱乐部欢迎你。”

小钱勉强过关。

而剩下的人不再贸然发言，露出了沉思之色。

“我觉得吧，在内贼上钻牛角尖是不对的，没准瘦柜长只是胆子小想不开，毕竟警察死缠着他嘛，警察嘛，你们懂的。”王梓又来高谈阔论了，“这个谜题并不长，却特意提到了拉横幅和马戏团，你们不觉得奇怪吗？其实小偷放了绳子却没有留下脚印的原因很简单，就是看到下雨，灵机一动，想引导大家以为是内贼。其实他是拆了做活动的横幅，斜斜地滑下楼，直接蹦在绿化带外……”

“拜托，你以为小偷跟你似的练过？”汤蓓白了他一眼。

“那还用说！那天在现场硬是有人练过啊，比我还专业，就是马戏团的那个小丑！踩高跷的，平衡能力可强了，还不畏高。正因为是巡回演出的马戏团，全国各地到处跑，警方哪还找得到钻石？我一直觉得马戏团很适合给盗窃团伙当幌子呢。再说了，小丑的形象特别适合推理小说的氛围，我们的推理大师，岛田流的创始人就曾经在他的大作里写过……”

王梓如数家珍地卖弄他的推理常识。

“求求你别再扯了！你那天跳楼时有人帮你在底下扯着红布条好不好？难不成这小丑还有内应？”汤蓓叫了起来。

“这个嘛，马戏团里不是还有小狗……”

人群中发出了嘘声。

“小狗是不太可能哎，对了，是老虎，好吧，老虎也不可能……对了！驯鹰师！肯定是驯鹰师！”

又一阵嘘声。

“王梓同学说得很好。”柯晓晖忽然站了起来，走到礼堂的前方，“人力难为的现场，永久失踪的钻石，小丑和驯鹰师，巡回演出的马戏团，全国流窜的盗窃团伙……”

柯晓晖沉静的语声并不响亮，却由于听众鸦雀无声，响彻了全场。

“你……是认真的？”陈玥困惑地睁大了眼。

“解这个谜题，首先要从出题人的心理分析开始。汤蓓同学出了教堂金索题，没有难住太多人，于是马上又出了这一题。”

“那又怎么样？”

“两道题的相似点，是两根攀爬的绳索，以及其中一根的绳头上打出来的环。所以第二道题的关键必然和环有关，那个垂在窗前看起来毫无意义的环，正因为毫无意义，所以尤为可疑。监守自盗的人也是很忙很紧张的，没必要特地给绳头打个环，如果是特别牢固的那种，还挺费时间，一般人打不出来。外贼侵入的话就更得争分夺秒了。所以，我认为环的作用才是解谜的关键。”

“很好，你认为那个环起了什么作用？”

“教堂里的贼靠一个环回到了地面，带着黄金索逃之夭夭，珠宝行的贼当然也是如此。”柯晓晖的视线移到了汤蓓脸上，“你说对吗，汤蓓同学？”

“窗台上不是系着垂到底楼的绳子吗？这个贼可不需要双股绳。”汤蓓歪了歪头，笑了。

“垂到底楼的绳子只是障眼法，这个贼带着第三根长绳，穿过环，做成双股绳，攀着双股绳到了某处，然后手松开，把双股绳抽走。如此这般完美回收，大家根本猜不到某处是何处。”

“那么，某处是何处？”汤蓓扬起了眉。

“窗台对着的另一栋楼。”

“什么！”

“贼沿着双股绳爬到了别的楼上，与同伙会合，下了楼。”

“请问他该怎样把穿过环的双股绳甩到另一栋楼的同伙手里？就算在绳头绑上重物，楼间距可不是人的臂力能轻松投掷的距离，再说了，要是一个不巧、砸破了人家的玻璃窗可怎么办？”

“当然是靠小狗……老虎……哦，都不是。”柯晓晖也笑了，“靠的是训练有素的鹰啊。正如王梓同学所言，驯鹰师就是小丑的同伙。”

黑沉沉的夜色中掠过了鹰的翼影。

摇晃的长索，攀爬的小丑，闪闪亮的不是群星，而是钻石。

偶尔有行人从此地经过，目视前方，不太会朝天上看。就算有人向天上看过几眼，黑乎乎的也未必看得清。就算看清了爬索的小丑，也只会以为自己在做梦吧。

在楼与楼之间攀爬的小丑，毕竟是太不切实际了。

“壮观，奇诡，大胆而又不切实际！岛田流的精髓尽在于此！”陈玥啪啪地鼓掌。

柯晓晖只是向她欠了欠身，并没有说什么谦辞。

“我认为部长的位置非你莫属，我愿意当你的副手。”陈玥向他伸出了手。

这个心高气傲不可一世的臭丫头居然会愿意当别人的副手！

王梓和在场的大多数人都惊呆了。

柯晓晖毫不谦虚地走上前去，用力握住了陈玥的手。

chapter 5

汤蓓掏钥匙开门。

叶真生走到她背后，用手上的书敲了敲她的肩膀。

“咦，怎么是你？”

汤蓓一边问，一边东张西望。

“你在找什么？”叶真生疑惑地问。

“找王梓呀。没有王梓生拉硬拽，你放学只会直接回家……难道不是吗？”

“我有事要跟你说。”

叶真生把书送到汤蓓眼皮底下。

这是一本古老的地摊读物。早年火车站、客运码头常见，现在已经被时代淘汰了。开面和杂志一样大，其实不是期刊，只是一些乱七八糟的东西，像什么《发现火星人》《故宫风流史》之类的。

纸页发黄，带着股霉味儿，也亏叶真生拿得出来。

汤蓓瞧了瞧封面，大惊失色，一把推开叶真生，冲进家门翻箱倒柜。

床底下的纸箱子里，齐齐整整地搁着十几本发黄的书，汤蓓把它们翻得乱七八糟。然后，她愣住了。

“我手上这本书是我自己的，不是从你家偷出来的。”叶真生在她身后解释。

汤蓓无言以对地回身看他。

叶真生朝她晃晃手上的旧书，语气很平和：“这书里有篇《环的妙用》，我小时候看过。所以一听你的谜题，我就知道你也看过类似的书。倒是没想到会有本一模一样的，被你珍藏在家里。”

“我爸爸的遗物啦，他在世时就爱看这些杂书。”汤蓓指了指纸箱子，以一种不自然的轻快语调回应道，“我想他的时候就会翻他的东西看看。话说回来，这本书可有年头了吧，你是怎么搞到的？”

“我爸早年常坐火车出差，家里这种书一堆。”

“你也看这种东西？”

“嗯，有时，也想试着了解一下爸爸，所以会翻翻他的东西。只是爸爸的心思往往很难懂，挺愁人的，是吧？”

平静而澄澈的语声中带着微妙的刺，在刺探着什么。

汤蓓小心翼翼地嗯了一声。

“我特地来找你，是想为你解惑：钻石失窃那天，你爸爸为什么要给绳子打那个环？”

“你说什么？”

汤蓓浮现出如雷轰顶的表情。

“这个问题你暗自思考了好多年吧？自从你无意中在你爸的遗物里看到了这篇《环的妙用》，就一直在想这个问题了吧？柯晓晖对出题人的心理分析很精妙，只可惜他是交换生，才来我们学校不久，不知道出题人有个英年早逝的爸爸。”

“你想说什么？”汤蓓跳了起来。

“瘦柜长其实就是你爸爸，不是吗？你从小家境就挺好，陈玥抠着早饭钱租武侠小说看的时候，你已经要什么有什么了，嗯，比如说这个金鱼缸。”叶真生走到书桌前，看着廉价的水泡眼在鱼缸里游动，“当时陈玥很羡慕你，可你爸爸一死，你家的条件就一落千丈了，现在回想起来，确实是因为你爸爸有个在当时看来挺稀罕的工作，而后又是畏罪自杀……”

“你、你！”

“岛田流的传人做出了壮观、奇诡、大胆而又不切实际的解释，而我是个脚踏实地的人。”

“你，你……”

“时下的推理爱好者，是一群喜欢把凶杀案叫成杀人事件的人。对于他们来说，推理是兴趣，是爱好，是展示实力表现自我的时髦舞台，而我的志愿是当一个好警察。你常抱怨现在破案率低吧，盗窃案尤其低，你们这片儿的住户老是被闯空门，多少年了也没破案吧。我将来要当警察，好警察多了，破案率就能提高了。”

“叶真生……”汤蓓喃喃地说，“你很崇拜你爸爸吧。我真羡慕你，可以崇拜自己的爸爸。”

“没那回事，我其实跟我爸不熟。”

“瞧你，还嘴硬。”汤蓓失落地笑了。

“不问问我真相为什么不可能像柯晓晖说的那样？”

“啊，对啊，虽然听起来有点离奇，但理论上可以成立啊！逻辑严密、无懈可击，不是吗？”

“当然不是了，那个解说有漏洞。如果真像柯晓晖说的那样，宁静的夜晚就缺了一种很要紧的声音。”

“缺……声音？”

“呼哨声。”

汤蓓吸了口气。

“看来你也明白了，在宁静的深夜，如果有能让在空中飞翔的鹰听到的呼哨声，就不可能无人耳闻。”

“你说得对，我爸爸真的好傻……”

“你一直相信你爸爸是内贼吧？从来没有怀疑过吧？”

汤蓓的眼泪流了出来。

“可你怎么也想不通那个环的作用，所以不甘心吧？”

汤蓓哽咽着点了点头。

“柯晓晖的解说让你满足了吗？”

“满足了，我总算明白爸爸为什么打那个环了。他一直是个爱看推理小说、喜欢逗乐子的人，说起来你或许不信，他其实是个有点天真的人。”汤蓓难过地说，“……我猜，是那场意外的雨打乱了他的计划。两根绳子应该是在前一天深夜系的吧，珠宝行中也事先做了一番布置，搞得满地狼藉什么的，那大概挺费时间，可能心情也太紧张，导致他最后砸碎了窗玻璃却也没注意到外面曾下过一场雨。而第二天和经理一起去值班，他才发现雨和脚印的问题，那时已经无法收场了。为了解释绿化带里为什么没有脚印，他打了那个环，期盼另一个爱看推理小说的人出场，做出奇诡的解释。只可惜警察都像你一样务实，他们宁可忽视掉那个环，也坚持是内贼犯案。如果生活是电视剧就好了，高中生名侦探走进警察的圈子，口若悬河做出华丽的推理，我爸爸的阴谋就会得逞了吧。”

“为什么从来没觉得爸爸冤枉呢？”

“因为，因为那个环肯定是爸爸打的，我想。”

“从犯也可以对绳子动手脚的。珠宝行经营不善想骗保，胖经理动机更强吧？”

“怎么说呢，我，我也说不清。”

“那就让我来帮你说清吧，请问……可以把钻石交出来了吗？”

如此严重的指控，叶真生却依然说得云淡风轻，他甚至将手指探入水中，逗起了金鱼。

“你……你说什么？我之前在讲谜题时就说过了，警方做了彻底的搜查。”

“不，还不够彻底。”

叶真生的手探入鱼缸深处，在缸底搅动，甚至捞起了一小把沙子。

他轻轻抖着手，沙子从他指间漏了下去，掌心留下了一些玻璃碴似的东西。

每天都用的洗衣机确实不合适藏匿赃物，不过，金鱼缸不错呀，因为是早逝的爸爸买给小蓓蓓的礼物，妈妈不会擅自扔掉。金鱼缸里永远有水，家里没人时发生火灾也不用担心。就算被小偷闯空门，小偷也不会去有鱼在游的金鱼缸里找财物，也就是说，万无一失。

本来，把赃物埋在遥远的深山里是最安全的，但人的心理就是这么奇怪，不放在手边看着，就会担心得不行。

"叶真生，我，我……"汤蓓泪如雨下。

"我知道你不是想偷钻石，这些年你这么穷，但凡有点歪心思，早就打钻石的主意了。"

"爸爸为这些石头赔上了命，我，我交出去不甘心。"

"汤蓓，再过些日子，我们就要领身份证了。像成年人一样，负起人生的责任来，好吗？"

叶真生陪汤蓓去了派出所，既为监督，更为劝慰。

有他做伴，汤蓓在派出所境遇还不错。

她对做笔录的警员说，因为在家里看到了钻石，所以从不觉得父亲是蒙冤而死。钻石本来只是在父亲的裤兜里，小蓓蓓想帮爸爸洗衣服，先掏兜，结果发现了钻石。

发现钻石不翼而飞的父亲焦躁了一整夜，警察来过，胖经理也来过，谁也没能让父亲交出钻石。最终，公园的河中浮起了父亲的尸体。

本以为找不到赃物父亲就能脱罪的小蓓蓓，把钻石藏进了金鱼缸，相信一切都是自己的错。

Chapter 6

石板路边的青苔，斑驳的墙头，墙头上稀疏的杂草，在夕阳的余晖中散发着古旧的气息。

巷子口，闭目养神的老头轻轻哼着戏文，不远处是一张麻将桌，有人坐着玩，有人站着看。老太太们提着菜，聚在一起闲话家常。就连收旧货的汉子，都把小三轮停在了墙角边。是了，那刹车坏了，顶着墙停，踏实。

汉子把车上的旧床板、大纸箱以及各种杂物叠了叠，然后一屁股坐了上去，跷起脚，优哉游哉地抽上了烟。辛苦了一整天，辛苦了一整年，辛苦了好多年，傍晚这一支烟，似乎已经成了他人生唯一的甜头。

“嗨。”一个男人走了过来。

“怎么了？什么事？”汉子徐徐吐出了一个烟圈。

男人穿着白衬衫，模样挺俊俏。他从兜里掏出一包烟，带着客气的笑容说：“大哥，麻烦借个火。”

看那夹烟的手势，就知道是老烟枪。汉子笑了，深吸一口烟，让烟头红红地燃起来，帮男人把烟点上了。

“大哥，你这脚趾头怎么回事？受伤啦？”男人指了指汉子大脚趾上的创可贴。

“赤脚穿凉鞋，也不知道什么时候踢到了什么，不是大事，就破了点皮。”

两个老烟枪有一搭没一搭地聊起了天。

“警方的破案率挺低呢，盗窃案尤其低。”男人忽然转变了话题。

“啊？哦。”汉子发出了不明所以的声音。

“对于这一点，你深有体会吧？”

“哦，哦，可不是，上次我丢了手机去报警，都没人肯受理……”

“这帮人太不像话了，该好好教训一下。”

男人从裤兜里摸出一个金属盒子，把烟按灭在里面，汉子好奇地看着。

“不过，我刚才想说的可不是你被偷的事。我是想说啊，你假装收旧货在这巷子里转了多少年，闯了多少次空门，警方都没抓到你，你早就暗地里讥笑过警察破案率太低了吧？”

“大兄弟，你说的话我听不懂，我得去干活了。”汉子掐灭了烟，翻身上了车座。

“难道你不想知道钻石在哪里？”男人慢悠悠丢出一句话。

汉子眼中骤然透出了凶光。

“王经理，我爽快点告诉你吧，钻石在金鱼缸里。”

汉子一跃而起，满脸惊愕。

“拿到保险金，珠宝行就可以顺利经营下去了吧，可你找不到钻石不甘心。你辞了工作拼命减肥，好不容易才让自己的外形大变了样，为了闯空门，还干起了收旧货的行当，可惜闯了多少年，始终一无所获。”

“你说……你说钻石在金鱼缸里？”

“我还必须告诉你，盗窃案的破案率是很低，可业内还有句老话，命案必破。”男人淡淡地笑了，“你把从犯推进了河里，犯下了杀人罪，不是吗？”

说时迟那时快，汉子已从腰间抽出一把弹簧刀，向男人扎去。男人出手如风，一把扣住了他的手腕。

那手指修长而白皙，看起来简直一拧就断，却宛如铁钳。汉子只觉得手腕越来越痛，很快，连痛感都没有了。整条手臂都像不存在了一样。啪嗒一声，弹簧刀掉在了地上。

chapter 7

叶真生拿着地摊读物走进父亲的卧室。

室内乱得几乎无处下脚，所以本来只要把书随手一丢就可以，但他想到汤蓓为她父亲整理的纸箱子，井井有条，充分显示了为人儿女的情意，突然感觉有点过意不去。

叶胜英工作太忙，或曰太积极，总之很少正常睡觉，自然没有精力收拾卧室。常年的作息不规律，使他患了严重的失眠焦虑症，连休假时都睡不好。

叶真生功课毫无压力，却只管自己的个人卫生，还经常指责老爸污染公用空间，现在想想，真是太自私了。

从懂事以来就一直指责（最近两年改为腹诽）老爸这里不对那里有错，万事看不惯，天天有怨言，却忽视了很明显的一点——父亲几乎什么事都顺着自己。

叶胜英所有的愤怒都爆发在儿子跟他不亲、冒犯父亲权威的时候。除此之外，他对儿子没什么要求。他既不要求儿子乖巧，也不要求儿子听话，对儿子的成绩好坏全然不在意，甚至直接把工资卡交给儿子管理。

在这个装修和家具都很一般的住宅中，装着价格不菲的新风系统、超大型六门冰箱、滚筒洗衣机、烘干机、洗碗机，连吸尘器都是五千多的手持除螨仪。客厅里还有个破坏了整体格局的健身角，摆着椭圆机和卧推架，以便叶真生足不出户就能完成日常的力量训练、HIIT及一般有氧运动。

没有哪户正常人家会是这种样子。

这只是叶真生想要的家。

对于父亲来说，这里恐怕真的没有家的氛围吧。他忙于加班可能也有这方面的因素。不近人情的儿子与机械感过剩的住所，使他宁可加班多挣奖金？

父亲在这方面向来不多话，任由儿子花销，生活起居各种琐事也任由儿子安排。

……不知算不算强迫症，衣食住行，人情来往，任何事，只要不能按照自己认定的“正确”做，叶真生就会觉得很难受。

他在学校就一直难受得很，因为要忍受的人和事实在太多。

回家才能松一口气。

这个让他安心、自在的家，是父亲掏钱买单、他自己一手打造的安乐窝。

“爸爸是有很多缺点，可我也不觉得别人家的爸爸好，哪怕上天给我一个换爸爸的机会，我也绝对不会换……”

叶真生把地摊读物放下，一点一点开始整理。

不过两三个小时，整间卧室已焕然一新。

他把看上去该扔的杂物分门别类收在不同的盒子里，等叶胜英回来自行决定。

最后，用干净的抹布仔细擦书桌时，他在桌板下摸到了一条奇怪的胶布。

难道桌板破了个洞，需要贴胶布堵上？

这，家里也没穷到这个地步吧。而且叶胜英很少在家，这书桌根本没怎么用过啊。

那么，是为了什么事，顺手将手里的胶布往那里一贴？

那是靠墙的位置，并不是“顺手”能贴到的地方。除非当时叶胜英正蹲在书桌下做什么事。

叶真生伸手把胶布撕了下来。胶布中央粘着个极小的纸袋，轻轻一倒，就倒出了一块内存卡。

……藏在这么隐秘的地方。

如果叶胜英大大方方丢在桌上，并且要求儿子别看，叶真生还真不会去看。这种心虚似的藏法，反而令人生疑。

叶真生想了想，把内存卡插进了自己的手机。

> 姓名不详，真容不详，年龄不详，性别不详。
>
> 形貌千变万化，道行高深莫测。
>
> ——这就是九尾妖狐。

六·一二爆炸案的绝密资料！

图文影像一应俱全，看得叶真生疑窦丛生。这种东西藏在家里，用脚后跟想想也知道是叶警官知法犯法。

杀手妖狐的四大案详情，工作组的十三位核心成员名单，购物中心的监控视频，还有，竟然还有针孔摄像头偷拍的会议。老爸这是要干什么？

叶真生又随手打开一段音频。

“叶队长，我们不至于把所有的希望都寄托在夏目晴身上吧？你身为现地指挥官，不可能什么都没看到吧？”一个苍老的声音说。

“爆炸发生得突然，我当时的位置比较接近落地窗，一瞬间窗玻璃全碎了，我身边的人跌了出去，我下意识地伸手把他抓住，差点儿被他带着坠下楼去。我臂力虽然不错，但大半个身子都挂在了大楼外，风吹得乱七八糟，一时间无法把人拉上来。一直没人来帮我。我也知道楼里大事不妙，需要我指挥调度。可是那种状况下，我怎么也下不了决心松手。三分半钟后，我终于把人拉了上来，然而大势已去……我为救一个人，在关键时刻没有尽职，最终发生了十八人死亡的惨案，我愿意接受处分。”

再换一段音频。

“你听明白了吗？我恨妖狐，我要亲手把妖狐揪出来，食肉寝皮。”（是爸爸的声音，对方沉默。）

“你有什么话尽管说。”（爸爸又说。）

“哦，那我说了，作为家属你必须回避这案子。”

（啊，竟然是高穆叔叔。久违的声音，听起来又亲切，又有点陌生。）

“……组织需要我。”

“没办法，不能破例，这是上面的意思。我陪你去警械管理室交还枪支，好吗？”

“如果我说不必，你会放心由我一个人去？”

“我一定会把凶手绳之以法，相信我，叶哥。你不要知法犯法，把自己赔进去。”

叶真生把所有文件都拷了出来，然后尽量按原样，把内存卡贴回了桌板底下。

杀手妖狐，六·一二爆炸案的内幕，猎狐行动，被调离工作组的父亲，以及这显而易见已触犯刑法的偷拍、偷录和偷窃绝密资料之举，使他的心头泛起了少有的波澜。

父亲不能容忍炸伤儿子的罪犯逍遥法外，宁可犯法也要追查下去。那可是铁面无私、正义感爆棚的父亲啊，不是一般小市民啊。叶真生真切地感受到了私情的分量。

他回到客厅，在白色的单人沙发上坐下，本意是想静一静，好好思考，是不是该向父亲挑明自己已知情，劝父亲不要再错下去。可事与愿违，斜对面的长沙发上现出了两个人的身影。

一个是王梓，稚气的脸上满是期待，语声却局促不安。

“叶大叔，您看我这篇推理小说写得怎么样？”

“故事蛮有趣。”另一个，当然是父亲。

父亲很珍惜儿子唯一的玩伴，百忙之中还坚持看完了初中生的处女作。叶真生曾建议他直接拒绝，像叶真生自己做的那样，结果反被他责备了一顿。

“我不是问情节啦，情节我是有自信的，我是想请您帮我看看文里涉及警察的地方写得对不对？有没有常识性错误？”

“小说嘛，不必过于较真，我认为富有想象力的小说就是一篇好小说。如果还有思想性，那就绝佳了。”

父亲的话说得非常得体。

此时重温，有一种微妙的感动。

这男人对领导说话大概都不会这么用心。

“叶大叔，听您这口气，我写的警察完全不对？”

“你写到一位刚参加工作的年轻刑警，为了在老前辈面前争面子，暗中去向自己的外甥求助。于是，聪明绝顶的高中生名侦探帮舅舅解决了一桩又一桩疑案，而并无才能的新人赢得了警界精英的名号。为了掩盖自己的无能，这位刑警还经常手忙脚乱，闹出了不少笑话。”叶胜英耐心地安慰道，“我认为这样的故事又轻松又有趣，孩子们都会爱看，你要坚持写下去才好。”

“可是，大叔您觉得没法看是吗？”

“我觉得可以看看呀。”

“不要用这种哄孩子的口气啦。”

“好吧，现实中，这种事当然不可能发生，刑警的阅卷权管理得极严格，别说给亲戚看了，带回家自己看都不行。带外人进现场更是铁板钉钉的犯法。没有刑警会做这种事——且不论中学生的案情分析对警察能有多大的参考价值。”

然而，他却把猎狐行动的卷宗带回了家，还不断偷拍、窃听工作组的新进展。

“案情真的一点也不能向外人透露吗？”

“有些时候，我们会打报告申请，向明光大学的实验室求助，做一些力学实验啊化学分析什么的，或者把军医大学的犯罪心理学家请进专案组一起工作，重点是要申请，要走流程，不可以是某位警员的私人行为。”

“啊，我还以为警察偶尔也会请教民间的名侦探。”

“如果你把侦探设定成明光大学的理工科教授，就比明光附中的学生好很多了。教授的话，申请容易得到批准。”

“那么，优秀的推理小说对警察有助益，推理作家能指点警察破案什么的，都是瞎吹的喽？”王梓显出了好奇之色。

“现在的刑侦科学技术十分发达，外行人很难想象卷宗里有着什么样的资料，所以他们的分析一般不会有太大的价值。”

“可我听说看多了推理作品的人，有能力做出完美犯罪！”

“嗯，怎么说呢，我也看过一些推理作品。有那么几桩案子，现场显示了凶手强烈的反侦查意识，可反侦查表现却有点生硬，这种情形我会推测凶手可能有阅读推理小说的习惯。”

“这么拙劣吗？”王梓不甘心地问。

“感觉上，唔，我的感觉，应该说是有点儿戏吧。现场的反侦查表现其实相当多样化，我们很重视分析，凶手可能当过侦察兵，可能也是当警察的，没准还是搞刑侦的，甚至是刑技……”

“您这是层层递进的顺序？”

“没错，如果是业务水平过硬的刑技人员作案，破案的希望就渺茫了。这或许是刑侦技术发达的副作用吧。”叶胜英扭头看儿子，“你高穆叔叔就是刑侦和刑技的双料硕士，厉害不？想当初进市局他本想去搞物鉴，不幸遇见了我，我硬把他扣在身边。

拗手腕跟我撑了两小时，射击还赢了我三环，你说我能放过他吗？这种人就该上前线跟犯罪分子做斗争！”

那明亮的眼总是在黑暗和血腥中搜寻罪恶，因此难免阴云常驻。只有提到高穆时，那眼中的倦态才会消退一阵子。

……隔着不可逾越的时空，叶真生直视着父亲那双神采奕奕的眼。

“也就是说刑技人员最厉害？那他们能做出最完美的犯罪现场喽？”王梓兴致勃勃地问。

“不。”

“咦，不？”

“最完美的现场，就是完全看不出反侦查表现。”

“噢！”

“精心设计的现场，可能反而显得混乱而马虎呢。”

“什么样的人才能做到？”王梓瞪大眼问道。

“这世上什么样的高人都有，我只能说，一般来说，应该就是跟我一起查案的兄弟吧。”叶胜英脸上浮现了深切的悲怆，“那样的话，现场乃至卷宗都会被做成罪犯希望我看到的样子……”

直到这时叶真生才意识到，父亲这番话可能并非泛泛而谈。

而这段场景从潜意识中自行浮起，大概是叶真生给自己找的答案：父亲为什么宁可犯法也要追查妖狐案，是因为他怀疑放炸弹的罪犯还潜伏在警方的工作组里。

那孩子不在的秋天

犯罪者的七不规范第三条：

不乱写血字

Chapter 1

啪的一声，书包摔到了地上，绣着姓名的小手帕从书包带子上脱落下来，像我的鼻子和嘴巴一样沾上了泥。

这里刚下过一场雨，草木散发着湿漉漉的清香。我从地上一跃而起，拽了拽书包，发现比想象中沉得多，几乎不是我的体力能负荷的，就马上决定了放弃。

我今年六岁。

当然，年纪不是缺乏责任感的理由。我总觉得自己年纪不算小了，任性啊贪玩什么的，只不过是我的天性。

邻居家的贝贝比我还小一岁，可有责任感了，哪怕跟我玩得兴高采烈，也不会忘记在天黑前回家。

泥污让我呼吸不畅，于是我用脸蹭了蹭手帕。手帕边上是女孩昏迷不醒的脸——我跟她很熟，可一直叫不上她的名字，她总是在我和另一个女孩面前自称“姐姐”，有时会买零食给我吃。我偶尔也有喜欢她的感觉，但大部分时间觉得她比较烦。她打扰我自得其乐地玩，可零食又真的很好吃。

我大概不该丢下她不管，她是和我在同一屋檐下住了六年的“姐姐”啊，可是草丛里似乎有什么东西在动，我实在忍不住自己的好奇心。

我追着那奇妙的异动一路狂奔，终于惊起了一只蝴蝶。蝴蝶美丽极了，双翅闪闪发光，我追着它奔出了草丛，穿过了树林，翻过几堵矮墙，最后却失去了它的踪迹，还迷了路。

又下雨了，真讨厌。

我在树下蹲了一会儿，身上的绒线衫又脏又湿，感觉很不好。向远处眺望，这地方完全是荒郊野外了，零零星星有几户人家。跟我平常住的高楼不同，各家的宅院之间距离很远。我挑了离自己最近的一家，拼尽全力朝那里跑去。好不容易跑到了门檐下，雨居然停了。这是一栋老旧的平房，院墙不高，院门上积满了灰，被雨水一冲，污迹一道道挂下来。我从门板的缝隙中往里瞧，里头阴森森的，一点人味儿也没有。

天快黑了，我却找不到回家的方向，这被人废弃的宅院或许能让我借住一晚。

我绕着院墙走了一圈，在泥地上留下了一长串小脚印，最后又绕回了院子的大门口。门檐下堆着乡下人家常见的杂物，簸箕、笤帚、破柜子之类的，害得我老是被绊到。后来我在几块木板后面找到了一个墙洞，这就是所谓的狗洞吧。我低头钻了进去。要是被贝贝知道，可就是奇耻大辱了。不过贝贝又老实又温顺，从不笑别人，所以这只是我自尊心太强的问题。按说我是该爬墙的，可是我累了，又累又饿。

院子里也是泥地，雨水还没干透，地上有一排奇怪的洞，从院门直通房门。

我要进房，却下意识地避开了这些洞走。

不知道为什么，我心里非常不安。我也说不清这些洞算不算深，深深浅浅的，大致上，是我的半截小腿长。洞口不大，跟老式的板凳腿差不多。如果有一张板凳成了精，在下雨的日子，迈开四条腿从门檐下往平房走，地面应该就会变成这样了吧。当然，凳子腿不像人的脚掌，看不出前后左右，所以也可以说它是从房里出来走到了院门口。奇怪的是，院门外却没有洞。

我怀着戒心一步一步走到房门前，门牢牢关着，我进不去。

向着夕阳的余晖，我迈开步子，绕着整栋房子转了一圈，找到了西墙上的一扇大窗子，北墙上的一高一低两扇小窗子，还有一间在东面突出来的小屋。小屋朝南的屋檐下有一个圆圆的洞口。洞里好像堵了什么东西，黑乎乎的看不清。我回到了大窗子处，决定鼓起勇气拍玻璃。

大窗子斜对着房子的正门和通向东屋的小门，小门倒是开着，影影绰绰能看到东屋中堆着不少东西，却看不到那个圆洞在屋内的出口，视线被小门的门框截断了。

扭头朝正门望去，只见正门内侧倒着一张四分五裂的板凳。凳面竖在一边，四条腿散落在地，隐约粘着泥，边上还有几根旧麻绳。

板凳成了精，要迈动四条腿……这样腿会散架，因此要用麻绳绑起来……结果还是散架了……

我开动蒙昧的大脑，努力思考，试图理解眼前的景象，但脑子里只有一团糨糊。

有什么不对劲。

有什么不对劲？

我终于发觉了哪里不对劲！

房间中央摆着一张半新不旧的大餐桌，餐桌下有人。

一个提着刀子的人。

刀尖还在滴血。

天哪，我壮起胆子往桌底下一瞧，瞧见了血肉模糊的一团。四肢似乎都被切下来了，像门口那四条板凳腿，散落在躯干旁。

那个人的眼睛对上了我的视线，挥刀又朝地上的血肉砍了一下。又红又白乱七八糟的血肉中，夹杂着深褐色的卷毛和破碎的衣物。那个人揪起卷毛，就捎带起了一个圆乎乎的东西。他从桌底下钻了出来，朝向窗子，示威般地拎那个圆球给我看。

一张熟悉的脸，突如其来地送到了我面前！

乌溜溜的眼珠已经不会动了，像两颗黑沉沉的玻璃珠。

可爱又讨喜的表情，已经变成了纯粹的僵硬。

我发出了撕心裂肺的惨叫声。

我吓破胆了，我看见提刀的人向我露出了狰狞的笑容，我看见他丢下了卷毛头，提着刀转身。我吓得从窗台上掉了下来，却一步也挪不动。

也不知过了多久，他从房子南面转出来，以一种奇怪的姿势向我逼近，他要来杀我了！他要来杀我了！

他每走两三步路，就像要趴下来似的，得撑一撑，才能再一次站直身体。直着腰走路对他来说似乎非常困难。

我的个子比同龄的女孩矮多了，平时早就习惯了别人的高大。可是，看着这个比我高几倍的人满脸凶相地走来，我竟然愣在了原地。

他看起来比在房里的时候更高了。

我发出了尖利的惨叫声，然后，连滚带爬开始了逃亡。

chapter 2

枫林路两旁的枫树叶染上了淡淡的红晕。

这是一个秋色宜人的傍晚。

虽说是周末，枫林五中门前依然人来人往。自从社团活动轰轰烈烈办了起来，休息日出入学校的师生也多了起来。

叶真生在校门口遇见了王梓，两人沿着枫林路边走边聊，往家里走。

“那是什么？”王梓的视线落在了路边的不明物体上。

他是个积极的行动派，立刻跑去翻看起来。原来是一个款式别致的书包。

“你真是破坏现场的一把好手。”叶真生也跟了过去，不以为然地发出了评价。

“啊，边上还有块手帕！”没等叶真生说出“别碰”二字，手帕已被王梓拿在了手里。

“夏、目、晴？”王梓盯着手帕上绣的人名，一个字一个字地读出来，一边读一边摇头，“好奇怪的人名，干吗这样跟眼睛过不去。”

“人家是晴天的晴字。”叶真生嘴上纠正他，心里却打了个突。夏目晴，是六·一二爆炸案的那个目击者吗？重名概率不大，应该就是她没错了。

“哟，还真是晴，可中间这个目字也很奇怪嘛，夏沐晴、夏慕晴之类的不是好听得多？”

“……文盲。”叶真生慢悠悠地丢出两个字。

“啊，沐浴在晴空下的夏天，啊，恋慕晴空的夏天，啊，我觉得自己简直可以当诗人了，你居然叫我文盲？”

“王梓同学，听说过夏目漱石吗？”

“倒是有点耳熟。”

“语文课你都用来睡觉了吧，夏目漱石是日本著名文学家，批判现实主义代表作我……”

“就算夏目是大作家的姓，一个姓夏的中国孩子特意叫夏目晴，你不觉得家长过于崇洋媚外了吗？”王梓一脸不服气地打断了他。

“这不是中国孩子的东西。”叶真生看着书包，笑了。这种书包是特殊材质，落水时会像救生衣一样浮起。叶真生上小学时也曾有过一个，确确实实，是高穆叔叔辗转托人从日本弄回来的厚礼。

“你想说这个夏目晴是日本人？”王梓追问。

“嗯，这儿到天方SAS直线距离不满一公里，外籍学生常见。这个夏目晴没准还是雪莉的同学。”

“哟，雪莉雪莉的，叫得真亲热。”

雪莉妹妹是王梓的网友，却成了叶真生的红颜知己，他俩除了以网名相称，别的方面已经和现实中的好友没有区别。叶真生坦然自若地给雪莉打了个电话。

“太巧了，站在原地别动，我马上就到。”雪莉在电话那头叫了起来。

所谓的“马上”真是毫不夸张，顶多只过了三分钟，雪莉就带着失主出现了。

夏目晴是一个非常纤细的女孩子，据说是雪莉去年的同班同学，但看起来比雪莉小很多，简直就像十三四岁的初中生。奇妙的是，跟稚嫩的外表正相反，她的表情和说话的方式都相当成熟，从这方面看，又有点像发育不良的大学生。总觉得她像是化了淡妆。总之，她给人一种日本人偶般的精致感，和她的书包以及绣着姓名的小手帕相当般配。

叶真生深深望了她一眼，她却对她的救命恩人没什么反应。

真的选择性失忆了啊。

PTSD，叶真生脑海中冒出了这一心理学术语。

如果说他之前对爆炸案的内幕多少还有点疑真疑幻，现已深信不疑。

“果真是日本人！”王梓发出了一无所知的感叹声，“叶小哥你还真是百发百中！求你了，加入我们的推理俱乐部好不好？”

“不好。”

“逻辑演绎明明是你的强项，不要浪费天赋啊。”

“你们社团经常布置大量的阅读练习，还要人写小说读后感，开作品研讨会。这些无聊的活动我受不了。”

雪莉在旁边扑哧一笑。

王梓的脸涨红了：“才不无聊。”

“好吧，只是我不感兴趣，抱歉。”

“你哪有半点抱歉的意思啦！”

两人的对话听得雪莉忍俊不禁，夏目晴却歪着头，没有笑。

“夏目同学，你怎么把书包丢在路边就不管了？有什么急事？”王梓对可爱的女孩总是关怀备至的，“要不要我们帮忙？”

“需要帮忙，我请了雪莉，正在帮我一起找……”

这女孩普通话说得字正腔圆，只是语速慢一点，说一句话要想半天。

“找猫，是吗？”叶真生淡淡地问。

“猫？”雪莉发出了疑惑的声音。

“你看书包上这几根细毛，是猫毛，手帕上也沾到了，草丛里泥泞的地方还有猫的爪印。”

“这儿本来就有很多猫猫狗狗乱跑，你看，树底下还有狗屎呢，你怎么不猜她俩是在找狗。”

叶真生向来不跟人怄气，笑了笑，不说话了。

“我是要找我的妹妹小悠，夏目悠。”

夏目晴从衣兜里摸出一张照片。

照片上是一个年约五六岁的女童，乌溜溜的眼睛，俏皮的瓜子脸，一头乱蓬蓬的小卷毛，看那表情就知道是个性格活泼的淘气包。

“你连照片都准备好了？”叶真生见过随身带合影的人，没见过随身带妹妹个人照的。既然要带个人照，那父亲呢，母亲呢，好朋友呢，为什么不带？为什么只带妹妹的？这妹妹还正好失踪了，照片正好能派上用场……总觉得有点奇怪。

“我和小悠带着小米在这里散步，我被石头绊倒，跌了一跤，过了一会儿，醒过来，发现小悠和小米都不见了。小米应该是贪玩，瞎跑，以前也总是自己回家的，不要紧。小悠还不太懂中国话，我很着急，到处找，找不到，我就回家拿照片，想去……”过了好长时间，夏目晴才憋出了派出所三个字。

夏目悠才不见了几十分钟，警方的态度并不积极，于是心急如焚的夏目晴找上了老同学雪莉。

发现夏目晴也总是雪莉雪莉的叫，叶真生才打听到，原来这不单单是网名，Sherry，是她护照上的正式名字。雪莉的妈妈当年无比痴迷推理小说，一心想要一个名叫Sherlock的儿子，结果生出来发现是女儿，也没有气馁，在丈夫的百般阻挠之下，才总算改了改Sherlock的后半截，使它看起来比较像女孩的名字。

“我说，把认识的人都叫上，大家分头去找小悠吧！”王梓热心提议。

推理俱乐部的人力被他发动了起来，好几十人分头行动，捷报频传，找到了张家走丢的狗、王家迷路的猫、李家被偷的电脑……叶真生只好安慰了夏目晴一番，领她沿着草丛一路摸索，越走越荒僻，最后到了郊外。

“叶真生同学，为什么我们要到这里来？如果不是雪莉和我真的很熟，我简直要怀疑你是坏人了。”

“你不觉得你被石头绊倒，随即小悠失踪……不太像巧合吗？”

“有人为的感觉？”

“对，不排除小米也同样受到了袭击。”叶真生提醒她关心一下另一个。

“小米倒不用担心，以前经常离家出走，只是顽皮，之后会回来，害全家人白担心一场罢了。”

“狼来了的故事结局可不太好。”

“难道是坏人潜伏在草丛里，设法把我绊倒，然后掳走了小悠？”夏目晴显然没听过狼来了的故事，一心一意担心小悠。

“这也是有可能的。我仔细观察了你摔倒的地方，痕迹太多，没办法，那条路人来人往，家养的宠物也多，所以无法找到明确的线索。但是，如果罪犯挟持了一个小女孩，总不能在大路上走吧，第一步总得是钻进草丛。”

夏目晴一脸信服地点点头。

“草丛里痕迹更多，我带着你一路摸过来，排除了那些中断得很明确的。而一直无法排除嫌疑的痕迹，居然断断续续一直持续到了这里，我不敢肯定说跟小悠有关，但来查查总不会有错。”

“你，真厉害。”

“还好吧……”叶真生正要进行礼节性谦虚，忽然听到了嘭嘭嘭的声音。

两人循声摸索着路，很快就走到了一片小小的开阔地。那里立着两个锈迹斑斑的篮球架，几个高中生模样的人正在玩篮球。还有几个女生和小孩，站在一边津津有味地看。

“请问，有没有见到一个小女孩？”

夏目晴又摸出了照片。

观战的女生们不耐烦地瞄了瞄照片，都说没见过。倒是那个小孩，认真地拿着照片看了好久。

“小弟弟，你见过这个小妹妹吗？”

男孩摇了摇头。他看起来也就十岁出头，穿着小学生的校服，校服里的绒线衫脏兮兮的，样子有点寒酸。

现在的小孩大多娇生惯养，像叶真生这样休息日还肯穿校服的不多见了。

“真漂亮。”小男孩目不转睛地盯着照片上的小悠。

小小年纪就已经知道爱美女……叶真生默默无言地把照片收了回来。直到那小孩对夏目晴说了句“你的也不错”，他才明白过来，原来所谓的漂亮，指的是上半身穿的绒线衫。小悠确实穿着价格不菲的漂亮绒线衫，会不会正是因此引发了坏人的歹意？

“你的跑鞋，很酷。”夏目晴体贴地回应男孩。

男孩吸了吸鼻子，自豪地抬起一只脚向两人展示：“昨天刚买的鞋，灵吧？”

看得出这是他好不容易才得到的新鞋，保护得很好，鞋面只有一点点灰，鞋底的磨损也很小。

“你常来这里看他们打篮球？”叶真生问。

“嗯，每个周末都来。”

“可是今天下了两场雨，你们都不在乎下雨？”

“上午的雨停后，我就到这里来玩了，我爸妈很少管我，我在家待着也没劲。后来下午又下雨了，我去避了会儿雨，回来就发现他们已经在打篮球了。”

“有没有看到什么怪事？或者听到什么奇怪的声音？”

“没，这里很少有人来，除了他们，我从没见过别的人。”

“对了，你去哪里避雨了？”

“那边，你们朝南走，那边有几户人家。”

谁能在打篮球的过程中对小女孩做坏事？这么多双眼看着。

荒郊野外的农家，则是十分理想的犯罪地点。

叶真生和夏目晴对视一眼，毫不犹豫地朝南方走去。

chapter 3

夜幕笼罩了大地。

星星点点的农家亮起了灯火。

叶真生却拉着夏目晴往黑灯瞎火的宅院走。

“叶真生同学，你真的不是坏人吗？”

“你看我像坏人吗？”

“坦率地说，我连你的鼻子都看不清。”

“呵。”

“一点线索也没有，我们为什么非得在这里耗时间？”

“正因为一点线索也没有，我们既来之则安之，索性把这里查个底朝天。”叶真生打开了手电筒的柔光。

“我不理解你的意思。”

“在刑侦纪录片里，警察总是明察秋毫，揪出线索一路前进。这是因为一集毕竟只有四十分钟时间……虽然近来他们也常拍上下集了，时间还是比较紧的。”

夏目晴笑了。

“现实生活中，排查，排除，是破案必不可少的步骤。推理俱乐部的那帮人嘴上吹得神乎其神，其实也正忙着帮我们排查。”

“有道理，那我们就查个底朝天吧！”

夏目晴奋起一脚，踹中了院子的大门，门板当即四分五裂。不是说日本女孩都很文雅吗！叶真生诧异地看着她长驱直入。

“站住！别，别动！”

总算她是个讲道理的女孩，叶真生一叫，她就真的不动了。

“如果你妹妹在里面，动静这么大，会给她带来危险。坏人也有可能带着她藏到别处去。”

“哦，哦。”

“你这样蛮干，说不定会损坏要紧的线索。”

“对不起。”

叶真生拿电筒扫着地面，仔细审视。

院子里的泥地现在是干的，但之前被雨淋湿时，各种物体留下的痕迹完好地保存了下来。

有猫狗禽鸟跌打滚爬的痕迹，看起来很自然。

不自然的是满地小洞。

这种景象很难描述，一定要说的话，就像是一张板凳成了精，迈开腿满院子乱走。而且还是三条腿的板凳。

虽然歪歪扭扭乱糟糟，但仔细看，就能看出小洞总是两三个一组。

这是怎么回事？叶真生一边纳闷，一边叮嘱夏目晴不要踩到洞上。这些诡异的洞里可能大有文章。

小心翼翼走到了平房的正门前，叶真生推了推，门纹丝不动，回头看院门，因为被夏目晴踢坏了，也不知道原本情况如何。地面已经干透了，他俩的脚印并没有留下来。

叶真生把电筒交给夏目晴，从书包里拿出镊子和螺丝刀，不出三分钟就卸下了半边门板，整个过程悄无声息。

“这真的不是小偷的技术吗？”夏目晴在他耳边低叹。

“优秀的警探当然精通各种犯罪技术。”

“那警探要是犯起罪来可怎么办！”

“自然会变成很难抓的犯罪分子了。”

“可是……”

“嘘，我好像闻到了血腥味。”

夏目晴脸色顿时苍白如纸。

“把电筒关掉，别作声，屏住呼吸。”

夏目晴顺从地照办。

固定门板的螺丝全都锈迹斑斑，满是尘土，近期内没人动过。这一点叶真生可以确定。他猫着腰慢慢走进门，血腥味更浓重了，但没有呼吸声。他把用助听器改造而成的扩音耳塞塞入耳中，远处的风声、流水声、夏目晴紧张的心跳声都清晰可闻。

房子里确实没有生物的呼吸声。

他立刻把耳塞拿了下来，这玩意儿很危险，要是夏目晴在这种时候憋不住惊叫一声，他的鼓膜就完了。

“好了，这里没人，你打开电筒进来吧。”

朦胧的光晕照到了地上。

“改强光，让我们好好看看血腥味缘何而来。”

明亮的白光照亮了大半个房间。说时迟那时快，夏目晴发出了惊天动地的惨叫声。

虽然已经取下了耳塞，但叶真生还是觉得自己的鼓膜即将因公殉职。他捂住两耳，看着白光剧烈地抖动跳跃，这自然是因为夏目晴失手将电筒滚落在地了。

房间中央摆着一张大桌子，桌底下有一团乱糟糟的血肉。

那是被利刃肢解的尸体，恐怖至极。一时间，辨不清面目。

夏目晴一头扑进叶真生怀里，放声大哭。

脂粉的甜香冲入叶真生的鼻腔。叶真生皱了皱眉，攥住她的双肩，把她软腻腻的身子轻轻推开。

O在你做好彻底的清洁之前，别用满是细菌和化工制品的身体碰我。X

因为这是个女孩，他的动作尽量做到了斯文。如果换成男生，就会直接尝到过肩摔的苦头了。

“还好……不是小悠……”夏目晴无所适从地靠着墙，好不容易才挤出一句话。

“是什么人……这么残忍，这么变态。”

“应该报警吗？”

“嗯，还是报个警吧。”叶真生摸出手机打了一一〇，又问她敢不敢陪他看住现场。

夏目晴点了点头。

“对了，中国的男生都像你这么纯情吗？”

“纯情？”叶真生困惑地问。

“没什么，没什么啦。”夏目晴红着脸低下头。

叶真生心说她一定是对自己刚才的行为产生了根本性的误解，只得在掌心再画一个圈叉来克制自己实话实说的冲动。

Chapter 4

我流浪了好久，肚子饿瘪了。

好心的陌生人给了我一点吃的，但还是好饿，我只能喝沟里的水，吃别人丢弃的食物。

我肚子痛，发着烧，浑身不舒服。

我一直是全家人的娇宝宝，从来没吃过这样的苦。

夜色中，一个穿着格子裙的女人从我眼前走过，发出一阵香气。花果似的甜香让我想起了姐姐。我跟了上去，渴望能从她那里得到一点关怀。不过街边的一个小乞丐比我快了一步。他扑出来抱住了女人的腿，似乎在乞求什么。女人尖叫了起来，蹬着腿，想把他甩开，发现甩不开，又拿手里的包砸他的头。

我呆呆地看着这场闹剧。

终于，一个穿制服的男人出现了，制止了女人和小乞丐的纷争。女人指指戳戳说个不停，小乞丐一溜烟跑了。

其实我一向分不清警察、保安、出租车司机和宾馆的门卫有什么不同，在我眼里所有穿制服的男人都差不多。我跟住了一个警察，并且最终获救，大概纯粹只是运气好。

穿制服的男人总是给我一种奇妙的安全感，我觉得跟着他不会错。

我跟着他在街上走来走去，后来，他身上的方盒子响了，他对着方盒子说了一会儿话。

再后来，我看他打算钻进一辆停在街边的车，就赶紧扑上去抱住了他一条胳膊。他似乎下意识地想要把我甩开，但我使出了吃奶的力气抱着他。他果然和那个女人不同，发现我不肯松手，就拍了拍我的头，把我抱在了怀里。

“你是谁家的小可爱呀？叔叔送你回家好不好？”

他替我拉直了皱巴巴的绒线衫。本来是非常漂亮的绒线衫，现在脏得像抹布。我看着他眼泪直流。

“唉，你要是说得清家在哪儿，也就不用在街上流浪了。只是叔叔要去办正事，你要乖噢。”

我听不太懂他的话，但能确定他没有恶意，我把脸藏进了他怀里。他不像姐姐那么香，但是身上也有好闻的味道。

chapter 5

夜色深沉，不远处却传来了喧闹声。

原来是打篮球的那帮人看中了农家小院后的空地，在那里燃起篝火，开始了野外烧烤。

食物的香味不断传过来，夏目晴嘟哝着说饿了。

“一一〇的接线员说警方会尽快赶来，要我们也多加小心，没准犯罪分子还在附近，说不定会袭击我们。据说这样的虐杀案发生过好几起了。”

“好、几、起……”夏目晴呆呆地重复道。

“对了，小悠好像有消息了。”

“太好了！她在哪里？”

“具体情形还不是很清楚，是巡警，还是交通警来着？在街上遇见了她，因为她不太会说话，也听不太懂别人的话，所以引起了那位警员的注意。”

毕竟是国际友人，警方给予了一定程度的特殊关心。看得出夏目晴松了一口气。

叶真生把注意力从烤肉的味道上移开，看看天花板，发现无迹可寻，于是又查起了窗子和其他出入口。

“竟然是一个封闭现场。”

几乎就在同时，夏目晴说：“竟然是一个密室。”

“密……室？”

“封闭……现场？”

他和她不约而同地学着对方的措辞，一边说一边笑了。

这个封闭现场，用时髦点的词来说，密室，竟是双重密室。

门窗紧闭的房子，罪犯是怎么出去的呢？满地泥泞的院子，罪犯是怎么通过的呢？血肉还很新鲜，完成凶案的时刻不可能比第一场雨更早。若是等到泥泞干透再走，罪犯又很难不撞见叶真生和夏目晴。

现实生活中的罪犯跟推理小说里的不同，通常对密室、不可能犯罪之类的手法不感兴趣。对这种事津津乐道的人，不是爱看小说，就是爱写小说。想到这里，叶真生不禁想到了王梓。

窗户都插着插销，毫无动过手脚的痕迹，正门插着门闩，上面也没有可疑痕迹。门内侧空空荡荡一块地，怎么看都看不出花样。只有厨房里有个通风口，大小嘛，勉强可供小孩出入。板凳……为什么要想板凳呢？可叶真生的脑细胞已经不由自主地缠在了板凳上。

好吧，板凳如果卸下四条腿，也是可以出入的。不过那样的话，“它”就不能满院子蹦跶，留下那么多“脚印”了。

手机铃声适时响起，打断了他越来越荒谬的思绪。

是叶胜英打来的电话，居然是来问案情。

叶警官一向公私分明，这回破了戒，发现报案人是儿子，特地致电过来，要儿子别离开现场，做一点力所能及的事。

市局的刑警队都这么重视这个案子啊。叶真生有点责任重大的感觉。

“尸体旁是不是有字？血写的字。”叶胜英在电话那头问。

“嗯，有。”

“是什么字？”

“嗯，很模糊，好像是个‘孩’字。”

“就‘孩’一个字？”

“嗯，乍眼望去，就‘孩’一个字，我能过去翻查一下吗？”

“别翻，这种事交给警察做吧。”叶警官挂断了电话。

看来之前的那几起虐杀案现场留下了不止一个字，叶真生侧着头想了片刻，不得要领。

眼见着夏目晴忙忙碌碌，在房子里来回走动，他的心里又生出了奇妙的感觉。

雪莉的短信刚巧发到，于是他坐在门槛上，运指如飞，开始了长篇大论。

“嗨，听雪莉说，你是名侦探？”夏目晴坐到了他身边。

“我不是，王梓和推理俱乐部的那些人才是。”叶真生按掉手机，“不过，名侦探是日语的说法，你要学中文，就得记住这种时候该说大侦探，或者神探。”

“日语的说法是名探侦啦。”夏目晴也笑了。收到了小悠平安的消息之后，她精神变好了，言行举止也活泼了不少。

“你刚才走来走去是在看什么？不害怕了？”

“只要避开那张桌子，就觉得不是很害怕了。”夏目晴用手撑起红扑扑的脸颊，“我是想确认这里究竟是不是密室。”

“哦，这么专业。”

“在日本，只要打开电视，总有一个台在放推理的电视剧或动画片，书店里的畅销书架上也摆满了推理小说。密室啊不可能犯罪啊，是家喻户晓的名词。”

“那你对密室一定很在行吧？”叶真生把脸凑过去，盯着她的眼睛笑，“整栋房子查看下来，有什么心得？”

“罪犯几乎没有留下什么痕迹，显然对这房子的布局了如指掌。”夏目晴害羞似的低下头，避开了他的视线。

“嗯，罪犯只要机缘巧合发现了这个好地方，就可以放心大胆地拿这里作长期据点了，这里人迹罕至……”

叶真生话音未落，就听到了一阵杂乱的脚步声。

这鬼天气，又下雨了。豆大的雨点噼里啪啦掉下来，把烧烤的人淋成了落汤鸡。

叶真生和夏目晴跑到院子的大门口，就看到一群大高个正挤在门檐下抱怨。

叶真生的个子在同龄人中偏高，但跟这些打篮球的人比起来，就像是小矮子了。

雨越下越大，房子虽然离院门不远，跑过去也必然会整个人都湿透。叶真生和夏目晴只好也一起挤在门檐下避雨。

“你们是这家的主人？”之前见过的那个小男孩，向他俩瞪大了眼睛。

“呃，不，其实我们只是破门而入……”

小男孩的眼睛瞪得更大了。

“总之已经报警了，小弟弟，我们不是坏人哦。”大概是跟叶真生混久了吧，夏目晴驾轻就熟地说起了怎么听都很像坏人的台词。

“报警？”一个身高接近两米的大高个吃惊地发出了疑问。

“为什么要报警？出了什么事？”他身边的同伴也纷纷插嘴，一个个没有一米九，也远超一米八。

“房子里出了点事，我也不知道该不该讲，等警察来了再说吧。”门檐下的破烂家什可真多，叶真生一没留神，裤子上就沾了一坨灰。

“我可不想跟警察扯上关系。”大高个露出了不悦之色，竟冒雨走了。

在他的带动之下，好几个人选择了冒雨离去，最后只剩下三个人，跟叶真生和夏目晴面面相觑。

一个打篮球的男生，一个看打球的女生，还有那个闲着没事爱凑热闹的小男孩。

大家有一句没一句地闲聊了起来。叶真生刻意隐瞒了虐杀案，委婉地套着他们的话，没多久就把这个群体所有人的姓名地址学校班级都打探了出来。

这些人全都符合在这里作案的先决条件，下雨时也没有不在场证明，警方很可能需要在事后一一家访。

夏目晴拉了拉叶真生的袖子。

“怎么啦？”

“通风口，那些大个子进不去。”

“这倒没什么，有的是法子。”

“噢，纸上谈兵的密室，我也是很懂的。”夏目晴捂着嘴笑了起来。

“那你来讲讲纸上谈兵的密室手法？”

“你们在说什么？密室是什么呀？”小男孩凑到了夏目晴身边。他显然很喜欢夏目晴。

“小呆子，密室就是……哎，看喜羊羊长大的一代果然不行。”打篮球的男生和看他打球的女生在边上笑了。

“我们正在谈论一本推理小说。”叶真生面不改色地说出了谎话。

男生和女生对推理小说不感兴趣，手拉着手到门背后说悄悄话去了，看来是一对情侣。小男孩也自顾自地蹲在地上玩起了玻璃球。

于是叶真生和夏目晴继续讨论密室手法。

“那个……是四肢和头颅都被砍下来了吧？”夏目晴的嘴唇哆嗦了起来。

那可怕的景象浮现在叶真生眼前，无比清晰。他皱了皱眉。

夏目晴又说：“既然是肢解加密室，最现成的解释就是，罪犯先把门窗关紧，然后在厨房外的院子里作案，肢解尸体，最后通过窄小的通风口把尸块投入室内，做出了密室的假象。”

“罪犯也可能单纯只是个变态？”

“什么现象都可以推说罪犯是个心理变态呀，那样的话，侦探也未免太轻松了。”

然而，叶真生笑着冲她摇了摇头。

通风口相当狭小，叶真生钻不进去，但小孩子是过得去的，夏目晴如此苗条，应该也能挤进去。

这次的受害者体形比夏目晴还小得多，很明显不用肢解就能投尸。

在院子里肢解尸体的风险，可比在房里大多了，太容易被人目击。如非必需，恐怕连变态都不会这么做呢。

当然，最有力的理由是，通过通风口投尸，只能把尸体投到厨房里。通风口、厨房的小门和陈尸地点并不在一直线上。

血迹、尸块和破烂衣物的分布状态，也能证明桌子底下就是肢解现场。

“我本来就是纸上谈兵嘛。”夏目晴羞答答地说。

“你再想想，有没有别的法子？”

“倒是看过一个电视剧，罪犯从门口大摇大摆走出去，回头靠绳索、木棍等杂物，通过窗户把正门闩上了。”

“这里的窗子我已经检查过，一丝缝隙一个小孔都没有，门背后也没有绳索木条之类的杂物。通风口可以视为特殊窗户，但是，通风口和正门虽然都在南面，却不在同一堵墙上，要通过通风口拐弯操作门闩，不现实。”

“窗框上、窗玻璃上都有痕迹哦。”

“确实。”叶真生点头，“有痕迹，乱而琐细的痕迹。”

“你认为这些痕迹该怎么解释？”

“或许只是野猫从那里蹿了过去。”

“喂，喂。”夏目晴发出了抗议的声音。

“那你有什么高见？”

“使用多个出入口、进行多重操作，就可能留下这些痕迹，难以拐弯的问题也不复存在了。”

“怎么讲？”

“罪犯从西墙的大窗子或房门出去，所以那些大高个也出得去。你听好，后面才是精华。”夏目晴稍显得意地说，“罪犯出去之后，可以通过北墙上的两扇窗操作器械，把西窗关上。而通风口是斜对着北墙上的高窗的，在那里，可以通过高窗操作器械，把低窗关上，最后关上高窗。木条鱼竿之类的必要器械全都通过通风口靠绳索扯出去，随身带走或远远丢弃。”

叶真生并没有赞她推理得精彩。

“这连环套般的烦琐操作会花很多时间，房子外面一整圈都该是罪犯的脚印了。”他淡淡地说。

夏目晴一脸不高兴地噘起了嘴。

手机响了，是雪莉跃跃欲试，要远程破解难题。叶真生打开扬声器。

“叶小哥，还要问你一个问题，房子里有板凳吗？”

“确实没有。”

“这样的农家，有桌子却没有板凳，很奇怪啊。你说门檐下丢着很多破旧的家什，那里面有破板凳吗？”

“也没有，所以我前面跟你说板凳成了精，迈开四条腿……不，三条腿，走了。”

“很好，那么密室的手法我确信已经破解了。我和小悠，还有抱着她的警察叔叔会合了，马上就赶过来。”

“密室的手法和板凳有关？”

“嗯，首先你要明白，罪犯本来就是通过通风口出入的，房子的密室并不存在。我们要解决的，只是房门和院门之间没有脚印的问题。你说小洞乱糟糟的，并不是明确的一排，因此我认为罪犯用某种特殊的方法在院中走过不止一次。至于原因嘛，那场雨下得突然，罪犯可能刚巧在那当口带着受害者回据点，在院门附近，来不及进房子，却又不敢在门檐下和受害者共处。毕竟在这种开放的空间跟一个失去意识、甚至可能已经死去的人共处是很危险的，被人看到就不妙了。于是情急之下，罪犯就地取材拆了板凳，把凳腿用绳索绑在了自己脚上，像踩高跷一样走进房子。由于不是杂技演员，也没有在事先演练过，所以罪犯应该是给左手也绑了凳腿，以便不时撑一下地面。两三个洞一组的奇怪痕迹，原理就这么简单。”

“凳面呢？”

“多半是垫在肩上隔离受害者了。那样走路的话，你想想，除了把受害者扛在肩上别无他法。要是受害者的毛发衣物纤维残留在肩上不就糟了吗？”

“照你这说法，凳面应该还在房子里？”

“那就是块旧木板，不大好认。你如果能找出来，这案子就算结了。”

“真是个土得掉渣的解答，既不时髦也不新奇。”夏目晴摇头大叹。

“小晴，请你在面对连环虐杀案的时候严肃一点。”雪莉在对面责备道。

“呃，抱歉，不过我觉得你确实说到真相了。话说回来，你怎么知道罪犯能通过通风口出入？”

“死亡留言是一个‘孩’字，很明显，罪犯是小孩子啊。你说过边上有个小孩子吧，罪犯总是喜欢在现场徘徊的，应该就是他了。”

叶真生看了看埋头玩珠子的男孩，把扬声器关了。而夏目晴在一旁做了个鬼脸。

“听你说那孩子衣着寒酸，父母不怎么疼爱。如果他因此想抓幸福家庭中的娇宝宝出来虐杀，也说得通。”

“雪莉，那个血字是罪犯留下来的，绝对不是受害者的死亡留言。你发言越来越过火了，咱俩还是发短信吧。”

其实我觉得我的老同学更可疑，你能不能配合我把她稳住？

这是雪莉挂断电话后发来的第一条短信。

能。

叶真生一秒都没犹豫。

从一开始，她就是有备而来，带着妹妹的照片来找我。说是久闻美少女名侦探的大名，特来求助。如果说真实动机是找我挑衅，也完全说得通。

后来，我向她介绍说，我有个朋友叫叶真生，是比我更厉害的名侦探，她简直激动得都快哭出来了，一定要我带她来找你。当然这也可以解释为她对妹妹关切之极。

我现在和小悠见上面了。小悠说姐姐对她管得很严，所以看到姐姐跌倒，就忍不住自己跑开玩去了。并没有什么坏人，倒是后来她迷路了，陆续碰上了好几个坏人，所以才找穿制服的人求助。

看你叙述的经历，我觉得夏目晴踹门的动机就十分可疑，说不定院门的门闩牵连着重要线索，所以她才匆忙毁去。

她其实是一个读过很多推理小说、对犯罪的手法和心理都相当了解的人。她只是中文能力有限，才显得老实巴交。不知道你察觉了没有？

最关键的一点，让我认定她有问题的一点，就是她发现血肉模糊的尸体时，只远远瞥了一眼就知道不是小悠。这其中必然有重大原因。就算她不是连环虐杀案的罪犯，也至少知道小悠压根儿没有遇难。就这方面而言，我还是很佩服警方的。他们经验丰富，对虚假报案鉴别力极强。

或许你要问了，如果罪犯是她，为什么死亡留言会指向孩子？

你别忘了，她虽然已经十六岁了，可身体特别娇小，乍一看很像小孩子。

短信字数有限制，雪莉一口气发来了八条。

你放心，我心里有数，你不在现场所以不知道。我等你来。罪犯虽然就在我身边，但我能应付。

叶真生只发了短短的一条，想了想，又加了个笑脸符号。这还是他第一次用表情符号，微妙地感觉到了局促和不安。

chapter 6

"贝贝！"

历经艰险的夏目悠刚扑进姐姐的怀抱，就对着受害者大叫了起来，满头卷毛都好像要冒烟了。

"这是贝贝？啊呀，真是贝贝呀，这这这可是我们邻家的……"

"狗！"雪莉黑着脸，替夏目晴叫出了最后一个字，"狗！"

看来，她终于明白了：

夏目晴为什么一眼就知道那不是小悠；叶真生和夏目晴在血淋淋的现场，为什么还能有说有笑，为什么会犹豫要不要报案，听到刑警队出动，为什么那么吃惊；叶警官为什么没有把儿子驱出血案现场；刑警队严厉的顾副队长，为什么任由少男少女一拥而入。

受害者，只是一条狗。

一条卷毛小狗。

"顾伯伯，这里的人全都是本案的重要关系人。"

这次的负责人顾副队长，是叶家的老朋友，看着叶真生长大的。他当即吩咐部下封锁现场。

“我们和案子无关，只是来凑热闹啊！”

跟着众人冲进房子里的小情侣，似乎直到此时才发觉势头不对，却已经来不及了。

“请你们留在这里协助警方调查。”

顾副队长面无表情地抛出一句话，小情侣立刻蔫了。捏着玻璃珠兴致勃勃想说话的小男孩，也在他俩身后垂下了头。

顾副队长认真记下了三人的姓名——丁凯和戴青青，还有林晓聪，然后沉着脸说：“这虽是宠物连环虐杀案，每次受害的都是养尊处优的名贵宠物，却不排除罪犯将来向富裕家庭的小孩下手的可能性。否则，罪犯为什么总是在肢解现场留下‘孩’字？”

确实，再聪明的宠物，也不可能写死亡留言指认罪犯。现场的血字当然是罪犯写的。

他取出几张照片给众人看。

不同的现场都留下了相同的“孩”字，只是前两次搭配着“活”字，后两次搭配着“死”字，而这次是第五次，“活”字和“死”字都没了，只有一个“孩”字。难怪警方的态度如此慎重，这简直是在强烈暗示下次死的就是孩子啊。

“……活该。”偏偏在这时，有个人发出了不和谐的声音。

所有人都看着她，她还茫然不知。

“活该，该死，该……就是理当如此、罪有应得、咎由自取的意思吧？罪犯明明虐杀了可爱的小动物，为什么还要写这样的字呀？”夏目晴一脸无辜地问。

“你都学会了这么多的成语你怎么就认不出这个‘孩’字啊

啊啊！不是‘该’，是‘孩’啊啊啊！”雪莉忍不住叫了起来。

“啊，真的不是‘该’字呢。”

“这位国际友人是来插科打诨的吗？请出去请出去。”顾副队长明显有点生气了。

“真不好意思，日语里‘该’是常用字，‘孩’字却几乎不用，我们管孩子叫儿童或子供，所以这个字我老是搞错。”夏目晴一板一眼地解释道。

“没事，我作为一个地道的中国人，还把你的‘晴’字认成了‘睛’字呢。”王梓赶紧安慰小美女。

“你还有脸说……”叶真生看了王梓一眼。

“因为前面是个‘目’字嘛，‘目’和‘睛’比较搭嘛，就下意识地看成‘睛’字啦。”

啊，嗯，活该，可不就是活该吗，比“活孩”意思通顺得多。该死，也比“孩死”意思通顺得多啊。

“太好了，这样动机就比较好理解了。”王梓拍了一下手。

“呃，不好意思我再插个话，我就是想问问，只不过是杀了一条狗，至于要踩高跷做密室吗？再怎么样，也只是杀了一条狗呀。”雪莉的脸色总算恢复了正常，表情却还有些别扭。

“这个嘛，或许只是因为罪犯是推理小说的狂热爱好者……你说对不？夏目晴同学？”

“咦，我？你是说我？”

叶真生当场拆了三根床腿下来，对夏目晴说：“你要是不介意，就绑上脚在外面的泥地上站一站，看这床腿陷下去多深。”

夏目晴一脸惊讶地张大了嘴巴。

“这位同学，要不你先来？”叶真生转向打篮球的男生。

“可是……”丁凯不大愿意。

“请协助警方调查。”顾副队长的部下说。

魁梧的大高个走进了院子，床腿深深陷入了泥泞，比之前的洞深很多。

“雪莉，我看你的身材跟这位戴青青同学差不多，要不你代劳一下？”

“我自己来。”大高个的小女友是个开朗的人。

她站到了院子里，床腿下陷造成的洞，还是比原先的洞深了不少。

所有人的眼睛都盯住了娇小玲珑的夏目晴。

夏目晴举手投降：“我不用试了，我的肯定浅，可是，总不能因为我体重轻就说我是罪犯吧！如果我是罪犯我为什么要故意读出活该这个词啊！”

“因为这是你辛辛苦苦留在现场的‘名言’，你不能忍受大家都理解错。”叶真生淡然答道。

“我衣食无忧还有很多朋友，为什么要做这种坏事？”

“因为你是日本人嘛，日本人的脑回路本来就有点奇怪的，这一点也不奇怪。”叶真生悠然答道。

“你！你如此强词夺理，我竟无言以对！”

“你学了这么多成语就不能下点功夫好好学汉字吗？说实在的，能写出这种错别字的人，除了你这个中文只有小学生水平的日本人，还会有谁？就算是小学生，只要把心思放在学习上，就不会犯这种低级错误，对不对……小弟弟？”

玩珠子的男孩又一次向叶真生瞪大了眼。

“这孩子的体重倒是跟小晴差不多。”雪莉心领神会般地点着头。

“他？你说是他？”反倒是夏目晴热心地叫了起来，“这孩子连密室这个词都没听说过啊！”

“晴妹子，人是会装傻的。”王梓在边上干咳了一声。

“你们老是密室密室的，密室……究竟是指什么？”男孩歪了歪头。

看他的表情，倒不像在装傻。

“爱看推理小说的人，呃，以及日本的广大人民群众，或许多少会有点‘密室’情结，但我们走在中国的街上随便拉人问问，十个人里恐怕有八个不知密室为何物。事实上，在中国，连杀人凶手都不太会想到做密室，一个杀狗的罪犯瞎起劲什么？”

“那么，是罪犯在无意之中把现场搞成了密室喽？”叶真生接住了雪莉的话茬。

“没错，这就是最常见的误打误撞成密室啊。”

“嗯，罪犯本身并没有做密室的打算，只是某些行为导致了密室的形成。什么行为呢？前面我们已经说过了，拆了板凳腿做高跷走出满地泥泞，至于这是为什么……”叶真生一把扣住男孩的手腕，“小弟弟，你今天穿上了新鞋，不是吗？这双鞋来之不易，你不舍得踩进泥泞里吧！”

“也没什么舍得不舍得的，只是这鞋子要是第一次穿出来就毁了，少不得要挨一顿揍，以后的新衣服新鞋子更是想都别想了。”男孩露出了扭曲的笑容，“我穿的绒线衫比狗都不如，真好笑。”

“所以……”

“所以我只要见到穿衣服的猫猫狗狗，就一定会捉起来大卸八块，就这样！”

在场的人都呆住了，为这赤裸裸的恶毒，为这真切的辛酸。

这世上有很多马马虎虎带孩子的父母，也有不少深情款款养宠物的主人。

给宠物吃高档的食品，穿昂贵的衣服，是主人们的正当权利。可不知不觉中，正当权利造成的鲜明对比，摧毁了一颗稚嫩的心。

Chapter 7

警察叔叔下了车，抱着我走呀走，走进了一个眼熟的院子。

啊，这噩梦般的地方！

平房的正门敞开着，里面站着好多人，正在七嘴八舌。

那个人也在。

那个巨人般的罪犯也在里面。

和他身边的人比起来，他反倒显得矮了。

他比我高好几倍，别的人，比我高十几倍！

我浑身发抖，想逃走，却被叔叔紧紧扣在臂弯里。

终于，心慌意乱的我闻出了熟悉的甜香味。

姐姐啊！

啊啊啊啊啊！

姐姐！

我喜出望外，带着长长的哭腔，拼尽全力向姐姐发出了“喵”的一声。

“小李，你来得这么晚，竟然还抱着一只猫……你到底有没有当警察的责任感！这个月全勤奖扣掉！”

“顾副队长，这只猫在街上死命抓着我，我，我也拿它没办法啊！”

“小米！你怎么到这里来了！”姐姐和小悠一起伸手抱我。

我发出了娇柔的呜咽声。这种声音人类是最难抵抗的，姐姐立刻从兜里掏出了零食。

可怜的贝贝，仍然血肉模糊地躺在桌子底下。

可怜的贝贝，大家都说我该向它学习，乖乖听话才不会被坏人抓走。可是我乱跑乱跳总算逃生成功，贝贝却死得这么惨。

我一辈子都不会当乖宝宝的。

我是大家的娇宝宝。

“啊！我终于想起来了！夏目漱石是一个作家，代表作《我是猫》……总而言之，夏目姐妹养了一只猫，感觉好搭啊！哈哈哈！”

“王梓，看你这反射弧哟！”

这个恐怖而又悲惨的故事，结束在了少年和少女的笑声中。

可喜可贺，喵。

Chapter 8

夏目晴牵着小悠的手往家走，小米跟在后头一路撒欢。姐妹俩有说有笑非常开心。

推开家门时夏目晴还是满脸笑容，见到客厅里站着的访客，脸色就立刻阴沉下来了。

“小晴，你回来啦，高医生正想找你去呢。”妈妈一边说，一边过来抱起了小悠。

高医生。

啊！就是这个高医生啊！现在已经成了夏目晴人生中的最大阴影！

高医生并不是一个凶巴巴的女人，作为一位心理学专家，她对病人的态度称得上和颜悦色、温柔耐心。只是，被当作病人对待，感觉真的很不好受。

无论如何，可怕的爆炸案已经过去了，而夏目晴只损失了几分钟的记忆，为什么非要抓着她治疗呢！

一次又一次的询问，一次又一次的催眠，一次又一次的逼迫，逼迫夏目晴回忆爆炸发生的那一瞬间。那么残酷的一瞬间，夏目晴一点也不想回忆起来！

“小晴，你回来啦。”

和妈妈说着一样的话！却毫不亲切。

夏目晴后退了一步。

“小晴，今天我要向你介绍一位新朋友。”高斐笑了，让到一旁。

夏目晴这才发现高斐身后的男人不是往常的翻译。那个翻译据说是日方派来的国际刑警，却也从未表露过同胞情，说起话来总是一副公事公办的腔调，夏目晴很讨厌他。

“我一直在想，小女生，大概会愿意对斯文的大哥哥说心里话吧。小何，快过来好好露一手。”

“你好，小晴，很高兴认识你，希望我俩能成为好朋友。”

男人走到夏目晴跟前，半蹲下身，以一种略带仰视的姿态，向夏目晴说出了地道的大阪方言。

“哟，关西腔比我说得还溜。”妈妈在边上笑了。

大阪人听到关东人说话故意用关西腔，往往会产生被冒犯的不快感。不过，在中国，听中国人说出亲切的乡音，感觉倒还不错。妈妈在大阪生活过好几年，却粗枝大叶地把大阪方言和关西腔等同了起来，反而是这个男人够细心。

“我姓何，你直接叫我小何就好。我是长阳医院的新人，还没资格给人看病呢。这不，闲着也是闲着，高姐差遣我来陪你玩。高姐说你是一个活泼可爱的小姑娘，不幸遭遇大案，留下了深刻的精神创伤。高姐给我的任务，就是帮你敞开心扉、真正开心起来。”

好长一串话，不是京都，不是神户，不是尼崎，不是和歌山……是纯正的大阪乡音。让夏目晴想起了留在难波老家的奶奶。跟态度软绵绵、做事却不上心的妈妈比起来，夏目晴更喜欢严厉而严谨的奶奶。

但夏目晴也不喜欢眼前这个男人。

虽然他的长相气质与高医生并不相像，她却隐约能感到两人之间存在着某种关联。这两人的关系绝不是同事那么简单。

天真之死

犯罪者的七不规范第四条：

不挑衅侦探

Chapter 1

早上六点起床，晚上二十三点三十分就寝，是叶真生为自己制定的铁则。

他向来没什么玩心，也没有童心，自律性极强，但坚持这一点仍比预计的难。原因嘛，说起来好笑，是因为老师布置的家庭作业常常会过量。

如果叶真生是父母的娇宝宝，在家什么也不用干，只把书读好就行，那某些不理性、惩罚性的作业，像什么抄写课文二十遍之类的，他大概也能完得成。

可放学后他得买菜做饭，洗衣拖地，打扫房间，还要运动健身。每一条都和他的生活质量息息相关，比做作业重要得多。毕竟不做作业并不会导致他成绩下滑，而不做晚饭就只能吃叶胜英买回来的盒饭了。

和左邻右舍想象的不一样，叶胜英其实从来没有要求过儿子包揽家务。只是他对衣食住行不大讲究，叶真生想把日子过好，全得靠自己。权衡下来，作业就算是相对可以放弃的东西。

第一次风波发生在小学三年级。

语文老师，也是班主任，在斥责不交作业的学生时，只有叶真生坦然自若地解释道："我认为自己该睡了，就不做了。"

他不知道对于一般的老师来说，这种态度比狡辩和撒谎更可气。随着年岁渐长，表达能力增强，他还出了补充说明版："睡眠不足对身体有害，也会影响第二天的上课质量。"

他自认为这理由够充分，足以说服任何人。然而在权威面前摆事实讲道理，只会让人感到他是故意挑衅。

就这样，从小到大与师长摩擦不断，他的学习生涯称不上顺利，直到以辉煌成绩进入枫林五中高中部的尖子实验班，他的处境才得到了改善。

他遇见了一位不一般的老师，教数学兼班主任的艾苓老师。

艾老师为他在教务处争取了不少特权，其中就包括不必完成全部作业，条件则只有一个：保持永远的TOP1。

枫林五中只是区重点，叶真生要拿校内的年级第一，自然稳操胜券。校方也常安排他出去参加高等级的竞赛，具体拿了哪些奖杯就不列举了，总之连艾老师也产生过误解，以为他样样都精通，是罕见的天才。

到后来她才发觉：叶真生毕生唯一的志愿是当刑警，对这一志愿没有助益的领域他毫无兴趣，因此既不博学亦无才艺，之所以能在广泛的科目竞赛中夺冠，是因为想履行他自己对艾老师的承诺。

换句话说，叶真生只是学什么都很快而已，一旦定下奋斗目标，就能以他惊人的集中力和学力在缺乏基础的领域狂飙突进，迅速超越绝大部分人。

想做什么就一定能做到最好，这是多么难能可贵的特长呀，然而，他长到这么大，并没有做出什么特别的成就，与他的能力不符。

作为一位优秀的教育工作者，艾苓很快就找到了原因，那就是他“不想”。

他的内心宛如荒漠，除了那幢名为志愿的宏伟建筑，里面容纳着形形色色的部门，如物理、化学、心理学、擒拿格斗、体能训练……建筑之外竟寸草不生，没有贪玩好奇虚荣羞耻痛苦以及诸如此类的常见情绪。

如此贫乏而无趣的精神世界，艾老师还是头一次碰到。

正如一位优秀的教育工作者该做的那样，艾苓拜访了初中部和附属小学的同事；由于多次登门家访无果，又只得退而求其次，拜访了叶胜英的邻居及部下。

开始，班里同学对叶真生的特权也颇有微词。但艾苓向大家展示了他的作业本后，每一个人都服气了。

撇开惊人的正确率不提，那一笔一画工整规范的字迹，简直就像打印出来的一样。很明显，即使他每天作业只做到十一点，多一分钟都不肯，也比大部分同学付出的心血多。

“他画圆不用圆规，画直线都不用尺，你们哪能跟他比。”隔壁二班的王梓过来串门。

“哇噻，这就是一披着人皮的机器呀。”好多同学笑了。

艾苓没有笑，这样的玩笑离“实质”太近，太残酷。即使当事人毫不在意，深知其原委的艾苓老师也笑不出来。

“叶真生，你是不是特擅长下棋？”有个男生忽然发问。

“我不会下棋。”叶真生一点也没觉出这话中有套。

“可IBM的深蓝就是下国际象棋出名的，最近大红大紫的阿尔法狗则是靠围棋，我还以为你们AI都特擅长下棋。”

艾苓正要发言喝止，叶真生已经平稳地接住了话题。

“我猜你想说的是IBM的沃森，而非深蓝。深蓝下棋靠的是穷举所有可能，从中选出最优解执行，本质上是一台高功能计算机。AlphaGo下棋，用的是深度神经网络，模拟人类棋手的思维方式下子，它是AI没错。沃森也是AI，在美国大出风头的方式是参加智力游戏节目，并不是棋类运动。”

嗯，如果层次差得太远，善意的玩笑也好，不怀好意的嘲讽也好，都对当事人产生不了影响。

艾老师放心了，叶真生能以这么奇特的形式平安长大，自然有他的道理。

“叶小哥，你真是什么都懂。”王梓兴高采烈地说。

“不，我不懂的事物很多。”叶真生用一种毫不谦虚、唯有严谨的语气淡然应答道，“我只是对AI感兴趣，做过一些研究……”

结果，不出一周，AI就变成叶真生的绰号，全校师生都用起来了。

大约正是在一周后吧，学校里来了位实习的语文老师，姓袁，年纪挺轻，颇有些书生气。

这位袁老师不常给大家上课，但每天都批作业，于是没几天就拿着作文本来找叶真生谈心了。

“你这样写字老师看起来很舒服，不过，没什么必要呀。”

“袁老师，这让您批改作文效率更高了吗？”

“呃，是的。”

“那么，我的辛劳得到了妥善的回报。”叶真生端正的脸上浮现了微笑。

小袁老师看着这笑容，大惑不解。

由于AI盛名在外，爱看美剧英剧韩国电影日本动漫的小袁老师曾对叶真生产生过如下妄想——不苟言笑，傲睨众生，一张嘴就是考究的书面语，有时还带点翻译腔，总之应该是那种精英范儿十足的样子。如果还能面冷心热，高傲中偶尔透出些许天真，那可就是教科书般标准的傲娇呆萌美少年了。

没想到真人并不是这样。

叶真生说话很规范，举止很规范，连笑容都如此规范。

怎么看都是个讲文明懂礼貌的优等生。

可是，小袁老师皱起了眉，这孩子的笑容里没有愉悦之情，只有单纯的礼貌。这孩子，认为自己该笑，所以笑了。这……真的不要紧吗？

“老师工作并不一味追求效率，也会追求轻快和趣味性，所以下次交作文时记得写满潦草的字交上来哦。”小袁老师用故作轻松的口吻提出了要求。

“文字是一种交流工具，清晰、易辨认、不让人误解，才能发挥最大的功用，不是吗？”

“不，文字同时也是一种艺术，呃，语言也是，语言文字不仅是工具也是艺术……所以你这么严谨地说话也是不对的。”

“不对？”叶真生睁大了眼。

“噢，我说错了，其实我是想说，你说话写字都这么严谨是令人遗憾的。”小袁老师的措辞也迫不得已地规范了起来。

本以为会遭到对方的进一步反驳，但叶真生只是温顺地点点头，说了句“知道了”。

奇怪的是三天后又交作文，叶真生的作文本上什么也没写。

这是无声的抗议，还是冷傲的蔑视？

小袁老师带着一丝紧张，把叶真生叫进了办公室。

“袁老师，您好。”依然是优等生的标准笑容，语声也一如既往的平稳，“这两天我先后向十五位同学借阅了作文本，试图掌握潦草写字的要领，但是，他们每一个人的连笔、漏笔和字体架构都毫无规律可循，所以我没有学会。”

在场的老师纷纷表现出“我即将笑出八块腹肌”的肢体语言，只有小袁老师目瞪口呆。

“没有规律，毫无章法，甚至不一定是最省力的写法——因为省力和高效需要思考，而大家只是随便写写，不动脑。”艾苓在边上老练地说明。

叶真生朝她点点头，随即转向小袁老师，一板一眼地说：“那么，我不可能用潦草的字写作文了。我以为所谓的学习就是向人请教并自行思考、摸索出某项事物的潜在规律，然后记熟它，熟练地运用它。没有规律和讲究的事我学不会。”

“不，AI，草字你肯定能学会。”对面三班的班主任强忍着笑给他指点明路，“只要打开电脑的word文档，随便选个草书字体转换一篇文章，你就可以尽情钻研规律了。我确信你能学会十种以上的名家草书，加油！”

艾苓白了这人一眼，而小袁老师慌忙摇手：“不不，我要的是潦草，潦，不动脑子瞎写的那种。”

想到今后满篇作业都是标准到像打印出来的草书体——全然没有灵活随意的人味儿，只有更浓郁的机械感，小袁老师就觉得气都喘不上来了。

O不动脑筋瞎写作业，那作业还有巩固学识、锤炼意志的意义吗？这实习老师真不懂事，误人子弟。X

叶真生默默无言地看了小袁老师一眼，告辞而去。

“想不到叶真生也有学不会的事，他也不是无所不能的嘛。”艾苓目送着叶真生的背影，嫣然一笑。

“艾老师，他这是心理有问题吧？”小袁老师今天瞪大的眼就没复原过。

“心理嘛多少是有点不健康，但他既没有攻击别人，也没有伤害自己，一直努力而正确地活着。虽说执意追求‘正确’这一点使他显得异于常人，但总比注射可卡因好些吧。”

“可卡因？注射？！”小袁老师惊骇地跳了起来，没接到美女同事的梗。

艾苓的笑容中显出了惆怅：“华生医生也只是偶尔规劝一下福尔摩斯罢了。我不认为强硬地矫治天才的怪癖是一件好事，尤其是怪癖事出有因的时候。”

“那孩子有什么童年阴影？你该提醒家长带他去看医生！”

“瞧瞧时下的社会现状好吧，要是他父亲带他去医院做精神分析，除非保密得密不透风，不然只会招来舆论的恶果。不过，听说我校将会增配一位心理健康老师，不是社招，而是从鼎鼎大名的长阳医院聘一位心理医生过来，我觉得安排叶真生去跟他聊聊天，倒是件低风险的好事。”

谁都没料到，心理健康老师足足拖了一年才到位，艾老师的心情也不是“失望”能形容的了。

chapter 2

又失眠了。

叶真生盯着卧室的天花板发呆。

如果从小到大的老师们知道叶真生自从结识了一个女网友就经常夜不能寐，绝对会气得跳脚。

但是，讲道理，叶真生也不是自己乐意失眠。

……手机轻轻震动了一下。

叶真生闭起眼，试图忽略它。

他失败了，思绪绕着这个微小的震动打转，设想了无数可能性，睡意退得更远了。

他认命地把手机拿起来，屏幕显示，午夜零点整，雪莉在轻博客LOFTER上发布了一篇新日志。

> 今天是我的生日，也是妈妈的受难日。
>
> 我爱你，妈妈。
>
> 虽然你早早地离开了我，但我还记得你是多么温柔。你临走前的那一天，伦敦的天气难得晴朗，你牵着我的小手在摄政公园的湖边散步，最后，你带我到了贝克街的福尔摩斯博物馆。
>
> 你看着我微笑着说："Sherry，你是妈妈的心头肉，

你是妈妈的小太阳，你是妈妈的小小Sherlock……”

边上的人都笑了，还有人鼓掌。在福尔摩斯博物馆，福尔摩斯迷总是最受欢迎的。

可是第二天你就在家里服毒自杀了，没留下遗书。

我始终无法接受这个事实。

我被妈妈抛弃了。妈妈连理由都没有说，就把我抛弃了。我想知道理由啊！我想知道是什么样的要紧事让妈妈不惜丢下我、独自去了死神的国度！

为此我成了福尔摩斯迷。我想知道福尔摩斯的故事里究竟蕴含着怎样的深意，是否能解开我的疑惑。

前些天，我结识了一个可爱的男生。啊，这么说并不正确，他一点也不可爱呀，他是一个非常有条理的人，脾气还有点怪。如果福尔摩斯投胎到中国，在未成年的时候，差不多就该是他这样吧。

首先被怀疑的往往是死者的伴侣——这个男生随口一句话，有力地拨动了我的心弦。

我第一次慎重地审视了妈妈的死，不带情绪，理性思考。

妈妈喝了园艺用的农药，没有留下遗书。妈妈是明光大学化学系的高才生，却像一个目不识丁的农妇一样喝农药死去了。

我是妈妈的心头肉，所以妈妈不会抛弃我，我是妈妈的小太阳，所以有我在，妈妈就断然不会绝望，我是妈妈的Sherlock……

为什么我必须是一个神探呢？

就因为妈妈这句话，我几乎看遍了世上的推理小说，参加了所有能参加的推理活动，却直到现在才意识到，这句话或许是已知自己在劫难逃的妈妈说给我听的死亡留言。

妈妈不是自杀死的！

绝不是！

警察不积极，家属不追究，没有遗书也以自杀结了案。而这个并没有追究什么的家属，就是我爸爸——他可不是在伦敦寒酸度日的底层劳工，他是连伦敦市长都接见过的金融界新贵。

我必须是一个侦探，一个神探，我要解开妈妈之死的真相。

悼文的后面是一张老照片。

小女孩穿着名贵的洋装，一望便知家境优越。抱着她的女人容貌秀丽，英姿焕发，与如今的雪莉颇为相像。看气质，确实不像是会自杀的人。

"雪莉，我会帮你……"回复的字句推敲了很久才打好，却没能成功发上去。那篇日志被删除了。

是啊，怀疑父亲的话，不可以公然说出来，哪怕只是在虚拟的网络上。

母女俩的合影清晰地滞留在天花板上，挥之不去。

……不知道为什么，叶真生从未见过生母的照片，不知道自己的妈妈长什么样。

他的记忆是从三岁时开始的。那时妈妈已经去世了。

他明明拥有照相机式的记忆能力，任何场景但凡扫过一眼，就连细节也永不淡忘。他还能记起十年前的夏天在村口卖冰棍的老人脸上有几道皱纹，却对自己的生母毫无印象。三岁前的记忆就像被黑洞吞噬了似的。

叶胜英从不提亡妻的事，家里也没有相册。现在想想真是不合情理之至。

按影视剧里的常规做法，父亲应该悄悄拿着母子俩的合影黯然神伤，然后在儿子撞见时慌乱遮掩，上演一出感人至深的亲情大戏，不是吗？

叶真生对“温情”并没有心理需求，对“母亲”也没有称得上执着的情绪，这些年也都心平气和地过下来了。可叶胜英又不是世所公认的AI，他是个性情中人。

他为什么要回避妻子的死？

父子俩的住所中也全然没有女主人曾经用过的遗留物品，这么说起来是都扔了啊，在换房子搬家的时候。

不合逻辑的事叶真生总能敏锐地察觉，不近人情的事他就迟钝得很了。直到今天，雪莉一语惊醒梦中人。

在叶真生的记忆中，人生最初的景象是一片水，平静的水。

水突然扑面而来！侵入他的眼眶、鼻腔、口腔、胸肺，带着辛辣的味道和痛楚！

渐渐地，意识模糊了，只知道嘴巴还在不断进水，胃里灌得很满，很沉重，整个身体都涨了起来。

水波荡漾，荡漾。

晃啊晃啊晃。

摇晃的水光中隐约透出了一朵花，一朵绽放的大红花。

花？为什么是花？

就在这时，一只手插入水面，托起了他的头脸。

视野变清晰了。

他看到了湿透的衬衫袖口，洁白的布料已湿成半透明，好似第二层肌肤，紧贴着手腕与手臂。

从半透明的白色中淡淡地透出了一点红，后来他才知道，原来在这个人的手腕上，在腕动脉近处，有一颗血一般的朱砂痣——为这个美得极纯正的男人，添加了仅有的一点风韵。

"高穆叔叔，谢谢您，您对我有救命之恩。"

这是他诞生以来记住的第一个人，理解的第一件事。

叶真生其实并不是一个记忆力超群的天才，只是能产生遗觉象（eidetic image）罢了。这种能力在幼童身上不算罕见，但通常会随着年岁的增长消失。

怪异的是，他如今已经进入青春期了，能力却一直延续了下来。这使他所有的考试都成了开卷考试，在考场上占尽便宜。

却也不是只有好处。

令人厌恶乃至恐惧的景象经常不受控制地重现，而他一点办法也没有。为此他总是尽量避开血腥、恐怖的场面，以免被迫回味无穷。但噩梦或幻觉里的场景就无法回避了，即使闭上眼睛也没用。

换句话说，他必须时常面对狰狞的恶鬼或触目惊心的惨状，这是人生日常风景中的一部分。

大概正是这种特殊的体质，导致他的神经从幼年起就接受着无止境地锤炼。在难以表述的孤寂与无助之中，他的意志被锤炼成了钢筋铁骨般的东西，难免会欠缺一点人性的柔软与弹性。

最惨的是在五岁之前，幼童分不清噩梦、幻觉与现实，会把幻梦中的产物当作现实。那些活灵活现的鬼东西和怪场面，常常让他头皮发麻、呼吸困难、身体僵直……他不会哭闹，五岁前也不会。

从略懂事的年纪起，他开始用逻辑来辨别真与幻。

梦境和幻觉里一定会有“不合理”的东西，只要大脑发觉其中的“不合理”，就能判断何为虚妄、不必在意，何为现实、需要认真对待。

是逻辑之光，理清了蒙昧期的混沌，驱散了无知头脑中的恐怖感。

由此，叶真生成了一个彻底的无神论者、科学至上主义者，逻辑是他的装备，理性是他的本质。

说来也怪，照他分析，逻辑与理性和遗觉象应该是有冲突的。正因为看不懂，才能事无巨细地记住场景中的一切。到了懂事的年纪，人的大脑会下意识地对内容进行判断、思考甚至歪曲，于是过目不忘、牢记全部细节的“超能力”就消失了。

据说只有极个别的精神病患者、孤独症患者在成年后延续了这种神奇的记忆能力。这也从侧面印证了叶真生的假说：只有不懂事的人，心智发育不健全的人，才有这种能力。

这么说起来，他可能患有某种精神方面的疾病，只是目前还没表现出来，想想长期服用抗焦虑药物才能勉强入睡的父亲，就觉得自己也前景不妙。最讲究逻辑的人、最理性的人，结果反倒是个精神病的话，也未免太可笑了。

但他从来没有担心过这件事。任何事，只要是事实，他就可以平静面对，所以没有必要惶恐不安。

成熟的思维能力介入遗觉象之后，大脑中的记忆，就像一场保存在电脑硬盘中的电影，可以不限次数地重播。

叶真生常常盯着白纸、白墙或者诸如此类的器物，重温记忆最初的画面。

从溺水中醒来时人已在救护车内，首先映入眼帘的是白色衬衫，连领口的纽扣都严谨地扣着。幼小的自己正趴在这衬衫上，两只小手把着对方的胸膛，仿佛把住了唯一的依靠。

救护车送他进了医院，他有时清醒有时昏迷，年轻的高穆叔叔一直守在病床前。后来，高穆叔叔带他出院，把他抱进了一个家。视野中立刻出现了年老的男人和女人，他们发生了争执，但没有吵架。高穆叔叔的臂膀十分安稳，语声始终平和。在这样的温柔乡中，他安心地睡着了。

再醒来时，画面又换成了街景。

高穆叔叔抱着他，走了很长很长的路。他自始至终一声不吭，只是用稚嫩的脸贴紧那片胸膛。眼见着夕阳西沉，夜幕降临，天上闪起了星光。

在高穆叔叔的臂弯里，他见证了最美的黄昏。

无论今后发生什么，只有这件事，绝不允许被黑洞吞噬。

chapter 3

宁静的枫林路尽头，坐落着本市的老牌区重点枫林五中。

本学期，天方SAS送来了二十个交换学习生，在五中引起了轩然大波。

这群富二代浑身名牌，满嘴洋文，个个都是外籍华裔，五中的师生里，追捧者有之，鄙夷者有之，逢迎者有之，嗤笑者有之，唯独叶真生对此漠不关心。

不管交换生穿什么样，说什么语，叶真生都觉得跟自己没什么关系。

轰轰烈烈的新社团创建活动，他也没什么兴趣。

艾苓老师动员不了他，只好对他说，社团活动的表现算在个人文明分里。

“好吧，我这就去报名。”

“为了不违约？”艾苓皱了皱眉。

“您放心，我一定会拿最高分。”

“其实你也可以耍赖不做作业的，像大部分捣蛋鬼那样。”艾苓老师半开玩笑地说。

可她眼里并没有笑意。

“我不能允许自己像捣蛋鬼，据我所知，喜欢破坏规矩的人才会被称为捣蛋鬼。”叶真生直视着她的眼，一丝不苟地陈述道，“如果我文明分拿不到最高分，就会每天都做所有的作业，即使睡眠不足对身体有害。您为我争取特权的前提是我得样样拿第一，尽管作业和第一之间并没有本质上的联系，但我既然已经享受了‘无理’的好处，自当承担‘无理’的后果。”

艾苓无言以对地看着他。

“艾老师，我说得不对吗？”

“你说得很有道理，可老师更希望听到你说‘艾老师您帮我顶住了世俗的压力，像您这样仗义的漂亮女人还能上哪儿找！不就是参加一下社团活动吗？虽然很无聊，浪费我这种天才的宝贵时间，可我怎么着也得给您挣点面子呀’之类的。”

叶真生睁大了眼。

“呃，我说得太长了，你是不是压根儿就没听清楚？”艾苓自嘲地一笑。

“您是漂亮女人，这一点我没有异议。”叶真生也向她露出了恬淡的笑容。

依然只是礼节性的微笑，却让艾苓闹了个大红脸。

大概是因为她知道按他的性子不会说恭维话吧。

叶真生从她的办公室出来，转道上活动楼，只见底楼的阶梯教室人满为患。有校草当部长、前校花当副部长的推理俱乐部果然繁荣昌盛人丁兴旺，王梓似乎是其中最活跃的一个。

这种样子的俱乐部需要容忍的人和事会很多，叶真生摇摇头，走开了。

一间一间教室看过去，直走到三楼，每间教室都坐满了人，叶真生读着各式各样的铭牌，实在提不起兴趣。

走到三楼的走廊尽头，是一个杂物间，门板上贴着一张纸，白纸黑字地打印着七个大字——禁止进入的房间。

叶真生对着这张纸，陷入了迷惑。

按理来说，“禁止进入”四个字就足够了，为什么要添上“的房间”三个字？不累赘吗？

就在这时，杂物间的门开了，门后站着一个扎马尾的女生。

“这位同学，我看你印堂发黑，两眼发直，满脸愁云，莫非有什么烦心事？”

“烦心事是有一点……”

“你是慕名而来的吧？”马尾辫一拍手，指了指门板。

“禁止进入的房间……”

“怎么样，看到这样的警告，是不是反而变得更想进门了？”马尾辫两眼放光，“你看我是不是很懂心理学？”

叶真生哭笑不得地看着她。

“你现在特别想进来吧？”

“没。”只是好像有点明白门上为什么会贴这七个字了。

杂物间恐怕并不是真的禁止进入，只是这个脑子不大灵光的马尾辫想靠这行字吸引同学进门。

“听说过蓝胡子的故事吧！不许打开的房门，禁止进入的房间，擦不掉血的钥匙或手，古今中外，这一类的禁忌传说很多吧！主角们看到警告，反而会忍不住开门进房，结果就会倒大霉……”

“呃，倒大霉……”

啊，马尾辫重重一拍脑门，麻利地把门上的纸撕了下来：“我终于明白为什么大家都不来我们民俗研究会报名了，谢谢你！”

“呃，不用谢。”

“同学，你今天摸到这里来，与我一番交谈，还点醒了我，这就是不可思议的缘分啊。”马尾辫指了指门框上方钉着的一块小塑料牌：民俗研究会。

和推理俱乐部泛着古铜色的金属铭牌比起来，这几个字渺小得像宇宙中的一粒微尘。

“不管你遇到多么不可思议的事，我们民俗研究会都能为你排忧解难。”

“怎么看这里都是杂物间。”叶真生指出事实。

“我们的社团创建得太晚了，活动楼已经没有像样的教室可用，只好改造了一下杂物间。不过，请不要因此小瞧我们的实力！”马尾辫把叶真生拽进了杂物间。

环境居然还不错。

四张电脑桌，配着崭新的电脑椅，整整齐齐排成了两列。扫描仪、打印机、无线路由器，办公设备一应俱全。窗前还设有休憩处，放着可爱的单脚小茶几和三把沙发椅。

“请坐。”

叶真生一头雾水地在沙发椅上坐下。

“我叫沈小辰，是民俗研究会的接待员。”

叶真生只好也自报家门。

“原来你就是鼎鼎大名的AI！”

“我是活人。”

“好吧，活AI，你需要什么帮助？你是活见鬼了还是鬼压床了还是遇到鬼打墙了？”

“都不是。”一连串不科学的名词暗示着无逻辑和非理性。

叶真生在心里不断地画圈打叉画圈打叉，才总算保住了文明人的形象。

沈小辰露出恍然大悟的表情。

“你是想加入我们的社团对吧！”

“不……”

“不要害羞啊，虽然你是一朵出了名的奇葩，但是我们全体会员都欢迎你啊。”

民俗研究会不是什么兴旺发达的大社团，一共才三个人：会长、副会长，以及唯一的接待员沈小辰。

叶真生觉得不错。

“好吧，我申请加入。”

沈小辰马尾辫一甩，飞奔到会长桌前，拿来一份申请表。

叶真生在申请加入社团的理由栏里写道：我要弘扬科学精神，破除封建迷信，促进我校精神文明健康发展。

“奇葩，果然好奇葩。”沈小辰瞪大了眼，“你是被我们的教导主任附体了吗？”

“请不要再在我面前说这种不科学的词。迷信是一种愚昧落后的观念和行为，妨碍现代文明的传播，腐蚀人们的心灵，污染社会风气，所以必须在全校开展弘扬科学精神反对封建迷信的宣传教育，引导学生抵制封建迷信活动。”

沈小辰愕然望着他一边高谈阔论一边向唯一的空座位走去，眼见他要坐下来，才叫道：“等一下，这位子不是你的。”

“嗯？”

“社团报名的活动两周前就结束了，我们没想到还会有新成员，所以桌位就是三个。你现在要坐的这个位子是学校安排给新来的心理健康老师的。”

“老师？”

“从长阳医院请来的心理咨询师，每星期只来两个半天，而且他给人咨询时是禁止旁人进入这个房间的……哈哈，你看，这句话又用上了嘛。”

“你就在沙发椅上随便坐坐好了，有人来了让位呗。”一个清脆的女声说道。

怎么这么耳熟？

叶真生回头看。

与此同时，沈小辰已经高高兴兴叫了起来：“林美琴，我拉到新成员了！”

果然，小琴和雪莉，正手拉着手站在杂物间门口。“我是创建民俗研究会的会长。”小琴走到叶真生面前。

“你……”叶真生看着雪莉，“你俩为什么会在我们学校？”

“呆子，我俩也是天方SAS过来的交换生呀。”

chapter 4

会长说，民俗研究会目前的当务之急是发展新成员。

于是为了拿高分，叶真生尽责地在校园中转悠。

目前这个阶段，活泼开朗的学生已经不可能没有社团归属了，所以他远离闹哄哄的人群，一有空就往僻静的地方钻。

别看都十月份了，天还热得很。

有个女生孤零零蹲在操场中央看蚂蚁。看蚂蚁……叶真生十分理解她为什么没朋友。

“你好。”叶真生站在她身后说。

天这么热，她却穿着体育课用的涤盖棉校服，长袖长裤还脏兮兮的。好吧，女生里也难免会有几个不修边幅的。

“你在这儿干吗呢？”

叶真生俯视着她的后脑——乌溜溜的长发编成了两根麻花辫，左边粗，右边细，一边扎着蓝头绳，一边扎着黄头绳。马虎成这样的女生毕竟很少见，他困惑地歪了歪头。

女生低着头不吭声，好像根本没听到他的话。

“不热吗？”叶真生不屈不挠地与她攀谈。

女生站起身来，冷冷地盯着他。那白皙的额头分明渗出了汗，只是神色阴冷。

“你的头绳颜色岔了。”

叶真生忍不住指出了自己心里最在意的一点。所有没条理、不协调的事物，他都很难忍受。

“没岔，一蓝一黄。”女生淡淡地说。

“哦？哦。”

话题进展到这里，显然无法再继续下去了。

叶真生转身想走，背后却传来了女生的声音，那声音中透着明显的犹豫。

“你是学校里唯一提醒我头绳颜色不对的人，我就破例告诉你原因吧，我这是为了嘲笑我妈。”

“咦，此话怎讲？”

“小时候我妈帮我扎辫子，穿袜子，常常搞错两边的颜色，害得我老是被人笑，后来我上了初中，为了表示抗议，把头发剪得像男生一样短，还光脚穿运动鞋，再后来，我想想这样也没意思，反正我‘怪人’的形象已经深入人心，根本交不到朋友，我还是比较喜欢扎辫子，就重新留了长发……”女生似乎下定了决心，怨言一泄如注。

“你妈可真够粗心，不过她也没什么恶意吧？或许是忙，或许只是天生粗心。”叶真生想了想，刻意用粗率马虎的口吻说出了深思熟虑的话语。

“上高中以来，我每天扎着一蓝一黄两根头绳出门，整整一年她都没察觉，明明连继父都注意到了。想当初弟弟还活着的时候，她就只知道围着弟弟转，唉，现在嘛，她宁可多搓几圈麻将，也懒得看我一眼。”

弟弟？唔，叶真生联想到了曾经的独生子女政策，超生，以及重男轻女的陋习。

他悄悄叹了口气。

在老巷子里，穿着睡衣搓麻将的女人，打着酒嗝揍孩子的男人，重男轻女的父亲母亲，向来不少见。这世上本来就不是每个人都有资格为人父母。

“如果有一天妈妈对我说，悦悦，你两根头绳颜色不一样呀，我就对她说，我这是故意的，你想想这是为什么。如果她想到了原因，向我说对不起，我就原谅她，然后再也不做怪事了，做个品学兼优的好孩子。”

“……悦悦？”

“嗯，我姓张，叫张悦悦。”

“……噢。”

“你很吃惊？也对，从来不笑的人名字却叫悦悦，很讽刺对吧？”

“不，我只是有个熟人，名字也叫悦悦。”

“如果有一天我妈……”张悦悦显然对他的熟人不感兴趣，沉浸在她热切的妄想里。

叶真生垂下眼帘，避开她炽热的目光，将视线凝结在那脏兮兮的校服袖管上，许久之后，才淡淡地说：“不会有那一天。”

“你就不能鼓励我一下？”张悦悦生气了。

这世上多少孩子在等父母说抱歉，可那些孩子的父母却只在等孩子感恩呢。

“我很少见到父母向孩子道歉，至于你妈……唔，我觉得不切实际的幻想对你伤害更大。你最好从现在开始就努力品学兼优。”

叶真生不由分说拆了张悦悦的麻花辫，尽管他心里真正想拆的是她的袖管。

他把两根头绳拧成了一股，蓝黄夹花，倒还挺好看。

“我欠你一份情，以后一定还。”张悦悦用新头绳扎了个马尾辫。

“别以后了，马上吧，加入我所在的民俗研究会。”

“可我对社团活动没兴趣，对那种神神道道的东西更是一点兴趣也没有。”

“那我就更需要你加入了。”叶真生简单地讲了一下自己在社团中的处境，“你什么都不用做，只要挂个名，每天坐在活动室里发愣就行，我保证不会烦到你。你要是肯为我帮腔，我就更高兴了。”

这种迫切的态度已经不能用急于拿高分来解释了，但张悦悦还是点了点头。

chapter 5

众所周知，推理俱乐部的部长柯晓晖是全校第一美少年，而副部长陈玥，则是颇具争议的校花级美少女。

争议的点主要有两个。

一是陈玥的性格，她完全没有娇小姐的俏脾气，像爷们儿一样盛气凌人，战斗力爆表，不管是饭量还是运动量，都让男生甘拜下风。二是天方SAS过来的林美琴，正宗白富美，据说从气质上把小市民出身的陈玥比了下去。

最绝妙的是，柯晓晖和林美琴在天方SAS是同班同学，又双双转学到这里，大家都说是天造地设的一对。可柯晓晖进了推理俱乐部，就难免老是跟陈玥出双入对。

全校哗然。

这些天来，无论王梓走到哪里，人们谈论的都是这桩炙手可热的三角恋，连老师们都把持不住。叶真生倒是把持得住，所以王梓只能缠着他不放，据说这样他感觉能好点。

王梓是叶真生的竹马，陈玥是叶真生的青梅，简单点说，王梓和陈玥是青梅竹马的关系，朦朦胧胧，暧昧了好多年。

遗憾的是，大家都觉得他跟柯晓晖之间不存在争议，柯晓晖全面胜出。

每天傍晚，张悦悦都不声不响地坐在三一二活动室的沙发椅上看书，旁边是王梓，两人脸色都很差。

“我想退出推理俱乐部，转到民俗研究会来。”王梓对叶真生说。

“好，介绍人栏记得写我的名字，给我加点分。”

“你这没人味儿的AI……”

叶真生一向不纠缠废话，扭头问张悦悦：“你在看什么书？”张悦悦把书合起，让叶真生看封面上的标题。

她还穿着那身涤盖棉校服，看着就热得慌。

“情感专家的畅销书啊。”对于感兴趣的话题，叶真生倒是可以自说自话坚持好久，“比起各种生理疾病来，一直被忽视的心理疾病，最近也渐渐引起了世人的关注。譬如说抑郁症，并不是人们曾误以为的那样，只是患者本人敏感多疑、性格不好。用核磁共振成像，也就是MRI检测脑部的话，有时甚至能查出扣带前回灰质的体积有所减少，所以抑郁症需要专业的医药治疗……”

“你是在暗示我有抑郁症，应该尽早就医吗？”张悦悦板着脸把书放下了。

“我没这个意思。”

“那么，这本教人缓解心理压力的书为什么会让你发散到抑郁症上去？”

“唔，我知道外界有这样的流言，但你不必在意，你虽然不爱搭理人，但并没有抑郁症的症状。”叶真生说出了一些心理学术语，然后是大段大段的精神分析，半小时后，张悦悦笑了起来，说：“你真行，我都恍惚感觉你是何老师了。”

所谓的何老师，就是那个占着桌位却始终不见人影的心理健康老师。叶真生想见他倒也容易，每周一和周五，十一点到十八点，来活动室找他就行。

沈小辰说他清闲得很，只是偶尔有女生来找他讲讲暗恋的烦恼，大部分时间他都在活动室里喝茶看报纸。叶真生并没有结识他的兴趣，所以从来没有见过他。

“张悦悦，你找何老师说过自己的心事？”

“怎么，吃醋了？”

这样的问题AI当然处理不了，叶真生睁大了眼，没接话。

就在这时，推理俱乐部的副部长陈玥纡尊降贵，拜访了门庭冷落的三一二室。

王梓喜出望外却又扭扭捏捏地站了起来，大概是以为她来恳求他回去吧。

然而事与愿违，陈玥大踏步走到张悦悦身前，折扇啪的一下砸在茶几上，然后，揪起张悦悦的衣服，在众目睽睽之下，哗啦，撕裂了她半边袖管。

啊！

所有的人都目瞪口呆。

……连陈玥本人都似乎呆住了。

连酷暑时节都遮掩在衣物内、绝对不肯裸露出来的肌肤，像雪一样白得近乎透明。

这可是张悦悦啊，因为不肯露出肌肤，连体操课都不肯上、宁可跟老师大吵一架背处分的张悦悦啊。

虽然只是露出了大半截手臂，但大家都表示，这样的暴力太过分了，简直跟当众扒光张悦悦差不多了。

她要哭了要哭了要哭了……并没有。

张悦悦若无其事地把外套脱下来，只穿着汗衫，问王梓："你的侦探百宝箱里有没有针线？"

"有，我的百宝箱里什么工具都有。"王梓呆呆地答道。

张悦悦面无表情地缝起了袖子。陈玥看了一会儿，带着无比复杂的表情转身离去。

"叶真生！我就说小月亮一直喜欢的是你！"王梓跳了起来，"我要和你绝交！有你在就没我什么好事！"

叶真生不知所措地望着他。

正巧雪莉推门进来，好奇地问："咦，为什么突然说这话？"

"外面都在传张悦悦跟AI谈恋爱，所以小月亮吃醋了！"王梓气愤地说。

"哇，有这种事！"雪莉露出了促狭的笑容。

叶真生淡淡地笑了，摇了摇头。

"总之，我要和你绝交！"王梓握拳叫道。

"可是我都为了你看了那么多推理小说。"叶真生试图安抚王梓。

"这是什么奇怪的说辞！"

"推理小说还蛮好看，没想到虚构类图书也能这么有逻辑。"

"你奇怪的脑子里想的究竟是什么啊！难道你赞了我白送给

你的书我该感激涕零吗？”

“我不想跟你绝交，你是我唯一的朋友。”叶真生平静地看着他。

“那你话里就该多加点语气词，声音也该更激动点！”

“我不想跟你绝交，我可以跟陈玥绝交，本来我跟她也没什么交情。”

王梓顿时像一个劣质的山寨手机，眨巴着眼，卡壳了。

“如非必要，我保证不跟她说一句话。”

“嗯……”王梓忽然又跳了起来，“你本来就不跟任何人说废话好不好！”

“我已经陪你说了很多句废话了。”

雪莉再也忍不住了，捧腹大笑。王梓气得直跳脚。

只有张悦悦不为所动，稳坐在喧嚣世间看她的书。

两天后，王梓真的正式转入了民俗研究会，还带来了一本高价购得的日语原版书，以便叶真生进一步展现友情。

“这本书在日本特红，简体中文版却遥遥无期。你要是够朋友，就帮我看了，原原本本讲述给我听。”王梓盯着封面上的“魔女”二字，露出了狡黠的笑容。

“好。”

叶真生干脆利落地点了下头。

于是狡黠的笑容僵了……王梓的脸红了。

“我以为你看到魔女这种不科学的词一定会严厉拒绝。”王梓红着脸嘟囔着说。

叶真生指指封面上的片假名：“这个词读拉普拉斯。”

“唔……”

“好吧，看来你不知道拉普拉斯，其实这是一位科学家的名字。而Démon de Laplace，是他所做的一种科学假设。我猜这本书里出现了一个Démon，并且是女性，所以叫魔女。换言之，这是一本关于科学的书，我确实有兴趣。”

“不，这是一本推理小说。”雪莉也过来凑热闹。

“为什么？你怎么知道？”

“因为王梓并不会省吃俭用攒钱买一本讲科学的小说。”

“呃。”

“好啦，逗你玩的啦。”雪莉戳着封面上的汉字说，“这位作家非常有名，推理圈人人皆知。不过，我听说这本书的科学部分写得相当玄幻，植入超脑救醒植物人啊，超能力啊，还有人工智能什么的，可本质上讲的却是扭曲变态血腥的亲子关系。”

“呃……”

这回是坐在边上的张悦悦发出了声音。

“怎么了张悦悦？”叶真生扭头看她。

“叶真生，你说，给那种谈心节目打电话，真的能缓解压力吗？”张悦悦也换了新书，一本深夜节目主持人的杂文集。

“有点用吧，我当过谈心节目的主持人。”雪莉热情搭话。

由于张悦悦很少理睬别人，唯独叶真生例外。雪莉这种热面孔贴冷屁股的举动简直也像争风吃醋。

“你该不会是看上广播电台的制服了吧？”叶真生没有马上回答张悦悦的问题，而是扭头对雪莉说了句闲话，使王梓显出了吃惊的表情。

“是又怎么样？”雪莉秀眉一挑。

“不怎么样，我就是随口问问。”又一句，闲话！王梓显得更吃惊了。

“唔，路雪妍，你当主持人的时候，会不会觉得求助者特别笨、特别烦？”张悦悦打断了他俩的对话，拉回正题。

“不会啊，你为什么这么问？”雪莉大方自然地回应道。

“这本畅销书的作者就是这么说的，你看这章标题，既然你长得像包子，就别怨自己老是被狗啃，再看这章，傻逼就该活得坎坷点……”

叶真生歪了歪头，说：“这位作者缺乏心理学常识。”

“既然知道诉苦，为什么不跟家暴的丈夫离婚？既然知道求助，为什么不拎起行李箱走出门？啊，你看这章，全是死亡实例，标题是良言难劝该死的鬼，作者好像被那些死掉的女人气坏了呢。”

“我看这位主持人也该接受心理治疗了，他要是接到施虐者的求助电话，是不是会活活气死呀。”雪莉淡然一笑。

“施虐者也会求助？”

“是的，明明很害怕，明明知道这样下去不行，但就是无法采取行动改变现状……这是施虐者和受害者都会面临的难题。”叶真生慎重地说道，“有些施虐者并不是喜欢犯罪，他们也需要心理治疗，而有些受害者反而会变成罪犯。人性就是如此复杂。顺便说一句，为数不少的施虐者有过被虐待的经历，换言之，如果小时候在父母那里受到了伤害，就很容易去伤害比自己弱小的孩子，所以家暴往往会像遗传病一样代代相传。”

张悦悦大力鼓掌，将畅销书扔进了废纸篓。

“张悦悦，你望着打打闹闹嘻嘻哈哈的人，眼里总是透着不高兴，那种时候你在想什么？”雪莉轻轻地问。

“你又不是心理健康老师，难道要给我做心理治疗？”

“是不是在感慨那些人的无聊和幼稚？”

“没，我只是在想，他们看起来好开心。他们不谙世事……”张悦悦用了一个老气横秋的词，“所以开心嘛。”

Chapter 6

不谙世事，所以开心。

认识了人生之后，大概就开心不起来了吧。

小小的叶真生，在识字之前，已充分认识了人生的险恶。

他的记忆是从十多年前的某个夏日开始的，最初的画面是一片扑面而来的水。

纳闷了好多年他才明白过来，不是水扑向他的脸，而是他的脸扑向了水。

后来，差点儿溺毙的他被高穆叔叔救起，足有三周时间，生活安稳而幸福。遗憾的是，所有人都坚信一个年轻的单身汉不应该也不可能倾力抚养同事的小孩，高穆叔叔只得把他交给乡下来的爷爷奶奶。

“这孩子有创伤后应激障碍，偶发木僵，极度怕水，这是一些照顾他的必需品，我写了说明书和注意事项……”

别离也是在黄昏时分，高穆叔叔忧虑的面容至今看来仍令人感动。

然而当时的小真生并不知道自己将失去什么，将面临什么，不懂“恋恋不舍”。爷爷说，对叔叔说再见，他就很有礼貌地说了句叔叔再见。

他跟着爷爷奶奶先坐汽车，再搭乡亲的拖拉机，最后步行了好长一段路，才抵达那个偏僻的小山村。

从此，善解人意与无微不至的关怀不复存在，精巧的小兔子餐具里装的是粗劣的饭菜，他隔三岔五就闹肚子，没人觉得这是什么大事。半年后，学会了说话的堂弟吵着要兔兔，这套餐具就由奶奶做主给了堂弟。

他不爱说话，从来不笑，抗拒洗脸洗澡，受不了别人碰他，因此不招人喜欢，常被村里的孩子欺负。

只有两个女孩对他好，总带他一起玩。

这是一对亲姐妹。小妹妹三岁，叫欢欢；小姐姐八岁，叫悦悦。呵，又一个叫悦悦的女孩儿，一个注定一生与欢悦无缘的女孩儿。

城里的小孩，家长往往呵护得密不透风，乡下嘛就没那么多讲究。两个女孩常在村里闲逛，有时摔倒了，饿哭了，村民们也会抱起来，喂块糖吃。

“真生”二字发音有点难，她俩总是叫成真真，真真……

有一天，小真生在大院门口等到下午，也没等到姐妹俩出现，只见大人们神色各异地走来走去，后来甚至来了警察。乡里的警察也不是陌生人，都跟村民沾亲带故。

原来出了大事。欢欢掉进洗衣机里溺死了。

粗心大意的父母终于撞上了悲剧。三岁的女孩正是好奇心旺盛的年纪，如果洗衣服时好好关上盖子就好了，如果洗衣机有不关盖子就不能启动的功能就好了，如果在外面干活的父母早点儿察觉就好了……千丝万缕的亲缘关系，偏僻闭塞的山村惨剧，很快就以意外事故结了案。

欢欢死后，悦悦再也没出门玩过，终日在家沉默不语。只在小真生回城那天，她追到村口，露出了欲言又止的表情。但她终究什么也没说，只是送了他一个小香囊。

那是村里常见的护身符，欢欢身上也有，可惜并没有帮她挡住灾厄。

——三岁女童的身体确实比较娇小，但洗衣机的水缸容量也不是很大，活活溺死在里面并不容易。

——欢欢又是怎么爬进洗衣机的呢？她必须先搬张小凳子，爬上小凳子，才能够上洗衣机的外沿勉强爬上去。三岁的女童，仅仅是出于好奇，做得了这么多事吗？

回城的时候叶真生已经六岁了，说是要让他回城里上小学。

“真生，这是爸爸，快叫爸爸。”

对于失去了三年记忆的他来说，叶胜英完全是个陌生人，明明高大英俊，比村里的男人不知道强多少，却让他感到惧怕。他平生第一次抱紧了奶奶的腿，死死不肯放手。

“这孩子，怕生……倒对我这么亲了。”一直嫌他养不熟的奶奶有点尴尬。

叶胜英想硬拉，又怕吓坏他，正在踌躇。

“叶哥，车子就停在后院边上可以吧？”一个轻快的声音打破了僵局。

……是他，是他！叶真生松开奶奶，像一个小炮弹一样，一头扎进男人怀里。

“叔叔！”

年轻的男人立刻向他露出了亲切的笑容。几年过去了，这份亲切丝毫未变。

“我的小兔子碗碗被弟弟抢走了！”叶真生急忙告状。

“你是懂事的大哥哥，把碗碗让给弟弟是一件值得自豪的事。”如果当场责备老人有错，高穆就不是高穆了，他只是温柔地拍着叶真生脏兮兮的、瘦小的背，说，“叔叔已经帮你看好了一套最适合小学生的文具，开学那天就送给你。”

“久别重逢，就知道往别的男人怀里钻……”叶胜英在边上不无失落地说。

叶胜英不加班的时候，也能把鱼肉蔬菜弄熟，做的菜称不上精致，倒还干净，至少不会让小孩吃了拉肚子。可惜他加班特别多。朝九晚五原本就不是刑警的上下班时间。

对于刑警来说，出了事你就得在班上。坏人做坏事又不会特意避开节假日和深夜。

叶真生基本上是吃食堂和盒饭长大的，叶胜英忙起来，还会忘记给儿子买饭钱。于是一劳永逸，在儿子正式上初中的头一天，把工资卡交给了他。

这年寒假，眼见着快过年了，叶真生主动说想回老家看看，让叶胜英大为吃惊。

其实叶真生只是想悦悦姐了。

没想到，久别未能重逢，迎接他的只有小悦悦的死讯。

小悦悦几年前就死了，溺死在叶真生当年最惧怕的小河里。

“欢欢出了事以后，我看孩子可上心了，可不知道咋的，还是没看住。”刚生了小儿子的悦悦妈抹着泪向叶胜英诉苦。

可她却为小儿子取名叫乐乐。

叶胜英耐心地安慰着这女人，而叶真生眼前浮起了悦悦的身影。是被人推下去的，还是她自己失足落水的，已经不重要了。她和欢欢一样，是重男轻女的牺牲品，是被陈腐思想害死的牺牲品，一定是这样的。

可世上本来就有很多坏人，人世间，不可能没有犯罪，也不可能没有受害者。所以这件事最让人愤怒的，是抹杀受害者的存在，是加害者逍遥法外。

“我将来要当警察，像高穆叔叔那样。”他对叶胜英说。

“你就不能说一句像爸爸一样吗！”叶胜英一拳砸在了他的脑门上。

chapter 7

叶真生把张悦悦约到了自己家，以确保对话内容不外泄，至于把她约到家会引发什么样的传闻，他倒是真的毫不在意。

“我不大了解吃醋是怎么回事，但陈玥这个人我还是比较了解的。她很有脑子，观察力也不弱。我猜，她跟我同样怀疑一件事，才会冲上来撕你的袖管。我不赞成她这种做法，太鲁莽，但我必须感谢她解决了我心中的疑问。如果没有她，我不知道要花多少时间才能哄你把外套脱下来。”

张悦悦笑了：“快了，你已经从心理疾病跳到抑郁症、正确进展到家庭暴力了。”

“你身上有好几条遭受家暴的特征。从第一次在操场见面时开始，看着你那不合时宜的衣裤，我就怀疑你臂上腿上伤痕累累。原来不是，真是太好了。”

“你一定要我加入你的社团，是为了保护我吗？”

“我想让三一二活动室成为你心灵的避难所，希望你在陷入困境时不至于无处可逃。我曾经失去过一个名叫悦悦的朋友，当我听到你也叫悦悦时，我相信这是命运的安排。不过，现在看来，是我想多了。你妈大概真的只是粗心。”

“不，不，我年纪很小的时候爸爸就不知去向了。妈妈艰难地带着我过日子。我哭闹时她会把枕巾往我嘴里塞，同样是这块枕巾，有时用来擦鼻涕，有时用来擦口水，我永远也忘不了那股怪味，虽然按理来说，那时的事我应该是记不住的。后来妈妈再婚，家庭条件好转了些，她和继父生出了小弟弟。小弟弟诞生那天她哭了很久很久，之后就不大管我了，当然也是因为她工作忙家务又多。我常挨打，为了一些惹她烦心的小事，有段时间我甚至觉得继父还比她好些。我真傻，又傻又天真。”

“你继父……做了什么可怕的事？”

“都是微不足道的小事，比如说在我上厕所时，他拧门把手，发现门拧不开，就会嚷嚷着问里面有没有人。里面要是没人的话，门锁怎么会扣住嘛，但他就是嚷嚷个不停，我不回答他就不走开，弄出各种扰人心神的杂音。还有，不管我怎么管理我的毛巾、脸盆、牙刷，总是有被别人用过的痕迹。”

0呃我家叶警官也有这毛病。总有些当爸的，见孩子个人卫生搞得井井有条，就故意使坏。不是啥大毛病，就是幼稚。X

“有一段时间，我一想到我用来洗澡擦身体的毛巾可能经常被他随手拿去不知道干什么，就想吐……一把年纪的男人，文化程度又不高，难免粗枝大叶，我总是这样安慰自己，试图让自己相信他那些举动并没有特别的意味。”

说着说着，张悦悦哭了。

好吧，亲爹和继父，父子和父女，界限应该是不一样的。

“你跟你妈说过这些事吗？”

“恐怕我说了，她也只会骂我丑人多作怪、心理阴暗吧。毕竟继父也没对我做什么具体的事。”

再婚家庭的资源，父母的爱心与耐心，多半都集中到了新出生的男孩身上。

又一个重男轻女家庭的牺牲品。

这种事原本在独生子女的认知概念之外，叶真生小时候看新闻，总觉得遥远得像电视剧。可一旦有所接触，就会发现这种事出人意料的近，出人意料的多。

叶真生拉开写字桌的抽屉，取出护身符：“这是另一个叫悦悦的女孩送给我的纪念品，我没有好好帮助她，是我一生的遗憾。所以，我在这里发誓，我会不惜一切代价帮助你。”

“跟我聊这些事，安慰我，就是最大的帮助了。”

“弟弟死后，你和你妈的关系也没有好转吗？”

“一点也没有。她正准备再生一个，还说我是个扫把星，要送我去寄宿。”

“你弟弟是怎么死的？”

“弟弟……”悦悦沉吟良久之后，才痛苦地吐出了话语，“我嫉妒他，恨他，可是我年幼的弟弟，天真无邪的弟弟，其实是那个家里唯一对我好的人啊，我一直不知道，一直不知道，直到我看到了他的遗物……他摔下阳台死了，大家都说是意外事故，没有人报案。”

张悦悦打开书包，从书包最里面的夹层中取出了一个比课本还大的信封。

“叶真生，我听说你曾经帮警方破过悬案，是一个了不起的侦探，所以我要把弟弟的遗物交给你，请你解开其中的谜。”

“谜？”

“你一定要帮助我，只有你能帮我，我一直好痛苦。”张悦悦趴在长沙发上痛哭失声。

chapter 8

信封里是日记本。

字不多，拼音和图很多。雨天画着雨丝与伞，晴天画着红太阳，多云稍微复杂一点，先画一块蓝，表示蓝天，再画白云似乎有点画不上去，就剪了云朵状的小纸片贴在蓝天上。

有几个多云的日子只贴着云朵纸，没有画蓝色块，大概是漏了吧。

其实只要先画云朵再画蓝天就可以了嘛，小孩子就是死脑筋，觉得白纸上画白云很难吧。

也不是纯白的纸，日记本的内页是那种带点米黄色的纸，因为是陈年旧物，更是黄得掉渣，也许是心理作用，叶真生老觉得有股子霉味。

他把每一页的内容都用照相机拍了下来，因为感觉没耐心等明天放学了，就打包发进了雪莉的邮箱。

日记里大部分是日常琐事。

一个长头发穿裙子的，拿着蛋筒冰淇淋给一个短头发穿汗衫的；一个长头发的高个子，抱着一个短头发的矮个子；之类的。

画面非常简陋，人脸就是简单的一个圆和几根线。

叶真生找了找，和冰淇淋有关的文字记述只有五条，两条涉及母亲，两条涉及父亲。唯一一条涉及到姐姐的，内容很能说明问题。

> 让姐姐买冰淇淋给我吃，吃得很开心，午饭吃不下，被妈妈发现了，妈妈说了我一顿，在姐姐的腿上拧出了一块青。姐姐换了长裤子，看起来很热。

这一条的后续更能说明问题：

> 现在姐姐每天都穿长裤子了，学校里有人笑她。有一个在初中部上学的姐姐本来是一件自豪的事，现在我

却觉得有点丢脸。

叶真生认真翻阅了整本日记，越看到后面，眉头皱得越紧。

不知不觉写了大半本日记了，几乎天天提到姐姐，这么说起来，这本日记本一定要藏藏好，绝对不能被别人看到呢。

我用攒下来的零花钱买了一本新的日记本，新的日记本上就写水仙花观察日记、洋葱观察日记吧，水鸟观察日记也不错。

浴室小偷抓到了，果然是爸爸。

发生了很可怕的事。

发生了很可怕的事！

我真怕自己忘了这些事，我要记下来。可是，我不明白那是什么事。我不知道该怎么写。

我想到了一个好办法，我可以画下来啊。我的彩色蜡笔哪儿去啦。

光画画不行。

不行，不行。

真的不行。

我又画了一些画，但我还必须做点什么。

歪歪扭扭的字句里到处是拼音和错别字，叶真生吃力地辨认了好久。

称得上“可怕”的画有两张。

门框上方垂下了麻绳，跪坐在地上的人头发长长的，大概是姐姐；站在她面前的人有胡子，所以是爸爸；卫生间的门板后露出了半张脸，似乎是妈妈。

另一幅的场景在阳台上，胡子男揪着长发女的头发，长发女的大半个身体被推出了阳台外，妈妈在一边浇花。

“这是你吗？穿着蓝黄杂色的上衣？”叶真生指着图上的长发女问张悦悦。

“那是妈妈为我织的毛衣，仅有的一件，只好一直穿。在弟弟眼里，大概成了我的标志。”

“你继父……在对你做什么？”

“我有时会犯错，抄作业啊偷看试卷什么的，那种时候他会变得非常严厉，说这是人品问题，不好好责罚我就会走上歪路，然后他用麻绳套我的脖子。阳台那次也差不多，他说我如果不学好就把我推下去，我拼命地认错他才松手。”

“唔。”

“并不是真勒……我也觉得我有错，我总是劝自己这么想，他可能只是没文化，素质不高，但没有恶意。他没用暴力逼我干坏事，总是说一些正理。不管怎么说，我可怜的弟弟肯定没有办法理解这样的场面，我可怜的小弟弟。”

“前些天有个新闻，一个禽兽不如的男人用绳子勒女儿，以管教之名。那女儿死了。”

“啊，我……”

“从日记的内容来看，你弟弟觉得妈妈摆明了不会管，他又非常担心你，觉得自己必须采取行动。”

“我也有这种感觉。”

“你觉得你弟弟会采取什么行动？”

“他只是个小孩子，只会去跟爸爸吵吧。”

“你继父是一个性格暴躁的男人。唔，对了，你知不知道小提琴家林林？他在接受媒体采访时，曾经提起父亲的粗暴与恐怖。他父亲也做过这种事。”叶真生点了点阳台图。

“把孩子的大半个身子推到阳台外，恶狠狠地威胁孩子吗？对亲儿子也这样？”

林林就是他父亲的亲儿子，而这种奇特的管教方式重复了不止一次。

“你继父多半是恼羞成怒了，他把儿子推向阳台之外，或许本意只是想吓唬儿子一下，然而手上的力道没控制好，结果惨剧发生……”

“我不能让弟弟枉死！”张悦悦霍然而起。

“再给我一点时间，我会让真相大白于天下。”叶真生向她保证。

可她紧攥着拳头，紧咬着嘴唇，很显然，正深陷于某种激烈的情绪之中，叶真生的话并没有帮她解脱出来。

chapter 9

几天后的一个深夜，雪莉打来了电话。

早已习惯为她失眠的叶真生并没有怨言，自然而然地跟她讲起了案情。

两人讨论来，讨论去，情投意合，最后叶真生连山村小悦悦的事都说出来了。雪莉温柔地安慰了他，不过，与一反常态陷入愤激之情的他不同，雪莉的态度更冷静，也更客观。

首先，当年的计划生育政策规定，在农村，第一胎若是女儿，五年后可生第二胎。悦悦八岁，欢欢三岁，后来的小儿子乐乐，也是在姐妹俩丧生之后怀上的，这对夫妇并没有超生。

其次，孩子的名字往往蕴含着父母的祝福与愿望。深受重男轻女思想毒害的人，通常会为女儿取名“招娣”“来娣”“爱娣”，儿子则有“大宝”“贝贝”“阿福”等常见名。而在这个家里，姐姐名悦悦，妹妹名欢欢，小弟弟名乐乐，可见父母一视同仁。

这对夫妇确实在看护女儿时疏忽大意，看护儿子时小心翼翼，但是，也可以解释为吸取了血的教训，不想重蹈覆辙。

并不具备明显的重男轻女特征。

不惜谋害女儿也要生儿子的家庭，怎么着也得生个一大串再铤而走险吧。看到呱呱落地的女娃，他俩不但没有大叫晦气，反而为女儿命名为悦悦和欢欢呢。

叶真生眼前又仿佛浮现了小悦悦那欲言又止的悲苦表情。

那表情，以及她后来的早夭，或许可以有另一种解读！

叶真生取出那个护身符……迟疑着，迟疑着，做了当年就该做的事。

香囊里面有一张卷着的小纸条，上面写着：

> 我站deng子抱妹妹看洗衣机转，狗狗tu然叫了，我吓了一挑，妹妹头朝下掉进去了。我怕妈妈打，没有叫妈妈。我以为妈妈很快会来不要jin的。妹妹，我cuo了。

夹杂着错别字与拼音的……元凶的自白。

父母的古怪表现，村民们的复杂表情，刻意掩盖真相的警察，都有了全新的解读！

八岁的孩子懂什么，就算有不作为的过失，也不会让她承担刑事责任。可背上害死一条人命的名头，悦悦的一生就毁了。于是大家齐心合力做成了与悦悦无关的意外事故。

小悦悦怎么也想不通吧，为什么偷吃了糖果要被责罚，偷看了动画要被责罚，害死了可爱的妹妹，为什么没有人怪她，就像这件事根本没有发生过一样。

打妹妹出生以来，她就跟妹妹形影不离，姐妹俩的感情也特别深。她失去了妹妹的陪伴，陷入了人生最大的困惑，最后精神崩溃了。

小悦悦，是自己走进河里去的吧。

如果他早点儿明白她欲言又止的是什么，就能拯救她了吧。

叶真生一夜未眠，连第二天上课也神思恍惚。

到了放学后，活动室里迟迟不见张悦悦出现，深陷在懊悔中的他才猛然醒悟。

不妙！

并不用拿出那男孩的日记重温。一张张图一行行字，像走马灯一样在他眼前闪过，每一个细节都清清楚楚。他记起了第一次和张悦悦交谈时对方提到的事。那些事和稚嫩的文字、拙劣的图互相印证，早就指向了真相。

迟了！他辗转各处，最终找到张悦悦时，她已是一个高不可攀的身影。

她站在教学楼的天台上，以一贯的宁静姿态伫立着，虽然大家都看不清，但可以想象——她无表情、无言语，对自己的死亡无动于衷。

“张悦悦！我明白了你的心事！你别做傻事！”

叶真生不便公开张悦悦的隐私，只能喊些套话。尽管这些套话听起来，足够让人遐想出十七八种肉麻大戏。

张悦悦置若罔闻，展开双臂，像鸟儿扬起了翅膀，然后一头栽倒……就在这电光石火的一瞬间，一双铁钳般的手揪住张悦悦的手臂，把她整个人高高甩了起来，在天台上空划出了一道优美的弧线。

叶真生心中响起了“咚”的一声，情不自禁地摸了摸自己的后脑勺。这腕力，这爆发力，这灵敏度，什么样的人才能办到！偏偏王梓不合时宜地叫了起来：“不好啦，要是这一摔摔出了毛病，我们的何老师是不是反倒要赔医药费呀！”

叶真生急忙往楼顶跑。

张悦悦并没有摔出毛病来，有个人在她着地前用自己的身体挡了一下。张悦悦正伏在何老师怀里哭呢。

叶真生对这位老师没什么兴趣，注意力都在地上。

“雪、雪莉……”他俯视着倒地不起的人。

她似乎是被冲击力震晕了，一时半会儿起不来，右臂不断渗血，染红了雪白的衬衫。

边上有人递了个医药箱给他，叶真生匆匆为她检查是否骨折、是否骨裂，清洗伤口，消毒上药。处理伤口的动作之利落，简直比校医还强三分。

人生在世难免遇到悲剧，但是，也没有必要对人性绝望。眼前就有一个好女孩，又聪明，又善良。

叶真生小心翼翼地把绷带一层层缠起来。

“……谢谢。”雪莉醒了。

叶真生这才想到应该感谢身边的人，回头看，就看到了一个文质彬彬的年轻男人。

他背着光，因而阴着脸，眼镜片后却亮着神采奕奕的眼，不知为何，给人一种静寂而又神秘的感觉。

此时夕阳斜照，正是黄昏，叶真生心中一动，想起了好几个日语词。

逢魔時、大禍時、誰そ彼……这些词，都是黄昏的意思。

从词源上看，“逢魔時”是指可能会遇见怪东西的时刻，比如遇见妖怪、幽灵什么的；“大禍時”是指极为不祥的时刻，妖魔鬼怪能大展神通的时刻；而最后这个词最有趣，“誰そ彼”，字面上看是“他是谁”的意思，实用时的意义更接近“你是什么人？我不大清楚啊”。

天快黑了，视野模糊不清，所以遇见人就得来这么一句。

看起来像是古代的日本人在抖机灵。

其实不然。

即使见到像熟人的东西，也未必真是熟人……未必是人。这话从本质上说，反映的仍是古代日本人在黄昏时分、对妖怪强烈的警戒之心。

想太远了。什么时候遇见高穆叔叔，可以请教他一下，这些日语词汇和古汉语有没有亲缘关系。

高穆叔叔从普通的小刑警变成了前途无量的年轻官员后，就不再和父亲搭档办案了，调职去省厅后，两家的来往更是稀少。当然，这不是因为高穆叔叔爱搭官架子，只是大家工作都太忙。高穆叔叔的声音，叶真生都好久没听过了，最近的一次，还是在父亲偷录的音频里。

“誰そ彼”，这是日语的黄昏。在黄昏时分，我会连高穆叔叔站在对面都认不出来吗——叶真生心中忽然冒出了一个荒诞的念头。

chapter 10

张悦悦犯案时还不满十四周岁，不用负刑事责任，但她需要负起未成年犯罪者应负的责任——如她所愿。

和叶真生道别时，她说要做他一生的朋友，叶真生谢绝了。叶真生轻易不交朋友。

他问雪莉："为什么你会先我一步看出真相？"

这平静的语气里既没有好奇，也没有不服气，他只是单纯地想知道原委。雪莉轻轻地笑了。

"你看的是实物，我看的是照片，比起照相机的镜头来，人类的肉眼更容易受蒙蔽。"她笑着说。

日记本中蕴含着丰富的谜团，但重点不在日记内容，而在那些天气图里。

仔细看那些多云的天气图，正着看看斜着看看，放大看看缩小看看，就能看出每一朵白云下面都画着色块，只是有时蓝，有时黄，黄色块太接近纸页本身的颜色了，就算看出了痕迹，也易让人误以为是霉斑或水渍。

"你眼力真好。"

"好吧，我承认我其实是用了图像处理软件才看清楚的。"

"边缘检测？"

"唔，不是你想象的那种很专业的法子，就是手机里的功能，本来是修照片用的。"雪莉带着微微的羞涩答道。

那孩子其实一次也没有漏画过蓝天啊，她又说，只是，蓝色水彩笔和黄色水彩笔在他眼里是差不多的颜色。

蓝黄夹色的毛衣，常常穿错的袜子，一直没有察觉头绳颜色不同，都说明了一件事：张悦悦的母亲是蓝黄色盲。再怎么马虎，连继父都曾指出头绳颜色不对，生母怎么可能毫无感觉呢。

母亲单方面的色盲不一定能让女儿显出色盲症状，但必然遗传给儿子。

张悦悦的弟弟是蓝黄色盲，毫无疑问。

换言之，弟弟和母亲都没有能力画出蓝黄夹色的毛衣，而继父，当然没有理由把自己描画成一个猥琐而粗暴的男人。那两幅可怕的画，只可能是张悦悦伪造的。

“叶小哥，你又是在什么方面找到了头绪？”

“嗯，头发。”

“头发？”

“初中时张悦悦剪着男孩子一样的短发，而弟弟的日记本里也出现过‘初中部的姐姐’如何如何的字句。当时弟弟画作中的长发女其实是妈妈啊，妈妈当然会买冰淇淋给孩子吃，日记里也有关于冰淇淋和妈妈的记述。那段冰淇淋和姐姐的记述倒是张悦悦伪造的。我俩都亲眼见过，不是吗，她掩藏在衣衫下的肢体上并没有伤。她在不恰当的季节穿长袖子长裤子，或许只是为了向某些自作聪明的人暗示她遭到了家庭暴力。”

“比如说我和你？”雪莉捧起脸，“以及陈玥？”

“总之她犯了个低级错误，她把弟弟画作中的母亲误认成了自己。她造假画图时已经留了好久的长发，所以下意识地误会了吧。”

“你确定那两幅可怕的图也是张悦悦伪造的？”

“没错，受继父迫害的长发女——弟弟不可能画出这样的景象来。而且我还能大致推算出她造假图的时间，应该就是在最近。”

“在认识你之后？”雪莉瞪大眼，“她特意造假图竟是为了挑衅你？”

“我在你眼里是这么自以为是的人吗？”叶真生淡然一笑，“挑衅什么的，我不懂，我理解不了那是什么样的情绪。我只知道麻绳那幅图，肯定是她看了那个‘父亲用绳勒死女儿、声称本意只为管教’的新闻之后画出来的。那新闻就是前些天的事。”

张悦悦并没有真正遭受过家庭暴力，只是恨弟弟夺走了本来就很稀薄的母爱而已。因此她不得不多看点这方面的畅销书和新闻，以便把受害者的角色扮好。结果就是两幅关键的暴行图都有类似的新闻报道可循。这也是造假的一个旁证。

毕竟继父并不是暴力男，她想在叶真生面前编造继父的暴行，又担心自己的编造不符合心理学规律，临时抱佛脚看了一些书，终究还是怕露馅，不敢原创，只能借鉴。

“她把图画做旧的水平倒还不错。”雪莉做出了评价。

“万能的淘宝吧。”叶真生向她提供小市民的经验。

“唔，她害死了弟弟，却没有得到想象中的充沛母爱，于是，她懊悔了，陷入了恐惧与负疚感的深渊……”

或许也正是因此，她长年累月穿着严实的衣裤，在她的内心深处，迫切需要回避的、无法面对的，不是“伤痕累累的身体”，而是“没有伤痕的身体”。

继父并没有别的子女，弟弟不是超生出来的。这世上缺爱的女孩很多，不总是因为父母重男轻女。有些父母只是单纯的不称职罢了。

雪莉感慨了一番，又继续道：“她冒充弟弟写了一些日记，以便和伪图呼应。冒充孩子歪歪扭扭的笔迹不难。不过，这本是一桩完美无缺的杀人案，当初甚至没有立案，我不明白她为什么要画蛇添足做一些手脚来挑衅你……”

“大概是因为她太希望被人揭穿真相。”叶真生回想着张悦悦的一些话，那些话模棱两可，现在想来，完全符合凶手的立场。张悦悦下定决心向他求助，也是在他针对施虐者的求助大发宏论之后。

“对了雪莉，你和何老师本来就认识？”叶真生突然主动讲起了闲话。

“共用一个活动室，怎么会不认识？有时去活动室拿点东西什么的，就遇上了呀。”

“那张悦悦这事呢？”

“好吧，我承认我跟何老师聊过一点。人家毕竟是心理学专家嘛。”

叶真生目前还没有点亮“吃醋”的技能，因此心里不是滋味，却无法顺畅地表达出来，想起艾苓老师几次嘱咐他多跟何老师聊聊，感觉更郁闷了。

完美犯罪需要一场雨

犯罪者的七不规范第五条：

不要帮凶

Chapter 1

那是去年冬天发生的事。

最初只是单纯的偶遇。

在一家大型超市外的马路边，女人不无狼狈地蹲在地上，一把一把捧米。年末超市大促销，买两桶油送一袋米，总计二十五公斤。这个重量对于成年男子来说都算吃力，单身母亲真不该冲上去抢购。可是她手头紧，抗拒不了这诱惑。

到结账为止都有超市的工作人员搭手帮忙，所以一切顺利，然而在出口处，她费了老大的劲儿才把东西从推车里卸下来。奋战过程中装米的塑料袋不知怎的勾了个口子，米漏了一地。

但是，如果放弃这袋米，钱算下来就比平时更贵了。她倔强地咬紧牙关不放弃。

一辆宝马滑行到她身旁，副驾驶座的车窗放了下来，从里头探出了半张妆容精致的脸。

“哎，你不是那……那谁的妈妈来着？”

女人抬头看对方，衣饰华贵，一脸精明相，显然不属于自己的社交范围，就没搭腔。

“咱俩在三班的家长会上见过呀。”车里的阔太太笑了。

“于小凡，我是于小凡妈妈，你是？”女人抬头问。

“快上车吧，这里不能停太久！”

阔太太的表情说明她其实想不起于小凡的样子，但她的态度很热情。

由于被迫放弃了半袋米，女人不怎么感激这位热心家长。她只是默默地想，大家都说小凡这名字取得很有自知之明，跟平庸的女儿挺般配。她有点难过。其实女儿的五官长得很好，只是衣着太寒酸，又特别节俭，所以扎人堆里就不起眼。

此后半年，两个不同阶层的家庭开始了交往。郊游、烧烤、游泳，各种各样的活动，当然都是有钱的人家主动。对方是大富商，一家三口热心公益，乐于助人，但不怎么考虑接受方的感受，女人总怀疑小凡也受了不少气。那家的孩子长相好成绩也好，小凡最好的朋友却一直是邻家女孩安洁。

光阴荏苒，到了今年夏天，暑假里小凡和安洁玩得正开心，忽然遭到了迎头一击。

富商爸爸说要离婚，跟小凡妈妈结婚！

婚外情据说已持续了几个月，只是最近才曝光。阔太太逢人就说小凡母女恩将仇报不要脸。

小凡认为自家妈妈理亏，她也想搅黄这桩婚事，只恨自己办不到。

万般无奈之中，高二新学期开始了，小凡每天感觉如坐针毡。那家的孩子可是同班同学，每天抬头不见低头见。

“嗨，大家好！”

这学期，天方SAS送来二十个交换生，分到小凡班里的交换生有两个，其中一个叫雪莉·路。

“我有正式的中文名，叫路雪妍。大家叫我阿雪就可以啦。”

阿雪是个一脸聪明相的女生，完全没有豪门千金的架子。班里的同学也兴致勃勃自报家门，想跟她做朋友。

“小凡……芸芸，这两个名字含义好像啊。两位的父母也是老朋友吧？”落落大方的路雪妍半开玩笑似地问。

玩笑显然开得不好。陈芸芸毫不掩饰地嗤笑了一声。

大家都有点尴尬，路雪妍脸红了。

陈芸芸眨眨眼，说：“阿雪，我给你讲个故事吧。一户有钱人家的女主人，热情收留了乡下来的弱女子，女子她美丽又善良啊温柔又坚强，没多久就靠这些美好品质跟男主人搞上啦。女主人的真面目也暴露了，原来她竟是一个泼妇，是迫害弱者的大反派。最后反派自取灭亡，弱女子和男主人得到了真爱，你看这情节怎么样？你要是上流社会的太太，会跟这样的女子结交吗？”

所有人都陷入了沉默。

路雪妍只好硬着头皮问这是什么故事。

“这是本土特产的言情偶像剧。你在英国长大，没看过吧？”陈芸芸哈哈大笑。

有人在边上干咳了一声。路雪妍回头看，是郑翰，这个班里最帅的男生，帅得让人印象深刻，想记不住都难。

郑翰拉了拉陈芸芸的袖子，好像是在示意她别再说了。

小凡……哭了起来。

枫林五中是小凡梦寐以求的好学校，拿到录取通知书时她曾经那么快乐，如今校园生活却成了一场噩梦。

小凡恳求妈妈回头是岸。

前半辈子吃尽了苦头的妈妈只是流泪，说不想继续吃苦了。

最后母女俩哭成了一团。

小凡在学校里经常被陈芸芸冷嘲热讽，连老师看待她的眼光都有点异样。当今时代，婚外恋或许已算不上什么大事，按说也激不起外人多大的义愤，偏偏陈芸芸唇枪舌剑不依不饶。

小凡不得不承认，自家抢到的不仅是一个男人，还有这个男人身后的庞大资产。阔太太和穷女人的地位即将倒转，这不仅是情感问题、道德问题，更是一场硝烟弥漫的资源争夺战。

太可耻了。抢真爱，还比抢钱好一点。衣食住行的档次都有所提升，小凡的心情却极度痛苦。

从此，她不出家门一步，再也不肯面对老师同学。

妈妈为小凡牺牲了一次又一次的再婚机会，蹉跎了十几年，这一次轮到小凡为妈妈牺牲了。如果处理不好同学关系，小凡可以转学去普通高中。这是外婆家的观点。

可是不甘心，怎么也不甘心啊！小凡抱着新学期的课本日夜悲泣。

“嘿，于小凡，一起上学去？”

安洁出现了。与天使同名的安洁，用一块小石头砸开了小凡家的窗子，也砸开了小凡紧闭的心扉。

安洁强拉着小凡上学，从早到晚不离小凡左右，放学一定会送小凡回家，被陈芸芸为首的小团体孤立也毫不在意，坚决站在小凡一边。

多少次，小凡抱着安洁泣诉：“我只为你活下去，如果没有你，我就去死。”

而这种时候安洁总是笑：“别说傻话，只要你考上大学，就可以离开这个城市了。”

“如果我妈真跟那个男人结婚，我就去死，我要让我妈后悔一辈子！”

“喂！刚才还说只为我活下去呢！”

于是，小凡泪水涟涟的脸上浮现了忸怩的笑容。

安洁是唯一能让小凡破涕为笑的人。

天使的友情让小凡支撑到了如今。小凡做了本高考倒计时的小册子，每天零点撕一页。眼看着剩下的页数越来越少，考上大学去外地的曙光越来越近，她面对陈芸芸的责骂，也终于可以表现得比较平静了。

安洁问她敢不敢参加登山社的露营活动，小凡的回答是：“有你在，我就敢。”

陈芸芸不是登山社的成员，但她必然会出现在登山队伍中。因为同在一个班，铺位大概也会安排得很近。

陈芸芸就像一片阴云，无所不在地笼罩着小凡。可是小凡知道，安洁为了保护她，总跟她形影不离，因此放弃了几乎所有的学校活动。安洁太可怜了，她必须鼓起勇气来，跟安洁一起享受正常的青春好时光，而不是反过来将安洁拖入暗淡无光的人生。

要努力，要勇敢，她握紧了拳头。

然而三天后，小凡死在了深山里。

任何人都没想到这结局……不不，不止一个人想到过，怀疑过，担心过。不止一个人。

chapter 2

据说，学校登山社组织的活动原本不允许社外的人参加。没想到社里叶公好龙的成员非常多，又有几个胆大妄为的女生琢磨着穿短裙美一美，气得队长郑翰仰天长啸：“登山是登山，不是给你们这些俗人戳在风景里摆POSE拍照一惊一乍全程发微博显摆用的！”

据说，被吼的女生并没有闹事，因为郑翰队长高大英俊品学兼优，本来就是她们加入社团的唯一目标。何况他事后立刻就道歉了，说今后会为初学者准备一些基础训练，真是恩威俱全，心胸也好宽广哦。

“那，这次的报名条件怎么改？”副队长林小水问。

“唔，限定有鞋，有登山专用鞋的人参加。”郑翰很快做出了决定。

——这团结活泼严肃紧张的一幕作为登山社的招人启事在校内BBS上公开后，同学们大加议论。叶真生只瞧了一眼，就去邀请红颜知己了。

叶真生虽然不像某动画里的小学生那么有钱，可以去夏威夷练习开飞机，但确实有六双不同功能的专业运动鞋，其中登山鞋还是最贵的。至于路大亨家的千金，据说真的在夏威夷玩过滑翔机，别说登山鞋了，专用的潜水服都有好几套。

登山鞋的牌子并不大众化，换言之，在大众眼里不怎么有名，但价格跟性能成正比。在某些关键时刻，它的质量会直接影响人的生死，因此动辄上千。

家里有这种鞋的人，多少会有点登山经验吧。

可惜这似乎只是郑翰一厢情愿的想法。

出发当天大清早，队伍就中冒出了这样的声音：“破鞋的女儿穿新鞋，真有意思！”

换在平时，牙尖嘴利的安洁早跳出来帮小凡反击了，奇妙的是她这天居然没吱声，只是拽住了小凡的手。知道的知道她是在安慰小凡，不知道的，还以为她是在压制小凡不要闹呢。

小凡当然没想闹，她只是哽咽着分辩说，钱是她攒了好几年的压岁钱。

而郑翰吼了一声不许吵。

这世上竟有人敢吼心高气傲漂亮非凡的陈芸芸！

陈芸芸竟红了脸，低头说了句不好意思。

“不好意思，这是我第一次主持大型活动，希望能顺利圆满，留下美好回忆。”

“我看他注定要失望了。”路雪妍在叶真生耳边笑道。

“为什么？”

“据我观察，队里的十二个女生，除了我和在哭的那个，剩下的都对他有企图。”

“哎？”

“良辰美景好时光，近水楼台先得月，今天晚上他准会被表白的妹子团团围住。场面说不定会很火爆。”

“老师会管的吧？”

“但愿咱李老师震得住场子。”

路雪妍耸耸肩，又凑到叶真生耳边说，妹子们注定会失望了。家境富裕、成绩优秀的郑翰应该是想出国读大学，私下里找她打听了不少英国的事。可惜路雪妍虽有英国国籍，对留学的门道却一无所知，对移民政策也不怎么了解，只知道找工作很难，拿国籍更难，好多职场精英为了国籍跟英国人结婚。

结婚什么的，对于年方十六的郑翰来说自然不切实际。

“其实我对这个热情周到的帅哥挺有好感，见他一脸沮丧，心里也有点遗憾。只需我爸爸一句话……”

可是，叶真生听说过，路大亨对前妻留下的女儿相当冷淡，怎么可能帮助女儿的同学，路雪妍名义上虽是豪门千金，却连基本的父爱都得不到，继母为人刻薄，继母生的弟弟更是难相处。

“出发了出发了！”

李老师的声音打断了他俩的私语。

于是，经验丰富的登山社顾问老师老李，以及协同辅导的体育老师一名，卫生老师一名，心理健康老师一名，带着二十八名学生，在这个风和日丽的大晴天，挑了座难度很低的山，迈开了前进的脚步。

气势如虹的陈芸芸一到山路上，就暴露了所有的缺点，体力差，脾气大，郑翰帮她背着包，还常常扶着她走，这样才勉强没掉队。反倒是看起来挺瘦小的于小凡，健步如飞，跟雪莉有的一拼呢。

chapter 3

这是一个秋夜。

鸟声啁啾，凉风习习，在山里露营本是最惬意的事。

但是，如果你想上厕所，就不怎么惬意了。

这里压根儿没厕所，所谓的上厕所，就是指摸黑到野地里去，蹲在没人的地方悄悄方便一下。

叶真生给自己做了好长时间的心理建设——比如说将来要是真当上刑警，恐怕也难免会在蹲点的时候就地解决之类的。眼见着时间都过了午夜两点，他终于皱起眉，钻到了帐篷外。

这是一个没有星星的夜晚，月亮也缩在厚厚的云层后，手电筒的光落在草木上，显得特别凄凉。

朝四周望望，影影绰绰能望见五六个帐篷，其实应该是有八个，这次露营一共有三十二人参加，四人一组分成了八组。

不知是因为此时特别寂静，还是因为刚下过雨，溪水潺潺的声音格外清晰。

在山里雨总是来得快去得也快，这边还是红日当空，走上三五百米到了那边，或许便是烟雨蒙蒙了。才翻出帽子戴上，雨偏又停了，只听身边的溪流哗啦啦地唱，仿佛是下过雨的证明。从流水潺潺到山洪暴发，有时只需要一场雨。所以帐篷绝不能驻扎在水边。

叶真生远离营地，向溪边的草丛摸去。

忽然发现前方不远处，像是有人趴在那里，头发长长的，是个女生。

草丛里的地明显比外边湿，每一脚都陷得更深。

不对劲。

总觉得哪里不对劲。

那女生趴着的样子也不对劲。

“同学，你是哪个班的？为什么趴在那里？”

没有回音。

一阵风拂过。

送来了淡淡的血腥味。

不妙！大事不妙！叶真生急忙移开视线，却已经来不及了。

女生身下那闪着光的一片……并不是雨水，而是血水。

天空、远山、树木、草丛，无论叶真生的眼睛躲到哪里，那死人溺毙在血泊中的景象始终清晰可见。

他一点声音也发不出来，仿佛陷入了最深的梦魇。

他下意识地，一步步倒退，终于脚下失衡，绊倒在溪中，大量的水立刻涌入了他的口鼻耳眼。

不知道为什么，辛辣的刺激感持续的时间并不长，世界变得很宁静，很遥远，耳际传来了泉水般汩汩跃动的笛声，轻快而亲切，好像他床头的电子钟闹铃声。

……难道这真的只是一场梦魇？

他该把闹铃按掉，起床上学？

“叶真生！”

有人发现他了？

“叶真生！叶真生！”

有人在呼唤他，遥远，朦胧，嘈杂的呼唤声。

“他能醒过来吗？他还有救吗？”

有女孩哭了。哭声挺耳熟，是从小一起长大的小月亮？

“有救，一定的。”

柔和而沉稳的声音……是高穆叔叔？

就像是为了应合他的心绪似的，水波荡漾中，一只手插入水面，托起了他的头脸。

虚幻的笛声消失了，视野清晰起来，他看到了湿透的衬衫袖口，洁白的布料已湿成半透明，好似第二层肌肤，紧贴着手腕与手臂。那手臂修长有力，线条优美的肌肉在布下微微隆起……

兼具了力与美的臂膀把他移到草地上，准确点说是移到了女孩腿上。于是他认出来了，这脸上尤有泪痕的女孩不是陈玥，而是新近结识的雪莉妹妹。是了，陈玥和王梓并没有来登山啊。

“还好溪水比较清，口鼻腔内没什么异物，我先帮他控水，路雪妍，你拿膝盖用力顶他的肚子。”

一双手，有条不紊而又迅捷地翻弄他的脸和颈侧，按压他的背部。

感觉太熟悉了，像经历过一样。每一步，都似乎能预感到后面会是什么。

这双手，从形状、肤色到骨骼肌肉，都那么熟悉，连按压在背部的触感和节奏，都似曾相识。

可叶真生知道高穆叔叔不可能出现在这里。

“好了，心肺复苏。”

他被移到草地上，仰躺着，终于，手的主人正面进入了他的视野。原来是何老师。

“吴老师，麻烦你做一下人工呼吸。”何为对卫生老师说。

卫生老师应了一声，抬起叶真生的下颌，深吸一口气，正要俯下头，何为又阻止道：“等一下，气道没有充分打开，吴老师，你有人工呼吸的经验吗？你那样吸气也是不对的。”

“只在学校里训练过，有操作考试……”

“何老师，我会。”雪莉也跪到叶真生身旁，干脆利落地在他唇上覆上一块卫生纱布，做起了正确的嘴对嘴呼吸。

进行胸外心脏按压的何为和她配合得极好，叶真生感到僵死的肉体又活过来了，轻轻吁出了一口气。

“你这是怎么搞的呀？”雪莉半带埋怨地问道。

“唔……啊，我在那里看到了一个死人。”

被叶真生吸引了全部注意力的老师和同学们这才回头张望，随即纷纷叫嚷了起来。

“这，这不是我们班的于小凡嘛！”

最大的嗓门来自一号帐篷C铺的顾欣然。

“不会吧！不会吧！这不是真的吧！”顾欣然捂着眼睛大叫，简直是压倒性的音量。

所有帐篷里的人都被惊动了。

叶真生和路雪妍对视一眼——这人激动得有点不寻常。

于小凡的人缘并不好，但顾欣然好像特别无法接受她的死。

就在叶真生心里直打问号的时候，另一个人冲了出来，哭倒在地，是安洁。

于小凡的头脸和上半身都浸在血里。这地方崎岖不平，到处是坑坑洼洼。血水积在土坑里，就成了视觉效果很惊悚的血泊。叶真生已经可以较为镇静地面对这场景了，却下意识地死死抓住雪莉的袖子不放。

雪莉温柔地摸摸他的手背，又来抚他头上磕破的伤口。

“大家别乱动，注意保护现场。”

何为指挥学生用攀山保护绳拉起了警戒线。

郑翰走了过来。那阴沉的脸色，僵直的动作，都说明郑翰受到了重大打击。这也是自然的，队员死了，登山队长重责难逃。

李老师打了一一〇，但车道远在十几里路外，警察也必须徒步进山，再快也要五六个小时才能到。

这引起了更大的惊慌，幸亏何为训练有素，稳住了众人的情绪。现在倒是有点明白为什么登山活动也得配心理老师了。不过他的用处显然比一般的心理老师更大点。

“这是我们三班的于小凡，一号帐篷B铺。”路雪妍对何为说。她拿起卫生箱里的一次性手套，也分了何为一副。

这两人配合之默契，好像也不仅限于抢救一个溺水的人。叶真生在一旁干看着他俩忙碌，心里有点不是滋味。

何为开始检查地上的尸体，路雪妍也没闲着，用手机拍下了各种角度的照片。

“人死了一两个小时吧，腕动脉被刀划断了，大概就是这把水果刀……”何为语声沉重，声音中却没有深切的哀伤。长阳医院的医生，自然早就看惯了生老病死吧。

“看起来倒像是自杀。”陈芸芸走近前来，冷冷地俯视着尸体，然后将视线移到伏在尸旁恸哭的安洁身上。“如果是凶杀案，这人这位置，可就太适合破坏现场伪造证据了。刚巧她跟死者平时特别亲，没准有什么外人不知的动机。”

“你说什么！”安洁从地上一跃而起。

“嗯，某个熟人，开玩笑般地从背后抱住小凡，给她手腕拉上一刀，是能做出这效果。”雪莉稳重地分析道。

“小凡为她妈妈再婚的事苦恼很久了，都是我不好。我明明知道她最近常念叨万念俱灰，却没把她看好。”

安洁倒是只管把责任往自己身上拉，那股子由衷的懊恼劲儿，实在不似作伪。连叶真生都快被她感动了。

“她平时爱装可怜，你自然难免有疏忽，别放在心上。”

“陈芸芸！人都死了，你就不能留点口德？我看她就是被你逼死的！”

“我可是在安慰你哎，我又没打她，又没吐脏字，只是说了点大实话，怎么成了我逼死她？”

众人无言以对，面面相觑。

“行了，你闹够了没有？”郑翰又爆发了。

“你算老几！我要你管！”陈芸芸嗓音更尖利，有点歇斯底里了。

何为用力一击掌，让他俩安静下来，随即沉声说道：“无论于小凡生前的处境有多艰难，她也绝不是割腕自杀死的。”

电视剧中常出现这样的场景：一个女人伏在那里，割了腕动脉，身下一大摊血。可惜单纯的割腕并不会让人失血而死，除非这人正好有血友病，或血液方面的其他疾病。

失血过多昏倒后，伤口会慢慢凝结，所以就算是影视剧，也常常安排人死在浴室里。

手腕浸在浴缸的热水之中，水慢慢变凉，四周雪白，一缸红水，看起来无比凄美。这可不光是为了追求视觉效果。手腕的伤必须泡在热水中，才能保证出血量够大。

“于小凡绝不是死于割腕，而凶手，如果真有凶手的话，也就是不动脑子瞎看看电视剧的水平喽。”雪莉直盯着陈芸芸漂亮的脸看。

陈芸芸双眉一挑，瞪了雪莉一眼。

这女生绝非善类，但思路清晰，智商很高，对侦查推理还有一定程度的了解。

不像她做的。

如果是她行凶，一定会把局做得很复杂很精巧。

叶真生的视线又转到安洁脸上。那张泪水涟涟的脸马上低了下去。

她在逃避什么吗？

当然，也有一些问心无愧的人只是天生性格软弱，顶不住别人的注视。

不过最亲近的人确实比对头更可疑，动机往往隐藏在亲密关系中。想想她那出奇强烈的懊恼之情，真是可疑。

还有另一个，表现也是有点过火的，刚巧也是一号帐篷的成员，顾欣然。

叶真生也看了她一眼，然后开始扫视其他人。

有人在私语，有人在叫嚷，有人很惊慌，有人较镇定。重点是人数，三十一人，很好，一个不缺。

“何老师，你觉得是他杀？”社团的顾问李老师声音发颤，完全没了为人尊长的架子。不管是自杀还是他杀，李老师都逃不掉重责了。其实他蛮无辜的。

“他杀可能性较大。”何为沉吟着说。

在场的人一瞬间安静了下来。

进山之后，五百米的路得走三十分钟以上。凶手必然走不远。事实上很难想象凶手怎样在崎岖弯绕的山路上避开众人耳目，一路跟过来。

“难道凶手就在我们之中？何老师，我们该怎么办？”好几个人叫了出来。

“是不是该问话？采集证词什么的？”郑翰提议。

“不急。请大家保持安静，我们一步一步来，争取安全地等警察到场。请不要走动，不要说话，大家互相监督。好，很好，三位老师请负责巡逻，路雪妍你把大家送进帐篷安顿好。”

毕竟是性命攸关的大事，有几个不服的，也被身旁的熟人劝住了。

现场终于只剩叶真生和何为两人了，他不明白何为为什么独独留下自己。一般来说，第一目击者往往是凶手，他的反应又比顾欣然还夸张，所以何老师要把他留在身边严加监管吗？

如果是凶手，现在就可以动手脚破坏现场了……

叶真生心中一动，蹲到何为身边。

这世上并没有“老师就不会是凶手”的规定，连警察都可以是凶手呢。

“究竟是什么让死者出了这么多的血？”何为在他身旁喃喃地问。

“是啊，单纯的割腕做不到啊。”

叶真生也凝视着地上这一汪血，有点困惑。

死者的脸刚巧偏向这边，虽然浸在血水里，却也看得出面目姣好，只是表情有点扭曲。身体也大致完好，只有少许擦伤，毕竟她只是摔倒在土坑里。

叶真生真希望她其实是被当胸刺了一刀。心脏出血，这出血量就不稀奇了，可她浑身上下都没有被刺的痕迹。一定要说的话，倒是有一些溺死的症状。

叶真生向后退了几步，勘察周遭的环境。草丛里湿漉漉的，尚有泥泞，石头地是干的，但有些土坑里尚有积水。看来是下过一场不大的雨？

“怎么样，勘查一下整个营地的地形？”何为也站起身。

“嗯，好。”

两人绕着整个营地走了一圈，得出了结论，大部分地方都比较干，离溪流越近的地方水洼越多，这也是符合自然规律的。

“莫非……”何为沉吟着，似乎想到了什么，“我们回去印证一下。”

两人又回死者身边，万万没想到，何为所说的印证，就是指尝一口血水。

说时迟那时快，背后传出了惊天动地的惨叫声。

“你你你！吸血鬼呀！”

安洁指着何为，胖乎乎的脸蛋已经因恐惧而变形了。

帐篷里也起了骚动。各种各样的人影晃来晃去，发出乱哄哄的声响。

巡逻老师吹起了警戒用的哨子，勉强把众人安抚了下来。

“难道你也是？”安洁又指向叶真生。

叶真生无言以对地看着她。

“我等不及警察了，想印证一下自己的想法……”

“印证什么？”路雪妍也跑了过来。

“我们误以为死者身下是血泊，其实，我刚刚尝过了，那只是积水，血掺在了土坑的积水里，乍一看像一大摊血而已。明天警察到后，应该会立刻证实这一点。于小凡根本不是出血过多而死的。我认为，她是溺死的。”何为不慌不忙地取出一块棉帕，擦掉了唇边的血迹。

路雪妍瞪大了眼问：“……所以？”

“她割腕后晕倒，头脸栽进了土坑，之后下雨，土坑积水，活活溺死了。”叶真生从旁解释。

“也有可能是先下雨，土坑积水，她晕倒时不巧倒进了水坑，活活溺死，对吧？”

“雪莉，你的思路真是严密。”

“哎，这算夸我还是损我？”

何为笑了起来，打断他俩的闲话：“路雪妍，你来摸摸死者这里。”

“我可不敢摸尸体！”

“好吧，你来看，死者的头脸和上半身湿漉漉的，但腰部以下就是在坑外了，你摸摸她的裤子，朝天的那面湿，扑地的那面却不怎么湿。这说明雨是她倒下后才开始下的。”

“这么说，小凡毕竟还是自杀？”安洁关切地问。

“她本来就是畏罪自杀！”陈芸芸从树后冒了出来。

“我觉得就算是她自己割的腕，也该算意外致死。”路雪妍一针见血。

“那这死法够可笑的。”陈芸芸哈哈了两声。

“报案人在，两位关系人也在，好吧，我就在这里……”何为压制住安洁，说道，“我就从你们开始询问吧。路雪妍，你最后一次见到活着的小凡，是什么时候？”

“八九点钟的时候我去溪边打水，遇见了她。当时还有好几位女同学，大家都是为了就寝前洗漱。”

“然后呢？”何为转向跟死者形影不离的安洁。

“我们洗漱好就进帐篷躺下睡了。”安洁歪了歪头，“不过这女的在外面磨蹭到很晚。”

“你倒不说你自己半夜里摸出去了！”陈芸芸反唇相讥，“夜生活很丰富呀。”

“我只是去上厕所，出去时小凡还好好睡着。”

“哪里好好睡了！她一直在玩手机，玩到了十一点多，还以为缩在睡袋里就不会影响别人，那光闪的，还有好几次短信震动提示音，闹得我压根儿睡不着。早知如此我还不如要C铺，虽然垃圾桶在C铺脚边，但总比跟她一头的A铺好。我啊，每隔几分钟看次表，想看这人教养究竟能差到什么程度，当然了，有那样一个妈，这人哪会有家教！呃，我不该又跑题，我道歉。总之，好不容易盼到她放下手机，她居然又哭上了。我的天，她居然哭上了！”

“她哭到了几点，你也看表了吧？”路雪妍沉着冷静地问。

“嗯，她哭到了十二点零四分，然后起身出了帐篷，再也没回来。”

“当时安洁在外面，顾欣然呢？一直在睡？”叶真生还是放不下顾欣然。

“她？大部分时间都在外面，这么说吧，我认为她是故意避让出去的，一心想看我跟安胖子和于小凡大闹。顾欣然就是这种性格，无事生非，唯恐天下不乱，活脱脱的长舌妇。为了不成为她明天的谈资，我今夜真是忍了又忍啊。照我平常的脾气，早把那手机抢过来摔了！”

“好了好了，你猜得出于小凡为什么出帐篷吗？这挺关键。”

“我只知道这胖子当时在外面，后来直接从发现尸体的地方冒出来了，厕所可上得够久的。”陈芸芸指着安洁，“你该好好盘问她才对。”

“哪有，后来我一直在五号帐篷和朋友聊天。你们可以去调查的！”安洁急了。

“我会的，不过我要一个一个来，阿雪，麻烦你做记录。”

“正记着呢。”路雪妍扬扬手机。

“陈芸芸，你判断，于小凡是为了什么出帐篷？”

“谁知道，或许她也只是想上厕所。”陈芸芸耸耸肩。

“麻烦你描述一下她起身出帐篷的具体细节。”

“起身出帐篷，不就是起身出帐篷吗？”

“她放下手机抹了抹眼泪，起身穿上防水外套，走出了帐篷……我希望听到这一类的具体描述。”叶真生耐心地举例。

“哦，她起身穿上外套，走出了帐篷。”

“没别的了？”

“嗯，没别的了，我没印象了。就算有，也是很自然的小事吧，除非你再举点例子提醒我。老实说我一点也没想到起身穿外套这种事也值得一提。”

“事无巨细都得说，小事上也能看出线索。”

“比如？”

“如果我遇到伤心事，哭了好久要出去自杀，大概是想不到穿防水外套的。所以我觉得小凡割腕自杀的可能性降低了。”

“……女生嘛，和男生不同，很多女生自杀前还化妆呢。”

“有道理。那么，最后一个问题，爱看表的你，知不知道具体是几点下的雨？”

“什么意思？”

“我一直老老实实睡着，所以不知道什么时候下的雨，可于小凡倒下后确实下过雨，对吧？”

“她出去后没多久我就睡着啦，帮不到你，不好意思。”

“没事，我们再去问问别人。你要不要跟我们一起去？”

“呃，什么意思？”

“邀请你加入我们的调查小组。”

“哇，已经成立调查小组了吗？”陈芸芸扭头看何为。

何为淡然一笑，点了点头。

“那我可真是荣幸之至了！”陈芸芸夸张地按住了胸口，随即转向安洁目露凶光，“这位同学，出帐篷之后的详细行程，麻烦你交代一下。”

安洁垂下眼帘，咬紧了嘴唇。

“老实交代！”

“你又不是警察，如果警察问我，我自然会说。”

“叶真生，你怎么看？”陈芸芸冷笑。

“我看安洁同学也挺懂法的，不如也加入我们的调查组吧。”

没等陈芸芸做出反应，路雪妍就抢过了话头：“何老师，既然你已经有了这么多帮手，我就去看看顾欣然，现在只有她一个人在一号帐篷里。”

这样的夜晚，有人落单很不好，容易遇害，也便于加害。何为当然没有异议。

chapter 4

叶真生、安洁、陈芸芸跟着何为走到各个帐篷，一一问话。

学生们的证词中找不出有效信息，何老师也似乎有些沮丧。

他问了每一个人，知不知道是什么时候下的雨。大部分人说自己睡着了，没注意。只有三个人提到了比较准确的下雨时间，但都是在十二点前的。那时于小凡还好好地在睡袋里玩手机呢。

当然，这只是陈芸芸一个人的证词，按说不可轻信。

但这种事打开死者手机一查便知，叶真生认为陈芸芸这么精明的人，就算撒谎，也不会撒这种容易戳穿的谎。

十点刚过和快到十一点的时候，分别下过两场不超过十分钟的小雨。那样的雨量，即便是在十二点后下的，恐怕也很难积起足够的水洼溺死人。更别说离十二点有一小时之久，水都干得差不多了。

“我出去上厕所……好吧，其实只是心潮起伏睡不着觉，出去逛逛，结果淋到了。”三人中有一个是队长郑翰。

他的汗衫上确实还看得出水痕。水是干了，痕迹还在。

“出帐篷也不穿上防水外套？山里随时会下雨，我以为这是登山家的常识。”叶真生笑了。

“闷嘛。”

也不知他是指心里闷还是指天气闷。叶真生想再问清楚点，安洁突然发出了惊叫声，指着叶真生背后，“啊啊啊”地说不出话来。

“怎么了？你看到什么了？”

“黑影，一个黑乎乎的人影从帐篷外闪过……”

“会不会是老师？”叶真生钻出帐篷张望，却没什么收获。

三位老师正在远处有条不紊地巡逻。

手电筒惨淡的光，看起来简直比月光更遥远。

“我可能是最后一个见到于小凡的人。”郑翰也钻出帐篷。

“时间？地点？”

“十二点出头的时候我在溪边逛，见她端着盆过来，像是要洗脸。这个点洗漱，也未免太晚了吧？我心里纳闷，走过去一瞧，她正在哭。我不讳言由于某些私人原因，对她印象不佳。但我是登山队长，如果队员在山里出事，我有不可推卸的责任，于是只好安慰了她几句。”

叶真生一边听，一边回想安洁和陈芸芸的证词，暗自印证、比对。

哭着哭着想洗把脸，很自然的反应。

应该是事实。

自杀的可能性进一步降低了。

“安慰了之后呢？不见效，你就丢下她走了？”

“呃，说起来有点尴尬，我本来只是拍拍她的肩，想鼓励她一下，但她顺势倒进我怀里哭了起来。我不该说死人坏话，但是那一瞬间我想到了陈芸芸对她的评语，示弱欺人。我真的很不擅长应付这种人。总之，我勉强敷衍几句就匆匆走了。现在想想，我应该陪她洗完脸送她回帐篷的，我失职了。校方一定会勒令登山社解散吧，这是我应得的惩罚。”

郑翰脸色凝重。这自责的样子也不似作伪。

所有人的证词收集完毕时，已经将近四点了。顾欣然那边，不知道路雪妍打探得怎么样?

何老师护送安洁和陈芸芸回一号帐篷，叶真生也继续当他的跟班。

路雪妍正坐在门边的A铺上，和顾欣然头挨着头聊天。A铺里边是B铺，铺位上还搁着小凡的背包和衣服。B铺对面则是顾欣然的C铺，杂物摆得乱七八糟，跟铺位边上的垃圾桶都快混为一体了。C铺外侧是D铺，旁边就是简易的洗漱用品架子。四个可爱的牙刷杯，四个粉色的小脸盆，整整齐齐放在架子上。然而四个主人中的某一个，却再也不会回来了。

“我都检查过啦，遗物。”路雪妍抬头汇报。

嗯，遗物，很精准的措辞。令人遗憾的一个词。

“可有收获？”叶真生在她身旁坐下。

“这就是。”路雪妍把一个皱巴巴的小纸团塞进叶真生手里，“在顾欣然铺位上找到的大收获。”

安洁和陈芸芸都伸长了脖子想看，叶真生攥住纸团，手缩进了衣袋里。

“小气！”安洁嗤之以鼻。

陈芸芸不作声，只是冷笑。

“安洁，你把大家的证词理进这张表，时间、人物、地点、言行，把大段大段的话切开、理清楚。至于理不清楚的地方，含糊不明的地方，陈芸芸，还有顾欣然，就需要你俩跟我跑腿了，我们拿着完不成的表格一个人一个人去问，去确认细节。”何为给大家分配任务。

“我为什么要听从指挥？我完全可以只听警察的。”顾欣然跃跃欲试，安洁没什么反应，陈芸芸却提出了异议。

“因为于小凡死了你也有嫌疑。查清楚事实就能还你清白，多好？”

陈芸芸双眉一挑，这可能是她的习惯性动作。

何为针锋相对地直视着她。

“从十二点开始可以吗？”安洁在一旁打开了笔记本。

“可以。”

十二点零一分，郑翰，在溪边闲逛。林小水，在帐篷里打手机游戏。李老师……

按照时间顺序整理，众人的证词被切割得非常琐碎，含糊不清容易忽略的地方也清晰地呈现了出来。

“何老师，你确实有一手。”陈芸芸转身拉起顾欣然的胳膊，“来吧，咱俩去跑腿。”

“路雪妍，这个帐篷里的事，就托付给你了。”

“好的，何老师你放心。”

这讨厌的默契和信赖度……叶真生吸了口气。一度灌满了水的肺部还隐隐作痛。这使他胸口发紧，有一种揪心的感觉。

帐篷里只剩下了三人，安洁继续跟证词奋战，而路雪妍提议打开手机上网查资料，其实是发短信找叶真生私聊。

叶真生：顾欣然好像松了口气，振作起来了？

路雪妍：你看了纸团上的内容就会懂。

叶真生：听你之前那口气，是在她的铺位上找到了于小凡的纸团？

路雪妍：没错，你何不悄悄打开看一眼？

纸团上写着一个数字，593；一个字母，V。

叶真生眨眨眼，随即浮现了胸有成竹的笑容。

路雪妍：我把我跟顾欣然的对话录音发给你，你戴耳机听。

叶真生：嗯，好。

秉着先下手为强的精神，吃过晚饭，大家在收拾炊具时，顾欣然就找郑翰表白心意了。结果自然是被婉言拒绝。

这原本就在她意料之中，所以她毫不气馁，死盯着郑翰，想看看别的女生运气如何，这一盯就盯到了十一点多，之后才去了别的帐篷找朋友玩。

“安胖子也好意思纠缠他？那绝对是自讨没趣好不好！”

“为什么这么说？因为安洁同学不太漂亮？”

“这倒不是。郑翰曾经在一次真心话大冒险的游戏里说过，他喜欢开朗又强健的女生，是不是美女无所谓。”

“难怪女生们为了他拼命爬山呀。”

“可不是。”

“那为什么说安洁同学绝对会自讨没趣？”

“这可是我的独家情报哦，郑翰从来不说家事，你别看他样子豪爽，优等生嘛，本质上是个稳重的人。啊，说独家也不确切啦，现在想想，陈芸芸自然是早就知道的，两人同病相怜嘛。陈芸芸她爸那场离婚再娶大战，实实在在烧到了校园里，你今年才转学过来，不晓得去年的事，你一定猜不到他外遇的对象是谁？简直道德沦丧哈哈哈……”

清脆的女声转成了耳语，不过，反正她好像已经跑题了。

语声很快又响亮了起来。

“这还不止。为了自己的前途，郑翰最后选择了跟他爸，他对妈妈心中有愧呀。忍辱负重的感觉让他脾气变坏了。他以前可不会老冲人嚷嚷。”

“噢，难怪他不可能喜欢安洁。”

“没错！即便如此，下雨时……安胖子表白时不巧下雨了，我们的郑队长还是脱下外套罩在了她头上。他就是那样的人。”顾欣然感慨地叹息着，“我猜他现在生活很不如意，处处受气，所以有点喜怒无常。你才转学来不久，不太了解他。他一直特别爱照顾人，能力又强，大家都喜欢他。现在他不如从前受欢迎。但是我，还有好多人，怎么也忘不了从前的他有多完美。陈芸芸就喜欢他喜欢得不行，什么事都想着他，最主要的是，同病相怜，让她相信这是他俩的缘。”

叶真生按住暂停键，看了安洁一眼。

“怎么？”安洁抬头。

“你之前撒了个拙劣的谎，我思考了好久，现在知道原因了。”

“哈？”

“当时帐篷里点着灯，帐篷外黑乎乎，就算真有人在帐篷外走过，帐篷里的你也不可能看到人影。”

“啊！”

“以后上课认真点，特别是物理课。”

“呃。”

“下雨时你刚巧在和郑翰约会？果然，他不可能不穿防水外套就出帐篷的。”

“哪算约会哦。”安洁自嘲。

“约会时发生了什么？”

“没什么，被拒了。”

“不可能没什么，否则你俩心虚个啥？为什么想掩盖那个约会呢？”

“都说了不算约会……”

叶真生拔掉耳机，倒回去，让录音重播。

顾欣然的声音传了出来。

——安胖子表白的时候，被忍无可忍的郑翰训斥了一顿，是非不分，人品低劣。你猜怎么着？安胖子重色轻友，竟赌咒发誓说她跟第三者的女儿关系一般，只是表面上装装样子。

叶真生再度按住了暂停键，帐篷里只剩下了难堪的沉寂。

“看来过激的懊恼之情，毕竟是有原因的。和顾欣然一样，你一直待在别的帐篷里，也是因为心虚吧。”路雪妍淡淡地说。

郑翰会担心哭泣的小凡，在小凡死后极为自责，恐怕也是出于这个原因。

“小凡……果然是听到了啊，我，我害死了小凡。我那些话不是真心的，只是情势所迫嘛。我去年夏天第一眼见到郑翰就动心了，那个时候哪来这么多破事！我也想，我也想放弃这种感情的啊，还是小凡鼓励我的，说友谊是友谊，爱情是爱情，不用介意，她知道郑翰真的很优秀，值得喜欢……”

说着说着，安洁再也忍不住了，号啕大哭。

路雪妍拍拍她的背，安慰道：“小凡没有亲耳听到，是顾欣然给她发了条短信揭发你。”

所以陈芸芸才会听到手机的震动音。

“啊！那个无事生非的长舌妇！亏她刚才还一脸轻松！”

“这个嘛也是有原因的。”

路雪妍打开小凡的手机叫安洁看。

顾欣然发的短信，居然是未阅读状态。在那条短信之前，几乎只早了几秒钟，有另一条短信。

——抱歉，妈妈还是决定和他结婚。

难怪小凡玩手机，玩着玩着就哭了起来，根本没有注意到后面的新短信。

“不，不是我害的吗，太好了，太好了……”

看着喜极而泣的安洁，叶真生和路雪妍同时苦笑。

要过好一会儿，安洁才能反应过来，“太好了”，“喜”极而泣，这样的反应是多么不妥当。

“我骨子里大概是个自私的人。”她含着眼泪再度自嘲。

“在英雄救美的情结中自我陶醉，也是人之常情。小凡看起来那样柔弱无依，所以你下意识地表现出了比真实的自己更伟岸的一面。我能理解。”路雪妍体贴地说。

“背叛了朋友，却还是遭到了拒绝。我真傻，我总以为他为了点小事大发脾气，是为了找理由更改报名规则，把社外的女生放进来一起露营。我还以为这是他特意漏给我的机会呢，我是出了名的女汉子嘛。冷静下来想想，他看中的当然是陈芸芸了，成绩好又漂亮，还处处为他着想。”

“顾欣然也是这么认为的。我猜大部分人都这么想，包括陈芸芸自己。看陈芸芸长期以来的表现，显然已提早进入准女友角色。”路雪妍忽然皱起了眉头，“可是今天夜里，情形却急转直下。”

——你算老几！要你管！

尖利的女声在叶真生耳际回响了起来。

嗯，确实称得上急转直下。

“被拒了？难道她也被拒了！”安洁发出了神经质的笑声。心高气傲的陈芸芸会是什么心情，自然不难想象。

“郑翰的意中人会是谁？”叶真生歪了歪头。

“要是他能摒弃成见看上小凡，陈芸芸一定会发狂。可惜呀。”安洁不怀好意地感叹。

叶真生真想把她从心理扭曲的歪路上拉回来。这女孩或许是今夜受伤最深的人，仅次于死者。

“咳，咳咳……尽管这话听起来有点自恋，我想郑翰看中的应该是我吧，我也有个对我不怎么样的有钱爸爸，有个难相处的继母，跟继母生的儿子关系不佳。而且，他想去英国定居，而我正好有英国国籍。”

短暂的静默之后，叶真生淡淡地说：“你这是妄自菲薄，不是自恋。”

“谢谢。”

“我不认为郑翰看上你是因为你有利用价值。唔，唔，我还是去找他问个清楚吧。”叶真生握起拳头站了起来。

“别闹，继续听录音！”

chapter 5

天蒙蒙亮，叶真生把众人从帐篷里叫了出来。

“身体怎么样？”何为问。

“还好，就是困得厉害。”

“有结论了？”郑翰敏锐地在一旁问。

叶真生把小纸团抛给了他。

“593，V，什么意思？”

“我猜这是高考倒计时的日历纸。现在是秋天，对于一个高二学生来说，六百天差不多。阿雪，要不你帮我算算？”

“算过了，今天确实是倒数第五百九十二天。”

“对，小凡是有个倒计时的小册子，每页都有一个数字，每天零点准时撕一页，从不出错。”安洁举了下手。

“V又是什么意思？”

“V应该是胜利的意思，像一声欢呼。她大概是想用这个来鼓励自己吧。”

“所以，夜里按时撕掉了这页纸的于小凡，不可能是自杀？”郑翰是个一点就通的聪明人。

“对！不管她看起来多伤心，不管她遭受了怎样的打击，都不会自杀，她还在盼高考呢！”路雪妍强调道。

“请把小册子也给我看看，你们已经比对过撕痕了吧？”

“很遗憾，这本关键的小册子，居然遍寻不获。”

“哦。”郑翰发出了意味深长的声音。

“纸团是在顾欣然的铺位上发现的，在一大堆杂物之间。应该是于小凡想丢进垃圾桶但没丢准，也正是因此，罪犯仓促之间没找到这张纸，只处理了小册子。不管怎么说，任何人看到册子最上面的那页写着‘592’，再算算高考的天数，都不会相信于小凡是自杀的。更何况罪犯真正想糊弄的是警察，注定无法及时赶到现场的警察。”

“难道罪犯还动了别的手脚？”

“没错，帐篷里找不到关键的小册子，却多了一样不该有的东西。”

“是什么？”

“脸盆。”

“啊！”郑翰忍不住发出了惊叫声。

“你看见于小凡端着盆在溪边对吧？她没道理把盆送回帐篷再自杀，也不可能自杀后把盆送回帐篷。她倒下后必然有人基于某种理由必须帮她把盆送回去。你觉得会是什么样的人？”

“和拿走小册子的人一样，希望以自杀结案的人。”郑翰的语声十分沉重。

安洁、顾欣然都曾担心是自己言行欠妥害小凡自杀，当然不会是罪犯。罪犯的身份已经昭然若揭了。

“阿雪，你看了一夜证词，认为哪里最不对劲？”叶真生静静地问。

“十二点零四分，陈芸芸，看到于小凡起身穿上外套走出了帐篷，猜她可能是出去上厕所。十二点零九分，郑翰，看到于小凡端着盆在溪边像是要洗脸。我觉得这两段证词排在一起看，效果很惊人。”

“陈芸芸，你看到小凡穿外套，却没看到她端起了盆？或者说，你看到她端着盆出去了，却猜她是出去上厕所？”叶真生发动了正面攻击，“请解释一下你为什么说谎？”

陈芸芸咬紧牙关，不吭声。

“还有个特别不对劲的地方。尸体的状况表明，十二点后应该有一场雨，可是从十二点开始，证词列得齐齐整整密密麻麻，一分钟的空隙也没有，确实没有人见到下雨。那尸体的腰部以下是怎么做到朝天面湿透、扑地面不太湿的呢？罪犯又是出于什么意图制造那样的现场呢？”路雪妍继续哗哗地翻阅证词表。

陈芸芸不为所动，只是冷笑。

“安洁是可以从背后抱住于小凡、出其不意割断她腕动脉的。但别的人就做不到了。既然罪犯不会是安洁，我只能认为割腕前于小凡已经溺死。”

“死人割腕也能大量出血？”

“能出血，量不大，于小凡本来出血量就不大。”路雪妍平静地回答了郑翰的问题。

“我得谢谢你俩，不管怎么说，知道于小凡的死我没责任，我才算松了一口气。”

叶真生嘿了一声。

“什么意思？”郑翰瞪大眼。

“大家都相信你看中了陈芸芸，连她自己也这么认为。可你拒绝了她，让她蒙受了奇耻大辱，对吗？”

“没有啊，我只是对她说现在年纪小，想专心读书，等双方都考上了大学再考虑也不迟……”

“结果你搞出了人命。”

“什么意思？！”

“你这话不就是委婉拒绝吗？就算不是，陈芸芸应该也会这样理解吧。”叶真生用循循善诱的语气说，“洗漱后陈芸芸最晚进帐篷，就是跟你约会去了吧？大家都不知道她铩羽而归，满心怨愤。不巧的是，她误以为顾欣然出帐篷是为了躲在一边看好戏，因此对玩手机的于小凡一忍再忍。怨怼就这样逐步累积，渐渐升级。最后，她跟着于小凡走出了帐篷，唔，她看到了什么？她可不知道你之前刚逼迫安洁跟于小凡划清界限，心中有愧，只是见你抱着哭泣的于小凡……”

啊！啊！啊！

陈芸芸突然捂住耳朵，发出了一声又一声尖叫。

这无聊透顶的误会，似乎终于让她精神崩溃了。

郑翰也彻底呆住了。

叶真生继续叙述他的假说：“心仪的男生被于小凡用眼泪夺

走了！你明明应该讨厌于小凡的，居然也被楚楚可怜的于小凡捕获了。那一瞬间，陈芸芸一定陷入了这样的妄想。怨愤之情冲昏了她的头脑，然后……”

“然后我就冲到溪边跟于小凡争执。她失足滑倒，上半身栽进了溪流，我完全没有想到该去拉她，察觉不对劲时，已经太迟了。我觉得这样的场面我一定百口莫辩，大家都知道我跟她关系不好，不会相信我没有杀意。我惊惶之余想到了伪造自杀，可是谁会去水位只到脚踝的溪里自杀啊！我连忙把她搬到了稍远处的地面上，从她的防水外套工具袋里掏出小刀帮她割腕。其实我也觉得打算自杀的人不会想到穿外套，但是小刀的出处总得有个交代。管不了那么多了，我再聪明也应付不了那么复杂的突发状况啊。”

“你哪里聪明了！你要是当场就呼救，根本没有刑事责任！笨蛋！”郑翰痛苦地皱起了脸。

陈芸芸倒进他怀里放声大哭。

好吧，在场的每一个人大概都看到了，郑翰就是那种怎么也无法推开哭泣女生的人。

chapter 6

即使割断小凡的腕动脉，溺死的真相也掩不住。

因此，陈芸芸把小凡的头脸和上半身移进了一个土坑，只等之后下场雨，现场就能伪造得完美无缺了。

山里随时会下雨的嘛。

可随时不等于马上，万一在下雨前尸体就被发现了呢？

幸亏这里正好有个盆。

陈芸芸用这个盆进行了人工降雨，一盆盆的朝尸体泼溪水，来回跑了好多趟。

勉强算是大功告成后，她又忽然想到世上哪会有盯着一个坑下的雨，只好再端起盆对别的地方补充浇水。从小娇生惯养的她，平生第一次在这么短的时间内完成了这么大的运动量，真是吃足了苦头。

好吧，总之，接下来就真的只要等老天下场雨，把“人工降雨”的痕迹掩盖掉了。

可惜她愿望落空，后半夜滴雨未降。

更要命的是，何老师还特别重视这一点。

“我啊，在何老师逢人就问几点下雨的时候，就猜到自己在劫难逃了。”陈芸芸自嘲地说。

何为看着她尤带泪痕的脸，露出了复杂的表情。

“怎么？”

“你是在赞美我的睿智吗？”

“……算是吧，有什么不对吗？”

“从负隅顽抗，到歇斯底里，就连现在这副苦瓜脸，都是精心设计的表演。我觉得你在侮辱我的智商。”何为冷冷地说。

陈芸芸不说话了，谨慎地看着他。

路雪妍请她欣赏自己的手机。居然都是遗体的照片。从某种意义上说，这也是位神人啊。

“有什么不对吗？”

“你看小凡的脸，完整姣好，像是一头栽进了溪里的脸吗？你看看叶真生的脸！磕伤、擦伤、多处瘀青，这才是失足栽进溪里的样子。昨夜溪流水位很低，据说，据你说，只到脚踝。”

陈芸芸倒吸了一口冷气。

“那么复杂的突发状况人家再聪明也应付不了嘛。”路雪妍讽刺道，“陈芸芸，你在后悔没拿石头砸坏她的脸吧？”

“是又怎么样！”

“你在她洗脸时直接把她的头按进了盆里，是吧？”

“是又怎么样！”

一瞬间，叶真生心跳骤停。

整个世界失去了声音。

……水扑面而来，占据了他的全部视野！

那天，他背后有人，是的，有人！

他照相机般的眼睛没有看到那个人，他三岁幼童的心智无法理解那件事。所以，作为亲历者，也作为十二年来的旁观者，他读不透真相。

这一刻，他顿悟了。

那天，那个背后的人，把他的头强硬地按进了洗脸盆里，力量之大，无从抗拒。

是的，身体的感触在告诉他，是这样，不会错。

原来那片仿佛要吞噬整个世界的大水，只不过是大半盆洗脸水吗？

那朵花，只不过是洗脸盆底的图案吗？

一只冰冷的手握住了他的手，使他定了定神，清醒了些。

不，应该说，使他更错乱了。

这只手的触感，这轮廓，这肌理，这骨架，都让他想起高穆叔叔。唯独温度不像。

高穆叔叔的手总是那么温暖，这只手却毫无暖意。如果一定要打比方说清楚的话，此时的感觉，就好像握住了死去的高穆叔叔的手。

这比方把他自己都吓住了！

“你很安全，不用慌。”

手的主人在他耳边柔声说道。

他知道这是何老师，是心理健康老师，是心理医生。他大口喘着气。

就在这时，路雪妍厉声喝问的言辞有力地震动了他的耳膜：“陈芸芸！这可是故意杀人！你是想认罪伏法吗！”

“我，我……”

“就算你是未成年人，判不了死刑，你这辈子也完了。体面的工作，美满的婚姻，都注定跟你今生无缘了，你想过吗？”

“我，我……”

“这会毁了你一辈子！你想过吗？”

路雪妍步步紧逼。

陈芸芸两眼充血，血丝几乎都快要爆出来了。

“据我观察，你体力可比于小凡差多了。想想你和她走山路时的差距！就算你出其不意把她的头按进盆，使她呛上几口水，也不可能压制住她的挣扎。娇气的你根本没有能力溺杀清醒的她，而她头上和身上也确实没有能导致她昏迷的大伤。换句话说，溺杀于小凡的人，体力必须很强。”

路雪妍甩出了撒手锏。

“我，我……”陈芸芸流泪了，这回是真心实意的眼泪。

“登山队里体力强的人不少，可要对于小凡压倒性占优，这样的人就屈指可数了。”叶真生总算恢复了发言能力，当然，也恢复了镇静与理性。

“体力这么强，却要娇滴滴的女生保护，好怂呀。”路雪妍发出了冷笑声，显然意有所指。

“够了，你究竟还想沉默多久？”

何为突然转身扣住了郑翰的手腕。

“手机给我。”他喝道。

在场的人一时之间反应不过来，只觉得脑子不够用。不过，很快郑翰就放弃抵抗交出了手机。

“陈芸芸，我要请你欣赏非常有趣的东西，让你看看你的心上人究竟为什么半夜十二点出去闲逛。”

爸爸决定下个月跟小凡妈妈结婚。其实，这事本质上跟你没什么关系。爸爸是成年人，有权决定自己的事。我只是通知你一声。希望你好好学习，将来全奖出国。至于本科，就踏踏实实在国内读吧。

“咦，郑翰的爸爸和于小凡的妈妈搞婚外恋？”

“嗯，是的。”

何为冲叶真生点点头，随即细说原委。

郑翰的父亲才是要和小凡妈妈结婚的富豪。

而陈芸芸的父亲去年勾搭上的竟是枫林五中的女教师，让陈芸芸一度陷入了舆论的风暴、痛苦的深渊。现在这位女教师自然已辞职在家当阔太太。而陈芸芸甚至凑不够钱转学。

她对当“小三”的女人深恶痛绝，对于小凡这种侵占原子女资源的小三女儿深恶痛绝，也不光是因为喜欢郑翰，也因为她心里那股怨气，无法朝本尊发泄。

反观郑翰，成熟低调，从不说家事，绝大部分同学都不知道小凡妈妈的外遇对象其实就是郑翰的父亲。从这方面讲，经常大发脾气的陈芸芸竟不曾泄露他的隐私，也算是体贴之至了。

可惜，郑翰好像真的只喜欢强健的女孩，又娇又靓的陈芸芸他看不上。

“郑翰……你打算出国读本科？”陈芸芸的脸色非常难看。

“嗯，我想到英国去，站稳脚跟之后，把我妈也接去。”

“那我呢？所谓的考上大学再考虑真的纯粹只是托词？”

“这种话谁都知道是委婉拒绝的意思啊。难道你不知道？”

“我一直维护你，偏袒你，帮你出气，看见你一时冲动溺死了于小凡还拼命帮你伪造现场，搞得自己神经紧张几乎崩溃……你就这么对我！”

“你，看到了？”

“当然不是看到你抱着她安慰她。”陈芸芸冷笑道，“一看她在你臂上瘫成烂泥的样子，我就知道她非死即伤。那么多刑侦剧我是白看的吗！你对叶真生说她突然倒进你怀里，不就是担心那短短一瞬间有目击者吗！你倒是心宽，丢下尸体就匆匆走了。”

“如果不是你自作聪明画蛇添足，伪造第二现场，还把盆送回帐篷，把小册子销毁，这案子也没这么多破绽，根本不会查到我身上。我没有留下任何指向自己的线索，只有一个不算过硬的动机。即使警方调查我也不会有结果。我算是被你坑惨了，电视剧和现实分不清的傻女孩……不过，谢谢你这番心意噢，我感觉到了真爱。”

最后那个词是讽刺还是真情实感，或许只有郑翰自己知道。尽管是一时冲动才杀的人，但他似乎并不后悔。

为了前途咬牙选择了违背本心的生活，结果反而彻底毁掉了自己的前途？

看他那一脸轻浮的样子，叶真生困惑地睁大了眼。

chapter 7

下山后，何为把叶真生也拉上警车，两人坐着警车来到了长阳医院。路雪妍本想陪同，但被何为阻止了。

何为说话办事都给人一种柔和的感觉，却很少有人能违拗他。这可能是心理医生的特技，不过，叶真生确实又联想到了高穆叔叔。

几乎每个人都承认高穆叔叔和蔼可亲，但就算是爸爸，也说他其实颇令人紧张。春风般的亲切和充满压迫感的权威气质，完美地结合在了高穆叔叔一个人身上。叶真生相信他早晚会高升进中央。

“就是这里了，进来吧。”

何为打开了心理咨询室的门。

这是何老师在长阳医院的工作场所，条件远非枫林五中寒酸的活动室可比。内里还有好几扇门，与其说是问诊室，还不如说像宾馆的豪华套间。大概是因为来做心理咨询的人都需要极好的环境吧。

“营地条件太差了，你溺水后没有好好休养，我真担心你身体吃不消。”

“还好，我身体素质很好。”叶真生淡淡地答道。

“你去洗个热水澡，喏，这套衣服给你，洗完后换上，去那边床上睡一觉吧。”

这是一套宽松的运动衫式病号服，叶真生看了不大中意。

“我想回家休息。”他对何为说。

“一直没能联系上你家长。”

“挺正常，我爸老出差。我一向自己照顾自己。”

“今天，你只能把自己交给老师来照顾了。”何为的口吻很和气，却带着不容违抗的意味。

叶真生从不与人争执，于是去洗了澡，躺下了。

当然睡不着，他只在自己的床上睡得着觉。公用的床和病号服让他浑身不自在。

“休息日，护士和推拿师都不在，你享受不到像样的服务了。”何为往他床沿坐下。

“啊，不用什么服务。”想到陌生人的手会在身上摸来摸去，叶真生鸡皮疙瘩都起来了。

“放轻松些，只当在老师家做客就好。”何为轻轻一笑。

“嗯，老师家在哪里？”

“就在院里的单身宿舍区，比较小，条件一般。我自己平时没事也喜欢待在这儿。”

“哦。对了，老师，您怎么知道郑翰也收到了他爸爸的短信？”

“因为……”何为摆出了高深的架势，似乎即将口若悬河，用严谨而又华丽的推理把人折服，结果却忍不住笑了出来，“因为我看到了小凡妈妈发来的短信，就给她打了个电话，问了问情况。”

“这么简单？”叶真生也不禁笑了。

“就这么简单。”

“现在想想，我早上叫大家出帐篷时并没有掌握真相，路雪妍从小爱看推理小说，果然比我强。我还以为看出现场是怎么伪造出来的，是谁伪造出来的，就等于知道凶手是谁了，没想到会有人牺牲自己掩护凶手。”

“牺牲？”何为歪了歪头。

细软的鬓发斜斜拂过他的面颊。那发色里隐隐透着黄，在阳光下呈现出一种奇妙的蜜糖色，有着半透明的、绸缎似的质感。叶真生忍不住伸手帮他拨了回去。

“为了一个杀人凶手，不惜让自己犯错，难道不是重大牺牲吗？”

“不是每个人都像你这样执着于是非对错的。”何为坐直了身子，“你输给路雪妍不是因为推理小说看得少，而是因为你不懂女孩的心思。”

“老师很懂女孩的心思吧？”

“心理医生嘛，男孩女孩的心思我都懂。”

“难怪和路雪妍配合得那么默契。”叶真生酸溜溜地说。

“我和任何人都能配合得很好，你要不要试试？”

叶真生笑了，跟这人聊天，感觉真的挺不错。

“如果是我的话，就算是爸爸杀了人，也只会劝他去自首。”

“你认为这样对爸爸比较好？”

“确实有这么一种说法：认罪服法对于犯罪者来说是最好的选择。然而我认为这在逻辑上不成立。这只是一句亮堂的空话。”

“所以？”

“让犯罪者认罪服法，是正确的事。正确的事就是我应该做的事。”

“这么说，你是绝对不会做错事的了？”

“我不会为任何人做错事。”

“可是，唔，郑翰是一个比较差劲的凶手，可也有杀人凶手情有可原啊。据我所知你爸爸是一位优秀的警官，假如他有一天杀了人，必然有他的苦衷……不是吗？你不问情由一定要将他绳之以法？”

“不论其情由是什么，我都会将他绳之以法。”

“孩子，你缺乏常人的感性。”何为扶了扶眼镜。

“您可以直说我没人性，大家都这么说。”

“不至于，这也是人性的一种。”何为笑着转移话题，“话说回来，你毫无芥蒂地承认了自己比路雪妍略逊一筹，却忘了对我表示钦佩。”

“怎么说呢，总觉得您早就知道真相，早在您尝血的时候，甚至更早。”叶真生微微皱起眉。

“这是理性的判断？”

“不，直觉。”

“要是我跟你说，在更早的时候我就知道真相了，你信不信？”

“难道您目击了案发的过程？”叶真生难以置信地问，“您为什么不阻止？”

“不不，要是看见有人在犯罪，我当然会阻止了。”

“那为什么……”

“你猜。”何为促狭地眨了眨眼。

叶真生愣愣地看着他起身脱掉外衣，卷起了衬衫袖口。

看他随即从抽屉中取出碘伏、棉签和创可贴之类的物品，大概是想为叶真生脸上的伤抹点药吧。

但是，叶真生盯着他裸露出来的左腕，完全彻底地愣住了。

左腕上，靠近腕动脉的地方，有一颗朱砂痣，像一滴眼看就要溢出来的血。

啊，是了，隔着湿透的衬衫袖子叶真生曾经见过这隐约的一点红啊！

“何老师……”

“你累了吧，好好睡一会儿。”何为拉上窗帘。

他的声音柔软而黯淡，像一朵夜色中的云，为叶真生消毒、换药的动作也极轻柔，像一朵云在蹭人的脸。

终于，带着难以言说的困惑，叶真生陷入了梦乡。

再度睁开眼时，梦中的景象清晰地投射在眼前的白墙上——高穆叔叔站在镜前，凝望着镜面。而镜面空空如也，没有映照出他的身影。

“唔。”叶真生用力吁出一口气。

呼吸好困难，从昨夜溺水开始，老觉得肺部像灌了铅。

“你醒啦？睡得好吗？”何为从办公桌后转出来，替他把登山包拿到床前。

“老师，您刚才给我做了催眠？”叶真生取出换洗衣物，换下了身上的病号服。

“怎么会，不跟你说好就给你做催眠，可是违规的哟。”

“刚才忽然好困……”

“那是，多少人跟我聊聊就犯困呀。”

似自嘲又似自得的轻松语气把叶真生逗笑了。

“我开车送你回家？”

“不用，我家离这儿特别近。”

走出大楼发现天还没黑，又是晚霞灿烂时。

“誰そ彼”……

叶真生心中的疑惑再也无法抑制，顾不得是否冒昧了。

“高穆叔叔，打搅您了吧？”他就站在楼外面，拿手机拨通了高穆的私人电话。

“哎，小叶子？真是稀奇呀。没打搅，我现在有空。”听筒彼端传来了明朗的声音。光是听到声音，就好像看到了那明朗的笑容。

叶真生突然意识到，何老师的声音也和高穆叔叔有点像，只是语气不一样，所以不易察觉。

“小叶子？”

“我还担心这号码是不是管用。”叶真生凝了凝神，说。

“怎么会不管用，这是我的私人号码，只有几个人知道，无论多少年都不会换。你跟你爸一样，从不主动联系我，枉费我这一片真心。”

隔着话筒也能感觉到对面传过来的热量，叶真生的脸顿时有点发热，过了一会儿才应道：“我这里一直以来也没什么正经事，所以不好意思打搅您。”

“嘿，连说辞都跟你爸一样。不过，你爸只是傲娇了，你呢？”

叶真生不懂互联网上的流行语，老实巴交地说：“我是真的怕打搅您。”

高穆哈哈大笑：“好吧，那今天找我有什么正经事？”

“电话里说不清楚，我得见您一面。”

“噢，两年了，电话都没一个，现在直接要见面。”高穆调侃道。

“我也知道这有点异想天开，总之，我马上去火车站，顺利的话三小时后到省城。您住省厅家属院吧？能出来接我吗？我怕门卫不让我进。”

“小叶子。”高穆在电话那头笑了起来，“其实我在S市。”

“您，在市局？”

叶真生不由打了个寒战，视线投向不远处的建筑群——虽不能说近在咫尺，但也就步行十分钟的距离。

“市局边上，长阳医院。”

手机失手掉落在地。叶真生吸了口气，捡了起来。

“小叶子，你那边怎么了？出什么大事了？”

“没事，手机没拿好，摔了一下。”

“哦，那就好，你在哪儿？是不是在家？我去你家看你？”

“我……也在长阳医院。”叶真生心情复杂地说。

“这么巧，那你来特区五号楼找我吧。”

叶真生转身看背后的建筑，一个大大的“5”嵌在侧墙上。

“我就在特区五号楼外。”

“哦，真的好巧，那你别动，我这就出来找你。”

电话挂断了。

整个通话过程高穆都显得亲切自然，可是，叶真生忘不掉何老师手腕上的那颗痣。

本以为高穆叔叔在省城，从空间上来说，从时间上来说，都跟何老师扯不上关系。万万没想到他也在长阳医院。两人是同一人的可行性大大增加了。

容貌相似却全然无关的人，这世上并不少见。但是这二人容貌不同，体征却极为相似。更可能是同一个人的乔装改扮吧。只是高穆叔叔有什么必要做这种事呢？长阳医院认识他的人少说也有百八十个，他和何老师若是同一人，不可能没人察觉啊。

“嗨，小叶子。”亲切的呼唤声打断了叶真生的思绪。

这才是高穆叔叔本人没错。清爽的发型，秀雅的眉眼，挺拔的身姿，穿着警服英气勃勃。

“一枝二星，您这职位够高。”叶真生一眼看到他的肩章。

“升得太快也不是什么好事。”高穆笑了。

“下基层来指导工作？”

“嗯，副巡视员才当上不久，这阵子，在省内的市县乡镇到处转，工作轻松了很多，心里却充实了很多。”

副巡视员不是实职，工作内容弹性很大。理论上说，每天游手好闲也不会有人来管你。这是一个相当微妙的位置。于是，叶真生做出了自己的推断：“高穆叔叔，看来我可以预祝您即将升任副厅长了。”

“小孩子竟然懂这么多。”

“那还用说，我将来可是要进公安部的。”

“呵，有志气。”

“我爸那个不争气的，只知道……傲娇。”叶真生小心翼翼地使用着不合语法的流行语，“而我早已决定博士毕业就考公安部，这样才能与您长久地共事。”

高穆的笑容暗淡了下来。

“啊，不，我不会缠着您不放的，哪怕是在同一个部门工作，我也不会给您添麻烦，更不会要您给我特殊照顾。我只是希望成为您的秘书，好好向您学习。”

“你都说到这个地步了，不告诉你未免过意不去。”高穆苦笑着说，“我其实是从副厅长的实职上退下来的，所以，恐怕这辈子这个位置就到头了。”

才三十几岁仕途就到了尽头？啊，是了，妖狐事件死了不少人，所以身为总指挥官的高穆叔叔承担了主要责任？

“既然如此，那我毕业后就去考省厅的岗位吧。”

“听听，这轻描淡写的口气。”高穆失笑道。

“高穆叔叔，和您一起工作是我的梦想。”

“梦想应该更高远一点才对嘛，嗯，比如说，我小时候的理想是要当将军。”

警衔和军衔有对应关系，您再升一级就等于是少将了——但叶真生只是张了张嘴，没忍心说出来。

有些时候，人的一辈子可能就差这一级。

“那您当年该去考军校，当了警察……怎么着也没法变成将军了。”

“嘿，还真像是你会说出来的话，客观的大实话。”高穆笑着拍拍他的肩，突然想起了什么似的，又急忙把手缩回去了。

“我不介意您拍我的肩。”

“真的？”

“我只是介意那个上完厕所常忘记洗手的渣男碰我的衣服。”

高穆再度大笑。

“看得出我爸在外面说了我很多坏话。”

“没，你爸只是有时会诉苦。还有，别看他那副粗率无礼的样子，大部分时候他还是会洗手的。”

吃不准这话可信度多高，叶真生总觉得他只是在逗自己玩。

“对了高穆叔叔，您在长阳医院干吗呢？”

“在解剖室里翻尸体。”高穆摊开双手，伸到叶真生鼻子底下，“现在知道嫌脏了吧？”

叶真生看着这双手，愣住了。

一瞬间，大脑已积极运作，把何为的手……各种角度，各种环境下的各种姿势，不断地投射在眼前的手上。

匹配，匹配，完全匹配，从整体到细节，完全吻合。

“怎么了？”高穆问他。

他不说话，只是战战兢兢地握起眼前的手，试探着抚摸、紧握、摩擦。

他的触觉记忆能力比视觉记忆差很多，但还是能认定，这两只手的手感也与何为的手极度近似。只是一个暖，一个冷。

啊，对了，他把警服的袖子推了上去，想解衬衫袖口的扣子。那慌乱的手指笨拙得连高穆也看不下去了，亲自动手把扣子解开，给他看手腕。

腕上没戴手表，只有那颗血滴般的朱砂痣。

“高穆叔叔……”

“嗯？”

“我见到一个人，他的手和手腕，跟您一模一样。”

“也有这颗痣？”高穆一针见血地问。

“对。”

“这可有点稀奇了，人呢，长得和我像吗？”

“身高体态和您差不多，唯独长相不同。总之一眼望去便知不是您。”

“具体怎么个不同法？”

“他发色比较浅，刘海比较长，眉毛略细，略弯，不像您这样神采奕奕，有点沉郁。他戴眼镜，嘴角上方有一颗痣，这使他看起来比您更文雅，却又多了那么点儿俏皮……”

“都是简单的易容术就能改变的、非根本性的东西。”高穆指出了要点。

“是这样没错。”和聪明人说话真爽快。

“来，看清楚我的脸……”

突如其来的压迫感让叶真生不禁后退了一步。

“怎么了？”

“一下子这么近，我有点紧张。”

“胡说，小时候，我带你去洗澡，你可是死命地抱着我的大腿不放呢。”

叶真生的脸顿时臊得通红。

“你长大了就跟我疏远了很多。”

“我，我只是想您工作忙，怕打搅您……”

“我工作没你想象中那么忙，最近闲得慌，还报了个在职博士读着玩。所以，有事没事你都可以给我打电话，找我玩，懂吗？”

“高穆叔叔……”

“嗯？”

叶真生打心眼儿里不想得罪他，可又憋不住心里的疑问：“您人在本市，工作也不忙，为什么没来看过我？唔，我不是指现在，是指我住院的时候。”

“我当然探望过你，只是你昏迷不醒啊。”高穆叹了口气，“那阵子我也病了，治疗了好久……”

高穆叔叔这么年轻就被安排到混吃等死的位置上，看来也有身体方面的因素。

“您现在康复了吗？”

“还在调养，恐怕只能抱病度过余生了。哎，跟你说也没用，我平常也尽量不想这事。你不如继续进行刚才的话题，我很有兴趣。”

叶真生点点头，捧住他的脸，让他把脸转向一边，端详着，沉吟着说：“耳轮、耳屏、对耳屏、耳轮脚……这么说吧，您和他的耳郭基本吻合，只有耳垂形状不同。”

高穆赞许地看了他一眼说："也就是说，又是只有易于乔装的部位和我不同？"

"您可能有孪生兄弟？"

"绝无可能。"

"我也这么想，您不是自由职业者，家庭关系经过了严格的审核，就学就职乃至就医的履历都清晰详尽……"

"没错。"高穆笑了，"那个和我体征一致的人是什么人？你知道他在哪儿吗？"

叶真生指了指特区五号楼。

"什么？也在这栋楼里？也就是说，他几乎就在我身边……进行他的活动？"高穆吃惊地问。

"说起来真是离奇，十分钟前我还在楼里见过他，所以现实点的说法可能应该是这样吧——您乔装成他，用双重身份进行活动。"

情感的冲动、情绪化的表现，对叶真生来说顶多是昙花一现，归根结底还是理性主导一切。面对高穆他也忍不住直指疑云核心。

"唔，带我去找他怎么样？如果两人能并肩站在你面前，我的嫌疑就洗清了吧？"

"如果何老师真是您假扮的，您肯定能料到我会来联系您，事先准备好替身也不是不可能，当然近距离接触还要蒙混过关确实有点难……"

"何老师？"

"我们学校的心理健康老师，长阳医院的心理咨询师。"

"哦，老师的话经常在校园里活动吧，那我有人证可以证明自己的行踪。我最近的工作自由度确实大，但也不至于像模像样地抽出时间去学校当老师还不被人发现。”

“嗯，有道理，啊，真抱歉。”

“没事，即使我用双重身份活动，你也不会认为我是为了犯罪吧？”

“我之前还猜您是不是在卧底……难道我们学校里潜伏着黑帮还是贩毒集团，之类的，正好这学期来了好多国际生，何老师也出现了。”

“想象力真丰富。”高穆不禁失笑。

两人一起走进五号楼，门洞进去就是楼梯，把楼面划分成了南北两翼。

南翼是物鉴中心的研究所，有停尸房、解剖室和紧急重症监护所；北翼则对外开放，有门诊室和几间门诊室改造的临时病房，互殴的，家暴的，事故死的，乱七八糟的受害者和同事、家属在那里挤作一团吵吵闹闹，完全看不出休息日的样子。

上了二楼就清静了很多，南翼是需要住院治疗的各种事件、案件的相关者，脑外、胸外、普外等科室的患者在这里休养，伤愈后通常会转移到看守所或监狱去。北翼则似乎空置着。

到了三楼，南翼是神经内科的地盘，北翼则是精神科的地盘，叶真生觉得这两大科室设在一个楼层里还蛮有趣的，南边看神经病，北边看精神病。

“我听说高斐阿姨本是神经内科的专家，婚后无法负担高强度的工作，才辞了职，反正闲着也是闲着，又花了两三年时间，玩似的读了个心理学博士出来？于是在省城开了高级的心理咨询沙龙，在那里出入的大多是达官贵人，从侧面为丈夫的仕途出了一把好力。”

“没错，姐夫送他脑梗的老战友来求医时，还只是政法委书记，后来步步高升，确实有我姐的一份助力。”

“那为什么……大家老说这桩婚姻是权色交易呢？”

“因为姐夫曾经有过一段婚姻，跟我姐的年龄差距也比较大。可是……”高穆哈哈一笑，“我姐当时都三十六了，还没交过男朋友，从嫁不出去的女博士进化成了嫁不出去的副教授，老被人嘲笑是中性人。我很高兴有一位真正优秀的男士欣赏她、爱慕她，尽管他年纪只比我爸小五岁。”

两人边聊边走，拐向北翼，从三三两两的抑郁症、厌食症、焦虑症、记忆障碍症等轻症患者身边经过。

他们看起来温和而无害，大部分都是主动来求医的，也有不少家属陪同。

这里除了门诊室，还有半开放式的轻症病房，总体来说，医院的气氛不浓，有点像疗养院。

“上面可就不一样了。”高穆朝叶真生使了个眼色。

四楼的整个层面都是精神科重症患者的病房，据说有不少犯下了命案但不负刑事责任的患者在里面。所以楼梯和电梯都只到三楼为止。

从三楼怎么去四楼，反正不是叶真生这样的小市民能打听出来的。

叶真生把高穆带到心理咨询室门前。

“什么时候开了咨询室我都不知道呢。”

“您一般在底楼活动嘛。”

“也是，看来是新开出来搞创收的喽？”

高穆敲了敲门。

没有回应。

“何老师！何老师！”叶真生也用力敲门。

没有回应。

两人站在门前你瞧瞧我，我瞧瞧你，一时无话。

一个清洁工走了过来，说：“何医生今天休息。”

“我刚从里面出来。”叶真生开始编瞎话，“发现手机忘里头了，所以折回来拿。”

“不可能。都说了何医生今天休息。”清洁工翻了个白眼，走开了。

“撬门进去？”高穆凑到叶真生耳边低笑。

“高穆叔叔，您好歹也是警察，怎么能提这种犯法的事？”

“你是未成年人，犯一下法不要紧。”

喂！

“教唆未成年人犯法也是犯法。”

“好吧。”高穆将手指放入口中用力一咬，指尖涌出了血。

叶真生愣了愣，连忙掏出餐巾纸帮他压住伤口。

“听着，我守在这里，你现在就设法去找那位何老师，看一下他的手指。我想搞清楚他跟我究竟有没有关系。”

这提议简单有力，叶真生二话不说就答应了。

Chapter 8

三楼的控制室中，高斐正坐在电脑前忙碌。

这是一台三屏电脑，中央屏幕上，被测者的大脑皮层布若卡氏区（Broca's area）有颜色表示在活动，但控制嘴部运动的皮层是静止状态。这说明被测者在默默地说话，并没有真正动嘴发出声音。

这是被测者在催眠状态下被仪器记录下来的图像。

被测者在睡梦之中，这是真正意义上的“梦话”，不是大家边睡边嘟哝的那种。

大家常说的那种梦话往往是发音怪异、支离破碎的。而仪器记录下来的“梦话”是完整的，只是还有待于解读。

被测者在梦境中说什么呢?

Inner speech，脑中的内部语言，在心理学和神经科学中还处于探索阶段。

这正是高斐——从神经内科的骨干医生转行为心理学专家的高斐，目前致力研究的课题。

哦，对了，这番努力不是为了提高医疗技术，而是为了解决刑事侦查中遇到的难题。鉴于高斐是军医出身，丈夫和弟弟都在公检法系统深受信赖，负责这个项目实在是合适之极了。

高斐的目光投向了电脑的左屏。

左屏上，布若卡氏区和控制嘴部的皮层都在活动。这是被测者在清醒状态下按照高斐的要求、背诵一本惊险小说时，仪器记录下来的图像。

清醒状态下发声说话，和昏睡状态下不发声说话，即使话语内容完全一致，布若卡氏区的活动也是不一样的。这几个月来，高斐正是在研究其中的对应关系。

海量的大数据对比由电脑程序进行，尽管进展缓慢，过程中充满不确定性，但是，今天终于出了成果！

“梦话”中的一部分，与“背诵”中的一部分，艰难地重叠在一起、匹配了起来。

语音合成器中传出了断断续续的音节。

然而，冰冷的电子音，没什么人味儿，也不像人话。别说凑成句子了，这些音节连完整的词都凑不出来。

高斐眉心打结，重播了一遍又一遍，忽然意识到这是在浪费时间。

她认命地走出控制室，本来只是想舒缓一下心中的郁闷，却不无惊喜地望见，有个看起来就很靠谱的人正站在不远处。

“小穆！你怎么会在这里？正好正好，快来帮我个忙。”

正在北翼徘徊的男人回头一看，立刻露出了笑容。

“姐，是我该问你，你怎么会在这里？”

“我在这儿做个研究。”

“哎，省城的事业和家庭都可以不管不顾吗？”高穆跟着她走进控制室。

“事有轻重缓急之分嘛。”高斐敏捷地敲击着键盘，“过来，帮我听听这是毫无意义的音节，还是某种冷门的语言？”

语音合成器又播放了起来。

高穆认真地听着。

“怎么样？我亲爱的语言学家。”

“照我听来是日语。”

噢！高斐发出了欣喜若狂的声音。

“看你这反应，被测者还真是日本人？”

“先保密。”高斐敲了敲他的头，“你先帮我把内容听出来。”

“嗯，大部分音节都失真得厉害，没有分析价值，我把发音比较明确的几段截出来吧。”

高穆把高斐请到一边，自己在电脑前坐了下来。见他只是稍微看了看就开始操作软件，高斐嫣然一笑，挤对他说：“老弟，有你不会的东西吗？”

“老实说，学习得越多，越能感到自己欠缺太多。”

意料之中的回答。高斐怜爱地看着他。这个弟弟能干又可靠，从小得到了太多敬爱之情，却得不到怜爱与宠爱，只有当姐姐的心里疼他。

“啊呀你的手指出血了！”

高穆抬手查看自己的手指，果然右手食指上的小伤口在敲击键盘时又裂开了，键盘的格子上也留下了血迹。

“不好意思。”他用左手探入衣兜，掏了一块棉帕出来，擦键盘。

擦……键盘……

高斐哭笑不得地打开他的手，让他将右手平举，随即拿了消毒棉球过来，帮他把伤口擦干净，贴上创可贴。

高穆耐心地看着她母性大发，微笑不语。

“怎么搞的？”

“……吃苹果咬伤了手指。”

“……我的弟弟偶尔也有可爱的时候。”高斐大笑。

“嗯，我其实常犯蠢。不，不要拿苹果出来，我不会现场表演给你看的，你自己吃，真是的，别闹。这么有兴致你自己生个娃去，可以随你怎么玩弄。行了行了结果出来了，快听。”

m—a—m—a

h—i—d—o—i—i—i

m—a—m—a

h—i—d—o—s—u—g—i—i—i

“搞了半天你有把握听准的只有这几句呀？”

“别的只能靠猜，走音走得太厉害了，可能性太多。如果你告诉我这是什么场合的发言，猜测的范围能缩小一点。”

“先说这几句吧，什么意思？”

“妈妈，妈妈，太残忍了，太惨了，太过分了，怎么可以这样……大致上就是这些意思。我猜想，声音的主人遇到了非常可怕的事，表述混杂而紊乱，但只有‘ママ’和‘酷い’两个词特别明确，充分说明了此人的心境，充分说明了此人的思绪重点是什么。”

就在这时，隔壁房间的大门开了，护士推着车向南翼的病房走去，推车上的人身体罩在白布里，看不清脸。

“咦，fMRI，这里连这种仪器都自备啊。”门没立即关上，高穆带着少许惊讶，斜斜瞥向房中的庞大仪器，“这么说起来，神经内科和精神科开在一个楼层倒也有几分道理。”

fMRI，也就是功能性磁共振，与大众较为熟悉的MRI不一样。MRI是结构性成像，扫描脑灰质啊脑脊液的形态结构之类的，用来判断脑内是否有病变或损伤，是神经内科的检查工具。而fMRI是功能成像，基于大脑进行某项活动时局部脑区血氧水平的变化，来观察进行某项活动时所谓的“脑激活”情形，是一种无创非放射性观察大脑活动的仪器。

“会操作fMRI吗？”高斐饶有兴致地观察弟弟的表情。

“曾在导师的实验室里操作过两次……这么说来这边是控制室？可是，为什么终端数据是声波图？”

“声波图是根据fMRI的终端数据合成的。”

“这是什么玄学？”高穆大吃一惊。

“这是小何的研究课题，我给他打下手。”

“等一下，所谓的小何，难道是那个心理咨询室的何医生？”

“对，你也听说过他？”

“为什么你会给他打下手？他是什么来头？海归的精神病学专家？神经内科权威？”

“表面上呢，是他给我当助手，因为他来历不明，没有任何头衔。而事实上这个课题是他发起的，进行到现在不能说卓有成效吧，总之是值得继续研究下去的，正好经费也充足——我使出浑身解数活动来的。”

“来历不明是怎么回事？”高穆失声发问。

“数月前，他在长阳医院醒来，完全想不起自己是谁。”

“而卓越的技能仍在——解离症患者？”

“对，罕见的解离症患者，活体！我以前只在教科书上见过。所以，哪怕只是为了观测这个罕见的活体，我也得留在这里陪他开展他的课题。”

高穆心中一动，问道：“解离症患者有时会出现多重人格，他有吗？”

“教科书般典型的多重人格。老弟，我真是中大奖了。我现在观测的，可不是他有没有多重人格，而是要搞清楚，出现大家面前的‘何为’是他的第二人格还是第三人格。”

“何为……意欲何为……这名字有点意思啊。”

“在文艺作品里，人格的切换往往需要一些契机，比如说睡下后醒来、晕倒后醒来。但理论上说，不同人格间的切换可以是突发式的、戏剧化的，以至于真伪难辨，易于造假。”

“你见过何医生的突发式切换吗？”

“当然见过。上一句话还说得好好的，一转身，思路就切成了另一个人。不知道是真的人格切换，还是他刻意表演的呢。”

“另一个人……是个什么样的人？”

“小何的隐私，我怎么可以告诉你。”高斐摇头。

“好吧，我想见见这位何医生总行吧。”

“真不巧，刚才他还在这里和我一起弄数据，现在却不知去了哪里。你可以明天再来碰碰运气。”

“嗯，那说说你们的研究课题？”

“我得先问问你对fMRI了解多少？”

“我这次读博，做的是犯罪心理学领域内的刑事科技研究。简单点说，就是用fMRI记录嫌疑人情绪波动激发的脑内反应，也就是讯问中的测谎。”

“成效如何？”

“干扰太大，太杂乱，可以说连辅助效果都不明确，还不如一般的刑审套话。”高穆叹了口气。

“问题主要出在哪里？”

“终端数据和真相的对应性并不那么强。我的导师谢教授采用对比法，一度有过显著的研究成果，在我的两位师兄和师母身上都得到了印证。但实验的样本太少，缺乏说服力。”

“不能多招一些志愿者参与测试吗？”

“世人对fMRI这样的大型仪器抱有偏见，比如有辐射啦会导致不孕不育啦，之类的奇怪担忧，总之实验对象一直就是有限的四人。说来好笑，谢教授本来不肯收我做门生，认定想读在职博士的官员只不过是为了镀金。当时本市有三所大学的五位博导向我抛出了橄榄枝，嘿，乐于为我镀个金，可我一心想搞刑技，只对谢教授的实验室情有独钟。”

“结果，你就借着去当脑扫描志愿者的机会成功泡上了谢教授？”

“瞧你这话说的，是是，我过去一脱衣服谢教授就看上了我。”高穆笑了起来，“不，精确地说，是我换上测试服、钻进fMRI之后，谢教授就被我的大脑征服了。”

“不是靠你嘴甜讨喜又长得俊？”

“不是。”高穆正色道，“是因为检测结果出人意料，我大脑的表现，完全推翻了谢教授之前的结论。”

“无论说真话还是编瞎话你的情绪都没什么波动，血氧水平变化不明显？”

“没错。”高穆大笑，“谢教授只好把我收入门下了，因为他想占有我的大脑没事就测测。我充分满足了他，说真话时我也能显得惊恐万状、呼吸紊乱、心脏狂跳，而说假话时理直气壮、坦然自若。”

高斐也不禁笑了：“由于你的出现，谢教授的突破性进展变成了没有进展。而你竟因此成了教授的得意门生。”

“嗯。”高穆点头，“我两位师兄好像都打算改行，总觉得我这个奇怪的脑子让谢教授的科学变成了毫无希望的伪科学。”

“我给你们实验室提供一点思路。如果你们的目标是把科研成果应用到刑侦中去，就要考虑到扫描对象未必肯配合的问题，比如说故意乱扭、撞头什么的。”

“离应用还有十万八千里，暂时还想不了那么多。”

“小何带我做的课题，对象是限定在昏睡状态的。这样就不会故意抗拒检测了。我们采用催眠、注射针剂或双管齐下的方法，使对象陷入昏睡，我们甚至还尝试植物人的大脑扫描研究。”

“这样的话，只能窥探到对象在幻梦中的情绪波动，不能询问和回答了啊。”高穆直指要点。

“我们用一些催眠术常用的技巧对被测者进行信息灌输，比如说语言诱导，环境模拟，背景音模拟，引导被测者进入我们为其营建的‘环境’，大部分时候是成功的。你看这个人。”高斐敲敲电脑，“我先进行语言诱导，然后在其耳边播放公共场合的嘈杂人声和突然压过人声的爆炸声，这个人就陷入了一场爆炸案的回忆，说起了符合情境的话。”

“夏目晴？！等一下，难道刚才推出去的那人是夏目晴？”

高穆霍然而起，想冲向南翼，但终于还是忍住了。

“你既然已经调离了专案组，不该打听的事你就别打听。”

“嗯……是。”高穆顺从地坐下。

“想参与进来吗？”高斐冲他眨眨眼。

“嗯，是。”

“那么，去问问谢教授是不是愿意和我们联合研究，我们这边正好人手不足。如果确定了两边联合，你可以作为谢教授的跟班再度参与这个案件。”

“难怪你们的研究经费这么充足，六·一二爆炸案的办案经费本来就是个惊人的数字。”

“采用了小何的方法之后，我们在夏目晴身上得到了突破性进展。虽然她还想不起罪犯是什么样，但她确实已经想起了爆炸前后的很多细节。只是谁也不知道，她究竟有没有对我们说出全部的实话。”

“所以解读梦话还是当务之急？”

“对。如你所见，我们花了几个月的时间，就在刚才，第一次把fMRI的终端数据转换成了人的语言。今后的解读应该可以大幅提速了吧。”

高穆微微一笑：“那就好。”

“听说过游戏行业的VR没？我们做的事也有点类似。我们对被测者实施催眠，为被测者建立起逼真的梦境。梦境使用真实世界的信息搭建，而我们在其中定位增添了真实世界不存在的虚拟事物，由此观测被测者的反应。”

“有趣，对于被测者来说，岂不是真的像在打游戏？”

比如说，可怜的夏目晴，一次又一次地打着爆炸案大逃生的游戏。

“可惜的是，游戏玩家有怎样的体验，开发人员事后可以问个清楚，我们却只能连蒙带猜，从终端数据中窥测到一点点对象的真实心声。但总之，在昏睡状态下，对象无法撒谎或要赖，只能做出发自内心的真诚反应，怎么样，刑技的高才生，你跃跃欲试了吗？”

“二〇〇八年开始，霍金博士成了用一块脸部肌肉发音的人。然而这块肌肉也将失去活动能力，为他服务的Intel团队尝试了一些新方案，但没有成效。曾经一度引起话题的‘意识解读’技术也无能为力。霍金博士在集中意念想象一个字母时，仪器无法识别这个微弱的脑信号。或许霍金博士即将陷入永远的沉默，那真令人遗憾，不过，我很确信‘想象一个字母’这种做法是不明智的，不可能成功的。我们的实验室致力于测谎研究，我们力图把握的，一直是‘情绪的波动’，记录和研究的，是情绪波动在fMRI中的表现。”

“小何也这么说。他说意识解读的关键就是抓住情绪的波动。”

“对了，何医生既然是解离症患者，就没有医学院的毕业证书吧？”

“没错，小何只有一张不值钱的心理学资格证书，连处方权都没有。给对象开用药的处方成了我最大的贡献。”

“该不会是他开处方你签字吧！”

“目前是这样没错。”

“姐，这你就不对了，你这是违规啊，而且风险都担在你一人身上。”

“我们让家长都签好了知情同意书的。再说了，在这个问题上我很信赖小何，嗯，不亚于信赖你。”

家长？对象都是未成年人？高穆心里嘀咕了一句，随口问道：“他……跟我像吗？”

“这话从何说起？”

“叶……叶哥说他有点像我。”

“除了都是男的，活的，哪还有像的地方？”高斐大笑。

“唔，比如说，年纪？”

“怎么会，小何明显才二十几岁呀。”

“他连自己是谁都不记得了，怎么记得年纪。这年纪是你们看外表瞎猜的吧，没准只是看上去年轻，单看外表，我也混得过二十几岁。”

“少臭美了。”高斐失笑，“总之你俩就是不像。”

谈笑间，高穆不禁又向南翼看了一眼。刚才那人是不是夏目晴，真想马上知道啊，看来必须费心去说服顽固的谢教授了。

嘿，这不科学

犯罪者的七不规范第六条：

不在现场徘徊

Chapter 1

哗啦啦的水声在浴室中回响，像一支圆舞曲，调子欢快又活泼，浴室中的女人却沉着脸。一道道热流从她脸上淌下来，是水，似泪。

她终于关上了水龙头，浴室沉寂了下来，没有抽泣声。她的神情十分严峻。

整栋房子静悄悄的。喝醉了酒的丈夫，吓破了胆的女儿，都已经早早钻进了被窝。或许她该养条狗来做伴?

她草率地擦了擦身体，裹上浴巾，深吸一口气，打开了浴室的门。

浴室外是极尽奢华之能事的盥洗室，从洗面台到置物架，都是佛罗伦萨空运过来的名牌。地上铺的也不是常见的防水瓷砖或大理石，而是东欧出产的高级橡木。她的头发梢儿还在滴水，水珠不断地溅落在实木地板上。她当然毫不在意。扶着浴室的门框擦脚时，手指不小心越过门框抓到了外墙，素雅的墙纸上立刻出现了湿漉漉的指印。当然，这种事只有小市民家庭的主妇才会大惊小怪。家具和装饰品若是昂贵得让主人束手束脚，就说明主人只适合消费廉价品。而这位在深夜沐浴的女士，安夫人，是一位出身名门的贵妇。

“唔……”

手底下有异样的触感，安夫人将手挪开，就着盥洗室的昏暗光线，凝神细看。

价值连城的墙纸在浴室的门框边翘起了一个小破口。想一想搬进来时支付的惊人装修费，即可知这不可能是装修队的过失。

好想快点被发现啊，弄点痕迹出来提示主人吧——安夫人仿佛听到恶魔在窃窃私语。

她咬紧嘴唇，露出不服输的表情，用力撕破了墙纸。

这是一栋历史悠久的老洋房，天价的墙纸后面只是木板墙。

……墙上有人脸！只有半张的人脸！

安夫人没有尖叫，她捂住了嘴，发抖，止不住地发抖。

那当然不是真人的脸，只是木板上映现的人面像。不过，绝不是夫人神经过敏，把简单的弧线和圆圈脑补成了人面像。

瞧那黑乎乎的眉，黑洞洞的眼，黑黝黝的嘴！

几个月前，院子里的大杉树上也出现了这样的人面像，但那个是完整的，安夫人认为远不如这半张脸可怕。

这狰狞而丑恶的人脸到了木板与门框的交界处，活像被猛劈了一刀似的，突然没了右半截。

太可怕了。太可怕了！太可怕了！

安夫人拼命压抑着内心的嘶叫。

丈夫早就闹着要搬家，女儿才刚满十六岁，动不动就歇斯底里，所以她必须在这里稳住。

她艰难地思考着，为什么人面像会少半截。

人面像并不是入室抢劫的歹徒，就算被砍掉了半张脸，也未必会安息。说不定会变得更暴虐呢。

抱着万分之一的希望，她哆嗦着伸出手去，把浴室的玻璃门掩上了。

她只盼玻璃门上也有半张脸，能跟墙上的脸合起来凑个整。

遗憾的是，精美的磨砂玻璃门上除了水蒸气，别无他物。

她彻底崩溃了，掉头就跑，噔噔噔地踩着楼梯向上冲，恨不得直接冲进二楼卧室，抱紧丈夫尽情哭泣。却听啪嚓一声，梯板断裂，她一脚踩空，滚回了一楼。

女儿和丈夫的声音从上方遥遥传来。

她已经无法回应了。暗夜中涌起了血的气息。

chapter 2

放学后，民俗研究会的访客络绎不绝，叶真生无处可坐，只好贴墙站着。如果不是知道何老师今天要来，他早就溜达到操场上去了。

“我拍到了灵异照片！我该怎么办！”

又、又来了。

叶真生浑身不自在地在手心里画着圈圈叉叉。

都二十一世纪了，迷信者的遭遇还是没什么新意。不是在镜子里看到奇怪的东西，就是长期做同一个噩梦，要不就是这种“拍到了鬼脸”的所谓灵异照片。而民俗研究会的接待员，提供的解决方案也总是散发着陈腐的臭气，什么养水晶、贴符纸、摆镜子、烧元宝、请碟仙，叶真生活像掉进了封建迷信的大本营，每天饱受折磨，腹诽如鼓。

“你们看，就在我脖子后面，你们看到了吗？”一位访客眼泪汪汪地指着照片。

“在我看来，这只是最寻常不过的线条和色块。”叶真生清了清嗓子，恳切地进行科普，“人类的眼睛特别容易发现‘人脸’，这是出于一种微妙的自我中心意识。某段广告，某张照片，墙上的某块污迹，某块岩石，某块树皮……各种各样的地方都出现过人面像传说。不过，你这张照片要是拿给猫看，要是猫会说话，肯定会告诉你看不出什么人脸。”

“猫？”访客发出了疑惑的声音。

“猫只是个比方，我是想说，正是人类的自我中心意识，造就了各地流传的人面像传说。我们应该克服自己愚昧而又傲慢的天性，做一个理性的人，让理性之光照亮世界的每一个角落。”

“AI，够了，别再骚扰我们的访客，一边去！”

民俗研究会的接待员怒喝。

于是，叶真生只好讪讪地回到墙角，继续贴边站着。

良久良久之后，妹子们扎堆冒出了欢呼声，何老师现身了。叶真生立刻去看他右手的食指——那上面竟贴了一块创可贴。

没等叶真生发问，就有娇滴滴的女生叫了起来：“何老师，你的手指怎么了？要不要紧！给人家看看！”

“我只是吃苹果咬到手指……”

O这是什么狗屁借口，耍小孩吗？X

叶真生的圈叉里第一次出现了情绪化的不雅之词。

然而女生们的反应出乎他的意料。

“何老师怎么可以这么可爱！”

“呃，我经常犯蠢的。”

“啊呀好萌，想想那场景，萌得我心都要化了。”

“呃，快把你的苹果收回去，我可不会当场表演给你们看，别闹。”

O你们究竟是来咨询的还是来打情骂俏的！不行了，我头晕，呼吸困难，心脏吃不消……这个空间里的非理性和情绪化已经超标了，比雾霾更伤身！X

叶真生捂着胸口走到室外，先给高穆打了个电话，告诉他自己总算找到何老师了，但何老师的手指上贴着创可贴，而且一时之间找不到机会去撕。

唰，对面发了张照片过来，是高穆自拍的手，背景是办公桌的下方。

“是这种创可贴吗？”

是的，是这种市面上买不到的……长阳医院自制的创可贴。

但何老师是长阳医院的医生，用这个很正常。那天他给叶真生换药，贴的也是这种简单有效的创可贴。

挂电话前，叶真生心里涌起了一种微妙的感觉，想去看看活动室的何为在做什么。却没敢去看。如果看到何为在膝上摆弄手机，他真不知道自己的心脏会不会罢工。

就在这时，雪莉和琴带着一个哭哭啼啼的访客过来了。

“哎，里面好吵。”雪莉说。

“准是何老师来了。”琴发出了笑声。

“安吉拉，我看进去也没用了，不如我们四个找个地方坐下来合计一下？这位叶小哥，虽然总是很谦虚，其实侦查能力超一流哦。”

“你姓安，叫吉拉？”叶真生问。

“不，我姓安，叫安吉拉。”

“于是……安安吉拉？”

“不是啦，是安吉拉·安。”三言两语，女生就被叶真生逗笑了。

其实叶真生对安吉拉印象不好，既然来中国了，来枫林五中了，好歹取个中文名字吧，也应该老老实实穿校服，这一身奢侈品算怎么回事。

不过，安吉拉的可怕遭遇确实激起了叶真生的兴趣。叶真生耐心地听她细说从头。

她的父亲是美国土生土长的华裔，前年开始来中国做生意。生意越做越大，就把女儿和妻子都接了过来，在离枫林路不远的高档别墅区买了栋房子。

对了，雪莉和小琴也住在同一个别墅区，雪莉是英籍，小琴是西班牙籍，和安吉拉一样，都是天方SAS的学生。天方SAS是全英语授课，安夫人希望女儿好好学中文，才把女儿送进枫林五中当交换生。原来安夫人是在中国出生的，后来才跟着母亲移民去了美国，所以对中国颇有几分怀念之情。

这个别墅区并不是新开发的豪宅区，一栋栋房子都大有来头，大多价值过亿。这对财源广进的安先生来说倒也不算什么。只是他刚巧撞上了大便宜，一栋带花园的老洋房只花了六千万。然而买下来之后，他们家才渐渐明白了为什么会有这个大便宜……

先从园子里的大杉树开始说起吧。

这棵树据说树龄有数百年，好高好高，两个人手拉手才能合抱，枝繁叶茂，树皮斑驳，气候好的时候还有斑鸠在上面做窝。

安吉拉只喜欢奢侈品，没什么童心，不大关心这棵树，也不知从何时起，有人意识到树干上有一张“脸”。

最初是一张隐隐约约的脸，树皮斑驳，有高有低有疙瘩，看起来像人脸也不奇怪，或许只是大自然的杰作。大家并没有放在心上，还常常笑着说，看那黑乎乎突起的眉骨，黑洞洞凹陷的眼窝，黑幽幽张大的嘴巴……

忽然有一天，安先生发现了这张脸。

安先生是有神论者，大惊失色，怒斥这是魔鬼。他不听夫人的劝阻，拿菜刀削起了树干。

树皮削下来了，人脸变浅了，树淌出了汁液，像在流泪，又像是在淌血。人脸消失了。圆鼓鼓的树干上呈现了扁平的一块。

安吉拉觉得人脸只是大自然的巧合，人面石之类的报道明明到处都是，就连探测者号拍回来的火星地形照片上都看得出人脸呢，父亲实在是太大惊小怪了。

不过，树干上有一张脸，毕竟是让人很不舒服的，所以事情就这样解决了，也没什么不好吧。

没想到，事情才刚刚开始！

扁平的地方很快又出现了高低起伏，很显然是人脸的轮廓。

那种夹杂着焦黑色的暗绿充满了恶意与诡异。人脸的轮廓一天比一天深，五官一天比一天立体。那耸起的眉骨，那歪斜的眼窝，那咧开的嘴……看起来异常狰狞。

安先生伤害了它，所以，原本面无表情的它，露出了狞恶的表情。

安吉拉每次经过这棵树，都尽量不去看它，战战兢兢地加快脚步跑过去。

终于，安先生决定砍了这棵树。

在美国，主人或许可以抡起斧子就砍树，但这里不可以。虽然安先生花六千万买了这个宅院，但这块地可是国家财产。他必须去申办砍伐证。手续多麻烦也不消提了，总而言之能把这黄皮肤黑眼睛的美国人绕晕。更要命的是，这棵树居然是一级濒危保护树木水杉，基本上不可能办到砍伐许可证。安先生唯一的出路就是卖……噢不，捐，把这棵树捐给植物园。人挪活，树挪死，这个主意遭到了五个花匠一致的反对。

这一带别墅以空关居多，大部分又曾有名垂青史的贵人住过，整个别墅区有一定的历史人文价值，所以花匠并不是普通的雇佣花匠，而是市容绿化管理局派来的工作人员。

负责这一路段的花匠，不，或许该叫他们园艺师，一共有五人，其中年纪最大的王师傅已经五十多了。别墅的主人来来去去，王师傅却始终是这里的王师傅，管理着两千米的林荫道和五栋带花园的老洋房。

按照安先生的想法，一家人早就搬进新公寓住了。安夫人却坚持说是丈夫太大惊小怪。安吉拉只是个爱赶时髦的小姑娘，并没有什么主见。她觉得母亲说得也有道理。至于新公寓，也不是说要买就能立刻买好的，就这么僵持了两个月。

终于到了昨天，安先生喝了点闷酒，酒意上涌，抄起菜刀就去砍树，被母女俩劝住了，闷闷不乐地倒头大睡。

树的根部被砍开了一个不大不小的裂口。众所周知，大树的生命力十分顽强，被雷劈裂了也常常可以活下去。安吉拉还在旅游景点见过那种树干的中心掏空了一大块、里头供着佛龛的景观树呢。

但安夫人依然没有怠慢。之前安先生削树干，就已经被王师傅批评过了。她按照王师傅的嘱咐，用他留下的消毒保护剂在裂口上涂涂抹抹。在安吉拉看来，这或许也是为了让“树大仙”息怒吧。遗憾的是，当夜安夫人竟在浴室的门框上看到了人面像，惊慌失措地从楼梯上滚了下来，父女俩不得不把她送进了医院。

楼梯的第九阶踏板崩塌了小半块，看来这就是悲剧的起因。这宅子确实比较老旧了，楼梯的踏板有裂缝也不奇怪，但安吉拉怎么看都觉得那崩裂的木条上有怪力摧残的痕迹，就像是树大仙发怒以牙还牙了似的。

然而，这还不是最可怕的。第二天，也就是今天上午，拖着疲惫的身子从医院回来的安先生，又在几处墙纸的背后发现了十几个人脸。它们有的大，有的小，大多歪歪扭扭，恐怖绝伦。

安生先彻底陷入了癫狂，大叫要卖房子。可这房子当然是不可能卖出去的。

据说最早的主人在这里家破人亡之后，这房子几易其主，没有一任主人能住满半年。三十几年来绝大部分时间都是空关着的。都说不干净，闹鬼，是凶宅。好不容易有了个从美国远道而来的冤大头，不明真相出钱买了，还有可能找到下家吗？

现在如此这般的闹人脸妖，只怕连火星来的冤大头也不会愿意接盘了。

安先生当即返回医院，与夫人商量出院后要不要去住宾馆，或者干脆另买一套房子。不料，前一夜几乎吓破了胆的夫人却异常冷静，表示就算这房子真有问题，也该查个水落石出。她还说，这种神神鬼鬼的东西，若是跟定了人，一不用坐汽车，二不用坐飞机，大家逃回美国去也枉然。如果在美国老家的别墅板壁上看到人脸，那才叫绝望的深渊呢。总而言之，夫人不同意住宾馆或搬家，反对用逃避解决问题。

“既然楼梯看似异常受损，你妈妈还受了伤，可以报警了。”叶真生说。

“别提了，警方根本不肯受理，还说我的话全都是无稽之谈。”

“这宅子本来就闹树妖吗？”雪莉好奇地问。

“这倒不是，五个园艺师都说是第一次在树干上看到人面像。”

“那么，是有别的因由？”

“嗯，这宅子被人称为凶宅，和最早的主人有关。”

“就是那个家破人亡的倒霉蛋？”

“嗯，后来我们才知道，这宅子啊，有人见到过飘忽不定的鬼火，有人听到过如泣如诉的鬼哭，有人撞见过门缝对面的鬼眼，对了，闹树妖之前，我也好像听到过鬼哭的声音，当时妈妈还说我神经过敏呢。别提了，总之我们一家稀里糊涂住了进来，现在闹起了鬼脸，看来也撑不满半年。”

天色渐渐暗了，安吉拉泫然欲泣的脸看起来也有些扭曲。

“还等什么，快带我们去你家，趁天没黑，我们好好见识一下大杉树上的人面像。”

“没错，你边走边说好了。”雪莉和小琴也是急性子。

安吉拉总算有了依靠，正要破涕为笑，可能是想起母亲在医院也不知状况如何吧，又哭了起来。

chapter 3

老洋房最初的主人，是一位被写进了语文课本的风流人物。当然了，他的名气并没有大到家喻户晓，在初中的语文书上也只占了不起眼的一行半。十年浩劫刚开始，这位历经沧桑已踏入迟暮之年的老人就病逝了。三年之后，长子长媳双双自杀，两个女儿和娘家划清了界线，只剩长孙……就叫他Z吧，只剩Z住在花园一角的铁皮屋里。

整个宅院都成了小将们的临时指挥部，Z的日子苦不堪言。他曾经有个青梅竹马的恋人，门第比他更高，遭遇自然更惨，也不知是死是活。

就在Z万念俱灰、即将步上父母后尘的时候，转机来了。有一个根正苗红的辣妹子，爱上了聪明斯文的他。她仗着那股子惊世骇俗的彪悍劲儿，以及那响当当的苦出身，硬是嫁给了他。

这桩婚事毁了辣妹子的前程，但她成功地带着Z活了下来。

Z一切都听夫人安排，深居简出，迫不得已出门，也不笑不说话，迫不得已说话，说的也全都是非常正确的话。小两口当然没有住洋房，他俩一起住铁皮屋。

夫人既然是贫农出身，自然极为吃苦耐劳，条件虽然艰苦，总算也让Z过上了吃饱穿暖还能偷空看看书的小日子。不久之后她有了身孕，照样忙里忙外，十个月后孩子出生，也没有难产，只坐了一个月子，就下地干起了活。左邻右舍都看到了Z眉开眼笑帮儿子洗尿布的快活样儿。

托夫人的福，Z活了下来，还得到了生活的幸福。

几年后，Z全家平反，又有现金补偿。夫人年轻时作了不少孽，但这样的人很多，本来就有点法不责众的意思。她又是Z的家属，所以只是简单地登台做了检讨，就结束了。

这回是夫人受到了Z的庇佑，也算是善有善报吧。那么，从此夫妇俩感情更进一层，和和美美过日子了吗？

并没有。

夫人身强体壮，在底层挣扎的时候这是个优点，却很不适合后来的贵妇身份。盛装华服在她身上不好看，她倒也努力读过几本书，读什么都犯困，只有琼瑶的小说还勉强看得进去。她没有办法融入Z的社交圈，“帮夫运”到此为止了。

Z不想做一个忘恩负义的人，他想给她钱，和她离婚。可是他压根儿不敢提。夫人不满二十岁的时候，曾经抄起板砖砸漏了班主任的头。Z要是敢提离婚，迎接他的只会是菜刀。

Z死了心，寄情于工作。然而命运的考验来临了，昔日的恋人回到了他面前。

这位大家闺秀已经年过三十，失去了妙龄少女的风姿，却增添了成熟女性的丰韵。她的父母已官复原职，她也从臭水沟里的癞蛤蟆变回了高贵的白天鹅。她还像十年前一样爱着Z，她十年中顶住了无数威逼利诱，苦苦盼望和Z复合。

不敢提离婚的Z整天唉声叹气，突然有一天，好事发生了，Z的夫人不见了。

当然报了警，但没有结果。夫人就这样彻底地从Z的人生中消失了。

Z和初恋情人恢复了朋友的关系，互赠诗文，时髦浪漫，等到渐入佳境时，又将前一段婚姻和盘托出，得到了恋人的谅解。次年开春，Z就顺利再婚了。

当然，元勋的后人不可能住进Z和前妻住过多年的房子，Z带着儿子住进了女方提供的豪宅。夫妇俩没过多久就生出了一个女儿，而Z在岳家的提携下，青云直上。

大家都说前妻留下的儿子可得受苦了，但名门淑女毕竟不会摆出难看的后妈嘴脸。新夫人对男孩称不上热情，但绝对没有亏待他。八十年代初，对于当时的孩子们来说，一颗巧克力都是难得的好货，那男孩却过着弹钢琴打网球的富贵日子。

……敞亮的花园大洋房里，穿着燕尾服的男孩把打扮得像公主一样的妹妹抱在膝上，手把手地教妹妹敲琴键。如此美景，人人称羡。来为小公主庆祝生日的客人凑趣拍下了照片。这张美好的照片，也十分凑趣地配着溢美之词，登上了本市的小报头版。

然而好景不长，没多久，Z的儿子在放学路上出了车祸，惨死在车轮底下。司机非常无辜，过往行人也能做证，孩子确实是突然扑到快车道上去的，简直就像被人推了一把一样。这可是大户人家的少爷，警方立案查了好久，始终没有收获。

有传言说，是Z为了讨新夫人欢心，亲手处理了自己的骨肉。也有人说，是新夫人看孩子不顺眼，悄悄下了毒手。更有好事之徒说，没准连前夫人的失踪也是Z，甚至是Z与新夫人联手炮制的。

这些传言愈演愈烈，一度成了全市小市民的谈资。孩子死后不到半年，新夫人就和Z离了婚，抱着女儿去了海外，从此杳无音信。

Z和岳家的关系破裂了，但也没什么，他已羽翼丰满。只是大约在二十年前，他牵涉进了一桩严重的经济大案，蹲进了大牢。Z家的祖产也收归国有，是租是卖都算为国创收。

“听起来，前一位夫人没有理由离家出走啊。”

叶真生的关注点落在了失踪疑案上。

比起怪力乱神的东西来，毕竟还是失踪案比较有趣。

“可不是嘛……”因为是讲别人家的事，那些事对于在美国长大的女孩来说又非常遥远和费解，安吉拉的心情似乎也宽舒了不少。

“永久失踪往往意味着死亡，难怪会有杀妻的传闻出来，不过，毁尸灭迹可不是件容易的事。”雪莉慢悠悠地说，“埋进深山里，却被挖竹笋的山民挖出来；埋在自家后院里，却被猫狗刨出来；砌进书房的墙里，却被地震震出来；尸体啊，真是丢得远么不放心、藏在身边更糟心的棘手货……”

“雪莉，打住！你究竟看了多少奇怪的东西！”小琴叫道。

“毁尸灭迹是一件吃力不讨好的事，如果我杀了人，肯定会让尸体留在它本来就该在的位置上。对方死去的时候就让一切干净利落地结束吧，在尸体上玩花样，不管是抛是藏，都会把自己的后半辈子搭进去。”

“担心尸体败露的滋味想必不好受，不过雪莉，我和你的看法正相反。”叶真生摇了摇头，“我觉得毁尸灭迹一点也不难。”

“两位，打住！两位的对话越来越奇怪了！”安吉拉也跟着小琴叫了起来。

然而雪莉的推理瘾上来了，哪是正常人拦得住的。她瞥了叶真生一眼："不难？那我倒要好好请教一下！"

叶真生完全没有意识到这话题无异于传授犯罪手法，一板一眼地说了起来：

"彻底解决一整具尸体当然不容易，但是，请转变一下思路，肉块就算大白于天下也不等于罪行曝光，因为没有头颅的肉块，只是一堆肉块，几乎无从查起。毁尸灭迹的难点仅在于头颅。当然这一点确实困难，我们省城著名的大学碎尸案，凶手甚至把头颅放进高压锅里煮熟了，但死者的同学还是认了出来……如果是我的话，我会把夫人分尸丢弃，头颅则砌进墙里。老洋房的男主人要做这种事，从作案时间作案工具各方面看，都可谓轻而易举。事后，夫人的尸块被陆续发现或者永远不被发现都无所谓，没有头颅的肉块，很难和失踪的Z夫人联系到一起。最绝妙的是，这一带的老宅子都有历史价值，就像园子里的那棵水杉一样，无论发生怎样的变迁，都只能维护，不能拆除，男主人真是高枕无忧。而三十几年后，洋房换了主人，新主人在墙上看到了人脸……太戏剧化了，简直完美，安吉拉，赶紧把你家的墙拆了，说不定能找出夫人的骷髅头。"

"真抱歉，我家的墙是木板墙，我之前好像说过。"

"呃……对了，园子的围墙，园子的围墙总是砖砌的吧？"

"真抱歉，人面像只在木质的东西上出现，我之前好像也说过。"安吉拉用怀疑的眼神盯着这位鼎鼎大名的叶小哥。

造型古朴的宅院已经近在眼前了。

那院墙分明是新砌了不久的。

chapter 4

这一带的住户似乎都不喜欢请太多仆人，安吉拉家也不例外，只请了厨师和清扫妇各一名。于是承担着保镖护院工作的，是最先进的电子警卫设备。这套设备据说价值几十万，把宅院看护得水泄不通。也正是为了装这套设备，安家把一整圈的围墙都拆了，掘地三尺，彻底重修。

而安吉拉打开大门的方式，当然也不是掏钥匙。

第一步是声控。安吉拉一声令下，门框上的面板就亮了。

第二步是人脸识别。面板上的摄像头仔细地扫描着安吉拉的脸，十秒之后，发出了嘟的一声，大门开启。

这人面通行证，让三位客人不约而同地产生了微妙的感觉。

“真糟糕，我脑子竟然产生了怪念头，这样的豪宅一定有价值连城的财物吧，小偷要进来行窃，就必须绑架宅子的主人，如果嫌整个人太重太大不好带，就必须把头颅割下来……”

“阿叶，你有完没完！”小琴用力打了他一下。

“这是生态识别系统，死人的脸系统不认。”安吉拉倒是大方地笑了，“不过，为了不要让小偷产生这种离奇的念头，我看我还是把这句话打印出来贴在门上比较好。”

这女孩看起来有股子矫揉造作的傻劲儿，其实人挺不错。

“啊，难道就是这棵树！”小琴突然叫了起来。

亲眼所见和听人口述的感觉果然大不相同。此时夕阳西下，大杉树的“人脸”陷在临街高楼的阴影中，阴森恐怖之至。

那不是平面上的几个圆几根弧线，那人脸凹凸不平，是立体的。却又不是雕塑般逼真的脸，简陋粗糙，歪歪扭扭，看起来可怕极了。小琴嗖的一下就蹿到了院门外，还想跑得更远些，却怎么也迈不开腿。

安吉拉则用手捂住了自己的脸，只在手指缝里窥探。

如果叶真生撒丫子就跑，就不是叶真生了。他静静地盯着人脸看了片刻，又走上前去抚摸，摸到后来，还把自己的脸也凑了上去。

“雪莉……你来闻闻？”

和安吉拉在天方SAS做了半年同班同学的雪莉，果然也把脸凑了上来。

“确实，有股子药水味儿。怎么说呢，我觉得成分有点复杂……”

安吉拉刚开始出声劝阻，雪莉就已经掏出小刀，在人脸的眼窝里挖了一块树屑出来。

“小琴，天还没黑透，学校里应该还有人，你替我们把这些东西送到化学兴趣小组去，好好检验一下成分。”

小琴一个劲儿地摇头，但最终还是接过了装着树皮和碎屑的小袋子，一溜烟跑了。那背影都透着股心惊胆战的味道。

“药水味儿可能是这个造成的……”安吉拉总算反应了过来，指指墙角搁着的工具箱。

那是一个园艺工具箱，里面装满了瓶瓶罐罐。

“看起来真专业。”叶真生评价道。

“这是王师傅留给我用的，以前我还不知道，树就跟人一样，需要抗生素，需要消毒，还需要涂营养品。”

“剪枝、霜冻、冰雹、蛀干害虫危害、机械损伤等，都会在树体上形成伤口，若不及时保护治疗，旱季伤口大量蒸发散失水分，削弱树势；雨季病原菌极易从伤口侵入树体，引起伤口感染，溃疡或腐烂。最终导致树木抗性降低，长势衰弱，有的局部枯死，甚至整株死亡……”雪莉从工具箱里翻出了一本说明书，读了起来。

“上次爹地拿刀削这张脸，王师傅就拿了好几种药水出来涂，你们闻到的药水味儿，大概就是这么来的。”

叶真生蹲下身子，用手机给工具箱拍了几张照。

安吉拉把大门关上，带他们进了房子。穿过客厅时，叶真生见墙上挂着一张照片。照片的背景是这幢宅院的大门，门前站着一男二女，个子最矮的安吉拉被夹在中间。左边的男子身材颀长，比安吉拉足足高了一个头；右边的女子时髦靓丽，跟安吉拉宛若姐妹。想来是这一家三口乔迁新居时拍下的纪念照。

安吉拉将叶真生和雪莉带到浴室旁，观察昨夜把安夫人吓坏了的半张脸。

叶真生问雪莉要了卷尺，从墙根开始量出四十厘米，然后在这个位置站直了身体，细细打量这半张脸。

“安吉拉，你妈妈大概多高？从照片看，似乎比你高不少？”

“没记错的话，妈咪的身高应该是一米六八。”

“那和阿雪一样。阿雪，你站到我这个位置来，保持放松自然的姿势向前看。”

雪莉略显疑惑，但还是照办了。

“你能很自然地看全这半张脸吗？”

“没错，它自然地进入了我的视野。”

“嗯。研究表明，人在自然站立时，视线并非笔直向前，而是下倾十度。而摆放在视线投射的终点附近的物体，最容易被人眼注意到，因此零售业界有个著名的黄金线法则。假设某地人的眼平均高度是一米六〇，浏览商品时人与货架距离约四十厘米，tan10度差不多是0.1763吧，乘上四十后约等于七厘米，那么对于此地的超市来说，黄金线高度就是一米五三上下，超市通常会把全力推销的商品摆在这一高度的货架上。”

“人和货架之间的距离为什么要设定成四十厘米？”安吉拉好奇地问。

雪莉试着伸手去触碰墙上的半张脸，答案一目了然。

无论是看、摸、画圈、摆放还是拿取，四十厘米都是一个顺手的距离。这大概是由普通人的手臂长度和屈伸习惯决定的。

“人眼的高度大约是身高减去十厘米，我身高一米六八，所以眼睛高度在一米五八左右。”雪莉歪了歪头，“那么，我的黄金线高度是一米五一。”

“没错，我身高是一米七四，黄金线的高度大约在一米五七，所以这半张脸在我看来就偏低了。”叶真生点头说道。

雪莉拿起卷尺测量这半张脸的高度。

“量出来了，地面和脸正中心的垂直距离是一米五〇。这意味着什么？”

“也许，意味着它是为安夫人量身定做的。”

“要不要去量一下外面那棵树上的脸？不过，现在想想，我看那张脸时也觉得非常自然，恐怕确实也在我的黄金线上。”

“换言之，它俩都出现在了特别适合被安夫人发现的位置？”

“什么！难道说妈咪被怪东西盯上了！”

“你说家里还有好几处？”叶真生摸着半张脸的边缘，认真地问。

“嗯，都被爹地处理了，浅的削平了，深的挖了洞……对了，我去给你俩倒杯茶。”

一时半会儿得不出结论，叶真生和雪莉姑且在客厅坐了下来。很快热气腾腾的红茶就到了，一杯摆在雪莉面前，雪莉赞美了茶香和茶色。另一杯摆到叶真生面前，底盘却歪了一下，茶水溅出，打湿了精美的桌布。

“唉，妈咪要是在家，一定会狠狠训斥我。”

叶真生点点头：“这桌布很值钱吧？”

“倒不是为了桌布……茶水倒得略满了些，还心慌意乱放歪了茶杯，这是很失礼的行为。”

坐在对面的雪莉扑哧一声笑了。

“雪莉，我知道你出身名门，把我们这些生意人的女儿看成可笑的暴发户……”

“没有，真的没有。”

“爹地确实是个白手起家的暴发户，可他一直很努力地学习社交礼仪……”

叶真生突然合掌，拍出了响亮的声音。

两个女孩骇然看着他。

“安吉拉，开灯。”

安吉拉顺从地去开灯，灯却不亮。

天色越来越黑，眼见着就要全黑了。

“哦，不，不……”安吉拉的身体剧烈地抖动着，似乎随时都会号啕大哭。

“雪莉，把茶水收走。”

一句废话也没有，雪莉端起杯盏去了厨房。

“准备好了吗……”

没有等安吉拉回答，叶真生就用力掀开了桌布。

阴暗的光线中，胡桃木质的桌面上，赫然一张人脸。

桌面凹凸不平，难怪茶杯的托盘会歪。

啊啊啊啊啊啊！安吉拉再也忍不住了，发出了凄厉的惨叫声，转身就想逃，却被匆匆赶回来的雪莉一把抱住了。

“安吉拉，我叫车送你去医院，你在医院里陪妈妈好不好？”

安吉拉哭得稀里哗啦，只顾胡乱点头。

于是，两分钟之后，这个莫名其妙断了电的宅子里，只剩下了叶真生一人。

这是一个没有月亮的夜晚，星光暗淡。叶真生摸着桌上的人脸，陷入了沉思。

或许他应该把断电的问题解决掉，一般来说，在不该停电的时候断了电，准是罪犯在电闸那里做了手脚。

他拧亮了随身携带的电筒，起身向厅外走去。没走几步路，就停住了脚步。

他并没有歇斯底里，自觉情绪还算稳定，然而他的步子确实有点不稳。他已经站在了原地，却依然感到微妙的失衡。

自己也被吓破胆了？

在空无一人的黑暗中，他捂住了胸口，明明，心脏跳得很稳定嘛。

从什么时候开始，意识到了窗帘没有拉上呢？随即发现站在这客厅的落地窗前，就可以看到园子里的那棵大树。

枝叶下那双黑洞洞的眼，仿佛正盯着他看。一阵风吹过，枝条就像无数条手臂，在虚空中乱抓。

明明听不到外面的声音，却似乎听到了责难声、求救声、啜泣声……

"阿叶！"

雪莉回来了，竟然是和安吉拉一起。

"妈咪说叶真生同学都没有离开，安吉拉怎么可以逃跑，所以我回来了！"安吉拉勇敢地挺起了胸膛。

叶真生当然没有表扬她，只是用严肃的声音吩咐她俩把桌子与沙发拉开。

然后，说时迟那时快，他已经把地毯掀了起来。

地毯下大大小小层层叠叠的人脸，照应着外面那棵树，宛如一场最深沉的噩梦。

安吉拉叫都叫不出来了，一屁股跌坐在地板上……这等于是坐在了好几张脸上。她立即连滚带爬逃到了客厅外，蜷缩成一团簌簌发抖。

chapter 5

雪莉也是女孩，却没有逃走，也没有尖叫。

她沉着脸看着眼前这狂乱无比的地板……走了上去。

一个女孩，赤脚在数不清的人脸上走来走去，这景象本身就挺癫狂。

“真是项大工程，犯个罪也不容易啊。”

为什么这女孩说话的口气就像在唠家常？

叶真生看着她，笑了：“还好吧，其实呢，我觉得擦这块地板的工程更浩大些。”

“两位……”安吉拉怯生生地开了口，却似乎不知道说什么才好。

“安吉拉，今晚你有什么打算？想睡觉吗？”

“不，不。”

“那么，我们聊聊天吧。”雪莉打开手机，看了一下短信，露出了胸有成竹的笑容。

“聊什么？”

“别怕，这些脸只是想把你们吓走，罪犯并没有伤人之意……偏偏你们老也吓不走，罪犯的行为就夸张了些。你妈妈摔伤进了医院，只怕罪犯也在担心呢。”

“罪……犯？你是说，这些怪事，都是人弄出来的？”

“没错，都是大活人弄出来的，而且手法非常简单。”叶真生也笑了，“你要不要猜猜？”

“这让我怎么猜得到！”

“雪莉，刚才小琴给你发短信了吧，检验结果是什么？”

“跟我推测的一样，成分中有酸。”

“我还是不太明白……”安吉拉摇着头。

“人面像只在木质的东西上显现，并不是树大仙在作祟。酸溶液能腐蚀木材，却不能腐蚀玻璃，半张脸的答案就是这么简单，没有任何寓意。罪犯潜入你家也不容易，一不小心弄出了半张脸，也不是其本意吧。”

“可、可是，这么多脸……”

“其实还好啦，这种简陋的图形，一般人一分钟能画好几个呢，总之比擦地板还轻松些。酸溶液用起来非常方便，既可以把浓度调高瞬间腐蚀，也可以把浓度降低，过好几个小时甚至好几天才渐渐显形……”

“为什么总是跟擦地板比？你已经说了第二遍了。”

“你家的电子警卫设备如此完美，能作案的只能是自家人，常来的客人，以及花匠、厨子和清扫妇。”

“啊！”

“花匠王师傅的情况我已有所了解，请你简单介绍一下另外两位。”叶真生说。

“好的。我先说大厨陈师傅吧。陈师傅是三个人里年纪最大的，本来早该退休了，听说为了给儿子攒钱买房硬是做到了现在。他身体不好，一个月前还摔伤了腿，害得我们只能自己做饭。幸好一周前陈师傅终于复工了，他手艺好，做的饭菜真心好吃，不像妈咪……”

“嗯，幸好……”叶真生喃喃地说。

安吉拉没有理会他的反应，继续说道：“每天来打扫卫生的李婶也快六十了吧，不过人挺精神。我稍微有点怕她，她不太跟人说话，而且好像讨厌我。因为有一次我不小心碰翻了她的工具箱……”

就这样，叶真生询问，安吉拉回答，雪莉打着手电筒记录要点，到了黎明破晓时分，已经整理出了一份详尽的记述。

“继续查，还是上学去？”安吉拉问。

“逃学继续查吧。”雪莉帮叶真生做了主。

叶真生并不觉得上学对自己有什么益处，但他不想逃学旷课，因为这里头隐含着“失约”的意味。他起身去给艾老师打了个电话。

“其实嘛，你们一家三口也有作案时间，硬要掰的话，也能掰出作案动机，比如说你其实很不适应国内的环境，又思念在美国的青梅竹马，可是爸爸要在国内挣钱，妈妈要在国内怀旧，你吵闹过几次都没有结果，就做起了人面像的鬼把戏，至于作案工具酸溶液嘛，化学课上稍微动点手脚就能搞到……”

“喂，喂，雪莉你是认真的吗，我哪来的青梅竹马呀？”

“我只是开个玩笑。”雪莉扮了个鬼脸——比地板上那些可爱得多。

“这栋房子先后住过五户人家，除了最初的那家，家破人亡霉运当头之外，余下的住户无一例外，都遇见了鬼怪作祟。而结果也是一样的，都没住满半年，就匆匆搬了家。用灵异学的观点来说，是第一户人家的冤魂占据了这里，不欢迎外人进入祖宅，用科学的观点来说嘛，说不定是有什么人，在这个著名的凶宅里藏着见不得人的秘密，所以需要宅子常年空关。比如说贩毒集团的据点，走私集团的老巢，当然啦，最戏剧化的理由就是Z杀了夫人，把夫人埋在了园子里，所以即使搬了出去，也常回来装神弄鬼……”

“Z现在还在牢里呢。”安吉拉吐了吐舌头。

雪莉翻阅着记事本，总结陈词：“总而言之，我认为这件事不是新近发生的事，而是陈年旧事延伸到现在的余韵，所以呢，半年前才跟着爸爸头一次来中国的安吉拉，在美国的别墅里相夫教女了十五六年的安夫人，以及常来安家做客的朋友和生意伙伴，基本上是没有作案嫌疑的。可以名正言顺出入宅院的人中，只有以下三个老面孔，三十年来服务着不断变换的东家，那就是在有东家入住时，每天早上来一次的大厨老陈，每天下午来一次的清扫妇李婶，以及园艺师中唯一年过五旬的王师傅。安吉拉，今天这三个人都会来吗？我想跟他们面对面地谈谈。”

“陈伯伯和李婶应该都会来，王师傅本来是一个月只来两三次的，前天来过，这几天就不会来了。”

“很好，也就是说这三个人前天都来过，有机会在电闸上做手脚。你可以打电话给这三个人，告诉他们你妈妈受伤了，你们正准备搬家。我对这三个人的反应很好奇。”

一个小时后，大厨老陈笑容可掬地出现在安家门口，手里拎着自制的精美糕点。他走路一瘸一拐，大概是腿还没好利索。

安吉拉哭哭啼啼收下了糕点，然后，老陈进了厨房。

“陈伯伯，这个大箱子是干什么的呀？”雪莉仰起脸，摆出了天真无邪的笑容。

“路小姐，你在这里做客？对了，你是安小姐的同学吧，难怪，这是我的专用厨具箱。”

“来我家做饭的时候，从来没见你拎过这样的大箱子。”

叶真生站在雪莉身边，盯着箱子里的瓶瓶罐罐和各色刀具，心说这玩意儿带着，杀人分尸都够用了。

“安先生跟路先生可不一样，虽然花钱爽快，却没个章法。厨房里堆满了乱七八糟的器具，却做不成法国菜，也做不成日本料理。这种暴发户我也见得多了，没辙，只好自备一个厨具箱……”

啪，一刀下去，血水直流，据说，今天老陈要给孩子们做地道的本帮菜。

“我听说安夫人是一位很讲究礼仪的淑女……”

“夫人？路小姐，你还没见过夫人吧，夫人看起来特别年轻，你知道为什么吗？因为她从前是不良少女，大学都没读，不到二十岁，就嫁给了做生意的安先生，别看安小姐跟你一样大，夫人今年才三十多，顺便说一句，夫人的母亲，也就是老夫人，据说也不是什么靠谱的人，离过三次婚，去年居然又结婚了……以前这地方，哪一家不是名门世家！路家，林家，柯家，还有这家的本家章家，祖上个个有头有脸有学问，现在真是堕落了，商贾之家仗着几个钱，居然接二连三地住进来。”

看不惯商贾之家入住，所以装神弄鬼一家一家吓走？一心盼望这栋房子卖不出去也租不出去？

叶真生默默地在心里打了个问号。

下午，清扫妇李婶来了，没有任何特殊表示。李婶人不高，跟安吉拉差不多，身体壮实，走路很利索。

和陈伯伯一样，李婶也带着她的专用工具箱，琳琅满目的清洁剂，各式各样的瓶瓶罐罐，看得叶真生眼花缭乱。

“李婶，今天擦地板吗？”

李婶翻了翻日程表，点了点头。地板一周擦一次。

性别、年龄、职业和俗气的外表，都让人觉得这位妇女会是一个长舌妇，奇妙的是，她相当不爱说话。

走进客厅，就看到了一地的“人脸”，李婶只是皱了皱眉，然后一声不吭地蹲下身，擦了起来。

“你一点都不怕吗？大家可都被吓坏了。”叶真生在她身边装天真。

“孩子的恶作剧吧。”李婶费力地擦拭着地板上的沟沟槽槽，“这家孩子带得不好，没做好规矩。”

这位大婶的脑回路还真是够务实，一点妄想都没有。

“听说安夫人年纪比较轻，不擅长管理家务……”叶真生开始诱供。

“还好吧，就是有点挑剔。”

能让李婶这样的人口出怨言，恐怕不是一般的挑剔吧。

因为受不了挑剔的女主人，所以装神弄鬼想把人吓走？

叶真生点点头，又轻轻摇了摇头。

性别、年龄、外表，以及驾轻就熟的劳动手法，都让他感到，这位李婶的真身如果是失踪的Z夫人，一点都不奇怪。

唯一不合的是性格。

李婶沉默寡言，而Z夫人据说很泼辣。

不过，如果Z夫人当年失踪，侥幸没死，性情大变也正常。

一个人毕竟不会无缘无故失踪，应该就是Z害的。

她在这一带徘徊了这么多年，用自己的方式捍卫着自己的故园，拒绝外人入侵……

这也太戏剧化了。叶真生摇摇头，丢开这个想法。李婶不爱说话，无非是多年在豪宅帮佣，养成了多一事不如少一事的习惯。名门望族表面看着光鲜，往往藏污纳垢。只管赚钱，不瞎掺和，才是最明智的做法。

一个小时后，李婶清扫完毕，将地毯铺回原处，提起工具箱。叶真生望着她的背影，脑中突然迸出一丝火花。

怎么搞的，差点儿忽视那么明显的事实！他转过头，发现雪莉也正望着李婶的背影。

“快去调查人物背景。”两人不约而同地开口。

叶真生当即向王梓连发了几十条短信。

chapter 6

傍晚，身穿便服的王师傅来访，说今天排班是在另一条街，但听说安吉拉要搬家了，特地下班后来告别。

看到叶真生和雪莉，王师傅显得有些困惑。雪莉上前去，向他做了自我介绍，但叶真生却一动不动，只是默默注视着两人。

王师傅不打算进屋，于是一行四人自然而然地走向了那棵人面树。途中雪莉悄悄凑到叶真生身边，低声问道：“怎么样？”

“基本一致。”叶真生也悄声答道。

“你们搬了也好，这棵树……也不是自己愿意长人脸出来的，这棵人面树，就守着这栋空房子过吧。”

王师傅摸着树干，百感交集。

“这树上的人脸本来就是人画出来的。当然，这最初画脸的人，可不是为了把自己吓走。”叶真生淡淡地说。

“等一下阿叶，为什么我突然听不懂你的话了？”安吉拉叫了起来。

“这树上的人脸，本来就是人画出来的？”王师傅的手僵在了树干上。

他看起来真是无辜极了。他似乎有点被吓到了。

安吉拉一脸惊讶地瞪大眼，看看叶真生，看看雪莉，又看看王师傅，来回看。

“最早的时候，安夫人为什么要在树干上画一张隐约可见的人脸呢？大概是为了试探吧。”

“什么！是妈咪画的？妈咪为什么要吓唬我和爹地！而且爹地早就说要搬家了啊，是妈咪不肯啊。”

“安吉拉，早在闹树妖前，你就听到过鬼哭似的声音。你跟你妈说过是吧，恐怕当时她就已明白了，是有人想吓走你们。至于她为什么能这么早想明白，就牵涉到一个连恐吓者都不知道的大秘密了，我们待会儿再说。总之，安夫人了解丈夫的性格，知道在树上画个人面像会引起怎样的风波。她可以趁乱观察周围人的反应，判断谁是始作俑者。但安夫人毕竟只是家庭主妇，不能像警察那样四处打探。‘察言观色’的过程十分漫长，以至于她不得不在丈夫削掉人脸后又制作一个。后来，两个月过去了，还是没出现结果。不过，安夫人并不知道，其实有一个人迅速起了反应……现在我们知道了，就是你，王师傅。”

咦！安吉拉又叫了起来。

“王师傅，从你的表现来看，你一直以为树干上的脸是自然的杰作，噢不，是超自然的报应吧？可你一不做二不休，索性进宅子画出了一大堆，试图把安家人吓出去，就像你驱赶之前的三家住户一样。飘忽不定的鬼火，只要弄点磷就可以办到；如泣如诉的鬼哭，只要弄个录放机就可以办到；至于从门缝中窥探到的鬼眼……那次真的好危险呢，你潜入房子做手脚的时候，差点儿被主人活捉吧，可惜那主人自己吓破了自己的胆，反而又增添了一桩怪谈，不是吗？”

王师傅冷冷地看着叶真生，不说话。

“刚才我说了，其实你迅速起了反应。屋里发现人脸是在前天，但你开始制作人脸可比这早得多。你先是在桌上画了一个，指望安家的某个人发现，只可惜桌上垫着桌布，不易被人察觉。这时，你想起李婶每周都会清扫一次地面，就在地板上制作了若干人脸。然而你万万没有想到，那些人脸竟然没有被‘发现’！这到底是怎么回事？难道是画得太少太稀疏，没能引起李婶的注意吗？你本可以冷静思考，然后得出‘因为李婶生性务实、不爱多事’的结论。可这次你真的被人面树吓到了啊，你不断地在地板上画人脸，一有机会就画。你看，那满地的人脸，层层叠叠，从数量到形状都充满了狂乱感……后来你掀开墙纸，在木板壁上制作人脸，也收效甚微。于是，你再也无法忍受煎熬，竟然铤而走险，在浴室的门框边也画了一个。一个花匠出现在客厅还算正常，但要是被人看见在浴室旁，该如何辩解呢？可是你已经顾不得了，因为你真的害怕啊。”

“我有什么好怕的？”王师傅漠然问道，“你也没理由认定那些人脸是我画的。能出入这座宅子的人可不止我一个。”

“没错，陈伯伯和李婶也能自由出入，但他们作案的可能性极低。”

“为什么？”

“先说陈伯伯，一个多月前他摔伤了腿，直到一周前才复工，至今行动不便，制作那些脸对他来说太困难了，太容易被人撞见了。”

“那李婶呢？”

“李婶因工作之便，有足够的时间在宅内制作人脸。但正是因此，人脸——尤其是地板上的人脸一旦被发现，第一个受怀疑的人就是她。就算真是她干的，画好后她为什么不早点叫出来？她也完全可以佯装无意地让地毯掀开一角，以便安家人自行发现。可她什么也没做。她想把人吓走才制作了人脸，却又不介意别人老也不发现？这个矛盾无法解释。”

“老陈行动不便，完全可能是装出来的；李婶没准只是脑子不好，没想到自己会第一个受到怀疑，也没想到应该制造机会方便别人发现。”

叶真生正要反驳，雪莉先开了口：“阿叶，你休息一下，这个回合让我来。”

然后，她转向王师傅问道：“你刚到这里时，我上前向你做了自我介绍，但阿叶却留在了原地。你知道这是为什么吗？”

“为什么？”

“因为当时阿叶正在比较你我的身高。”

“唔……”

“结论是你我身高‘基本一致’。换言之，你的身高也在一米六八左右。”

“这又怎么了？”

“昨天阿叶观察浴室边的人脸时，提到了黄金线法则。”雪莉对法则做了一番解释，又说，“总之，那张人脸恰好处在安夫人最易察觉的位置。安夫人的身高也是一米六八。阿叶说那张人脸简直是为她量身定做的。但仔细想想，这个说法并不成立。这幢宅子一共住着三人——安夫人、安先生和这位安吉拉小姐。如果制作人脸的目的是为逼走安吉位一家，显然以有神论者安先生或年幼娇怯的安吉拉为对象效果更佳。其实，只要人脸的位置不是太高或太低，安吉拉家的任何人都有可能发现。黄金线法则没那么死板，人眼最容易捕捉到的是以‘黄金线’为中轴、宽约五十厘米的区域。罪犯实在没有必要根据某个人的身高来决定人脸的高度。”

“搞不懂你在说什么。”

“好吧，我就不绕弯子了。在浴室旁，随时可能被人发现且无法解释，这种情况下，罪犯恐怕想不了那么多，只求火速画完人脸吧。当他站在墙壁前、自然地伸臂准备制作人脸时，手会落在哪里？没错，自然会落在视线与墙面相交的地方。这是罪犯自己的黄金线！”

“还是不明白你这什么法则和我有什么关系。”

“浴室旁的脸和树上的脸高度差不多，画脸的人跟我身高一致，在这个宅子里，除了安夫人，就只有你了。”

“既然树上的人脸是安夫人画的，屋里的那些也完全可能是她画的。她是这家的女主人，比谁都有时间和机会！”

“难道你想说安夫人画了浴室旁的人脸，又故作惊恐自己摔下了楼？即使是为了试探，也不用做到这个程度吧？尖叫一声就足够了。你要知道，从楼梯上摔下来，一个不巧是会丧命的。”

王师傅一时无言以对。

“你守着这棵人面树，守着这栋凶宅，守了三十几年了吧。你容不下新住户，是怕什么？”见雪莉的推理告一段落，叶真生重新上阵了。

王师傅不说话。

雪莉轻轻咳嗽一声，说：“有些时候，杀人凶手怕的不是刑罚，而是罪行败露本身。或许这就是人类所谓的良知吧。”

“王师傅，我知道你不是坏人，可有一个人替你背着黑锅，失去了娇妻爱女，走上了不归路。就算只是为了公道，也请你说句实话。章夫人的头颅就在这棵树里，对吗？”

“等一下阿叶，我觉得好混乱！”安吉拉好像又要哭了。

“章先生或许不是什么品德高尚的好人，但他也不是为了初恋情人就杀妻杀子的大坏蛋。夫人是你杀的，那位被章夫人一板砖敲漏了头的可怜教师……你就是他的儿子，对吧？别否认了，我的朋友已经查出了教师一家三口的照片。”

“章家位高权重，所以夫人不必为年少无知时犯下的错买单。所以，夫人被我碎尸万段，而章先生替我背一辈子黑锅，我觉得很公道。”王师傅终于笑了。

“你把夫人碎尸万段，唯独头颅不好处理，就在树干高处挖了个洞，把头颅藏在了树洞里。三十多年过去了，掩盖树洞的那块树皮大概也和树身融合得很深了吧。”雪莉也摸起了树干上的人脸，感慨万千，“你以为你作的案完美无缺，成功地逃脱了刑法制裁，殊不知这棵树已经成了束缚你的锁链，这栋凶宅就是你的牢房。你结婚了吗？你有孩子吗？你有没有开开心心看过一场电影，快快乐乐吃过一顿大餐？没有，什么都没有，你三十多年来惶惶不安地守着这棵人面树，守着这栋凶宅，你为自己执行了无期徒刑，你知道吗！”

“现在的孩子还真会耍嘴皮子。”

“你本是受害者家属，复仇也情有可原，可你偏偏又杀了那个无辜的男孩，为什么？如果你想说仇人的孩子就罪该万死，我们就一点也不能同情你了。”

“我失去了父亲，母亲也郁郁而终，从那以后我受尽磨难。而那个凶手的儿子，却住在大洋房里弹钢琴！凭什么？我靠自己的一双手吃饭，而凶手的儿子注定高官厚禄，凭什么？我把他推到了车轮底下，看着他死于非命，我觉得很痛快！”

“你也是受害者……”叶真生插进了两个人的对话，“去自首吧，让自己解脱。相信我，只有自首才能让你真正解脱。”

王师傅冷哼了一声。

他不会去自首，倒极有可能会自杀。

于是，叶真生甩出了撒手锏：“你想不想知道，安夫人究竟为什么做了这一切？”

“安夫人？做了一切？”王师傅终于失去了镇静。

“这里的左邻右舍甚至临时工都知道，安家是生意人，安先生是暴发户。从这个家的装修摆设来看，也可以证明这一点，安先生的消费理念是，只买贵的，至于合适不合适，他搞不懂。然而坊间又有传言说，安先生买这栋房子是贪便宜。这里头有矛盾，不是吗？这矛盾说明了什么？做主买这栋房子的根本不是安先生，而是安夫人！”

“唔，有道理哎。”安吉拉困惑地眨眨眼。

“安夫人对树上的人脸坦然自若，对浴室旁的人脸惊恐万分，不料才过了一夜，她却又冷静地劝说安先生不要搬家。你们不觉得安夫人的态度变化太诡异了吗？刚才我也说了，那个在树上出现的人脸既不是自然的杰作，也不是前夫人头颅作祟，是安夫人为了试探……只有这样，一切才能解释得通。安夫人自己制作了树上的人脸，当然毫无畏惧，但她没想到这一番试探竟招来了疯狂的模仿。深夜、独自一人、诡异的人脸；而且她还知道这不是自己画的。更糟糕的是，她意识到，能把人脸画在这里的人，一定有办法自由出入这个宅子。恐怖元素一应俱全，不由人不害怕。不过，经过一夜的思考，安夫人发现这番苦难反倒让她接近了真相，没准她已猜出恐吓者是谁了。所以她才镇定地，甚至是胸有成竹地告诉安先生该查个水落石出。这里还有一个小小的佐证，明明前一晚发生了那么可怕的事，安夫人却鼓励女儿回家陪同学，可见她已大致推断出罪犯是你，只有你，按照工作计划，这几天是不会上门的。好了，话扯远了，你说安夫人为什么要进行试探？你上了她的大当搞出了这么多事，你却对她一无所知？”

王师傅的脸色大变。

“她孜孜不倦地追查陈年旧案，具体有哪些心得，我们不知道。或许她也感到前夫人的失踪是一切的起源。持续不断闹鬼的凶宅，让她感到有人对这里十分执着。更何况女儿也听到了鬼哭声。说不定，她本来是想钓前夫人出来……没想到前夫人确实已经遇害，她钓出了杀人的真凶。”

“她是谁？她是什么人！”

“那张报纸还在吧？一定还在吧？你不可能丢弃的呀，章家小少爷抱着妹妹弹钢琴的照片，不就是你第二次行凶杀人的动机吗？”雪莉尖锐地问。

王师傅哆哆嗦嗦掏出钱包，从最里层抽出了一张旧剪报。

泛黄的纸片上，小公主般的女孩依偎在哥哥怀里，脸上是幸福的笑。

“是她，是她，是她……”

“她不远万里从美国回来，撺掇丈夫买下这栋凶宅，是为了求证一件事。或许在她那个离过三次婚的母亲嘴里，章先生是一个狼心狗肺的人渣，可是，她希望自己至少能证明，父亲并没有坏到杀害前妻杀害亲生骨肉的地步……”雪莉又把脸转向安吉拉，“安吉拉，亲爱的，你的曾外祖父母是有头有脸有学问的名门子弟，你也不用妄自菲薄，我相信你会成为一个真正的淑女。至于我，我志不在此……”

雪莉一回身，抓住了叶真生的手。

她还穿着昨天的校服，质地平平，款式不佳，因为折腾了一天一夜，还有点皱巴巴。跟叶真生手拉着手站在一起，简直是一个活脱脱的S市小市民。

叶真生想甩开她的手，又不想得罪她，顿时进退维谷。

为什么，安夫人偏偏要在树上画一张脸呢，结果，把头颅藏进树里的凶手吓破了胆，做出了那么癫狂的事。

谁知道，或许安夫人最初画的只是一个故弄玄虚的符号，故意画得模糊不清，想让心怀鬼胎的人疑心生暗鬼自己吓自己。她成功了。

人类的眼睛，毕竟是太擅长发现“人脸”了。

chapter 7

警方果然在树洞里挖出了头颅。

这回叶真生和雪莉是案件的关系人，可以名正言顺留在现场。爱猫的警员小李拿着记事本，向他俩和安吉拉问了好多话。

“赵芳的家属联系上了吗？”一旁，法医老张问顾副队长。

“有点困难，她父母和两个哥哥都已去世，老家只剩几位表亲，年纪也不小了，电话里动员不过来，所以只能派人去她老家采血样了。往返总得一周吧。”

“幸好现在DNA的检测技术提高了，远亲也能做比对。”

原来章先生的前妻叫赵芳，叶真生一边想，一边问：“王师傅不是供认不讳了吗？还需要查死者的DNA吗？”

“那当然，凶嫌在法庭翻供的先例比比皆是，光靠口供可没法结案。”顾副队长亲切地解释道，“死者面目不清时按例要做DNA比对，负责的检察官要是看到卷宗里只有嫌疑人口供或警方的推理分析，会退回来叫我们好好完善的。”

“对，一个人身份不明的时候，痕迹呀，笔迹呀，血迹呀，视频音频呀，各方面的证据说到底还是只能起个参考作用，只有

DNA检测是最实在的，可以一锤定音。”法医老张也从旁帮腔，“说起来以前曾经办过那么一桩案子，凶手中了推理小说的毒，带着迷之自信设计了超复杂的现场，老顾你还记得不？”

“那个弄了具尸体冒充他自己‘自杀’的？”

“嗯！”兴致勃勃的顾副队长转向三个未成年人，已经忘了此话题儿童不宜，“凶手又高又帅，眉清目秀，我当时一眼见到，心里就想这小白脸难怪有吃软饭的资本。这人攀附岳家才做起了生意，在当地是出了名的，平时不大受人尊重。用他本人的话讲，老丈人和老婆也常给他脸色看，日子过得很痛苦。于是渐渐地就沾上了黄赌毒，终于生意也做不下去了，还欠了一屁股债。忽然有一天，他那个早已停工的厂房着了火，火扑灭后发现一具焦尸。是他的衣饰没错，身高体形也差不多，火场的残留物里有钱包，里面信用卡、身份证、驾驶执照等一应俱全，还有一封折叠得很齐整的遗书。”

叶真生睁大了眼：“做得这么周全，警方也没有排除他杀可能吗？”

“当然，你别看每次有死亡事件闹上媒体，群众都惊呼这样这样还有这样怎么可能是自杀，一定是警方为了追求破案率不肯轻易立命案。但事实上我们的‘排除他杀可能’还是做得很慎重的。”

老张也在边上点头：“有遗书、有合理的自杀动机、家属没有异议——可不是确认自杀的理由。工作报告这么写，都不用领导出面，直接被你爸喷死。”

“呃，我爸的臭脾气，不好意思……”

“即使现场所有的物证都指向死者就是这个人，充其量也只是个参考，DNA检测才是最实在的。结果DNA查下来，死者和这个人的父亲没有血缘关系。”

“嗯，这个案子真的给人印象蛮深的，凶手当天就落网了，倒是查死者的身份特别费劲儿，最后靠凶手自己招供的。”

“老实说这人还不上债直接跑路，我们警察也没那闲功夫帮违法放高利贷的人追债对不？他偏要杀一个人走！”

“自作聪明地伪造自杀现场，哈哈，正应了那句老话，机关算尽太聪明，反误了卿卿性命。”

“现场的痕迹多是多得来，累死物鉴，笑死刑审。老顾，你当时就是负责刑审的吧？”

“嗯，现场都那样了，他还怎么抵赖？罪行供认不讳，大部分时间是跟我诉苦，说夫妻关系特别差。后来我就问他，跟死者是什么关系，他说是好朋友。我再问他，那好朋友半夜三更摸到你废置的厂房来干吗？他说哥俩感情好，好朋友见他沮丧，特地来安慰他。我又问，那你怎么就杀人了呢？他说好朋友再体贴也安慰不了一个债台高筑的人啊，他就想偷渡到国外去，离开这个讨厌的环境，在国外重新开始。我再问，死者身上没有检测到用药痕迹，也没有检测到厮打的痕迹，你是怎么办到的？他说，哪用得着什么药，那家伙每次睡在我身边都特别踏实，特别信赖我，像个孩子似的……”

“唔，那个……”安吉拉欲言又止。

“怎么？”顾副队长鼓励她说出来。

“为什么这个人杀害的是对他好的朋友，而不是对他不好的老婆或老丈人？杀碎嘴子的街坊，杀凶残的债主，也比杀朋友有道理啊！”

“因为这是个坏人。”叶真生淡淡地说。

“喂！不要说这种小学生似的理由好不好！总得有点深层次的分析吧？什么什么人格啦，心理创伤啦，童年阴影啦……”

“杀人犯的理由千奇百怪，有时只是一言不合，有时只是为抢几百块钱，一样一样哪里研究得过来。除非你想当心理学家。对于我来说，我只要明白那是个坏人就足够了。”

雪莉扑哧一声笑了。

“小叶子，你跟你爸一样简单粗暴呀。我倒还为这事感慨过一阵子。”顾副队长摇头叹息。

“杀掉了这世上唯一爱他、对他好的人，这个人真是人品低劣。”

“爱他？”安吉拉吃惊地问。

“凶手和死者是同性恋，不是很明显吗？不然顾伯伯感慨什么？”

顾副队长和法医老张对视一眼，一起笑了。顾副队长问叶真生：“你对同性恋怎么看？”

“没什么特别的看法，就像四叶的三叶草一样，是大自然的产物。只要不伤害别人，每个人都有权利过自己想要的生活。不过顾伯伯，我跟你不一样，我不同情死者。他明知对方已婚却依然继续他的恋爱，道德水平低下。他应该有足够的判断力，明白对方有不跟那女人结婚的自由也有跟那女人离婚的自由，维持婚姻是对方的自主选择，可见这桩婚事并没有对方嘴里说得那么差。事实上任何一个出轨的男人都不会对姘头说我老婆又温柔又美丽，对吧，除非他想把姘头气跑。所以，我认为死者的智力水平也较低。我不会同情不讲道德又没脑子的人。”

“还真是小叶子会有的观点，简而言之，就是不会同情故意做错事的人。”顾副队长又笑了。

眼见着话题就要结束，难得有机会跟刑警交谈的雪莉忍不住问道：“顾伯伯，我要请教你呀，福尔摩斯那样的神探，现实生活中真的有吗？”

“我国的私家侦探一般是为主顾查配偶外遇、子女出走或财物遗失之类的事，对刑事案件没有调查权，所以像福尔摩斯这种连警方都要上门求教的神探在我们的现实生活中不存在。”

“而刑警查案的时候，通常也并不是某位特别睿智的警官依靠其灰白色的脑细胞，坐在安乐椅上料事如神侃侃而谈的。”法医老张一句话抛出了两个梗，把雪莉逗笑了，“刑警查案会动用好几个部门的人力，需要各有所长的能人合力侦查。光是刑事技术这一门，既要我这种擅长看活人的，也要那种能解剖分析死人的，还要专攻痕迹检验的、流体力学的、颅骨复原的、犯罪心理的……总之就是大家伙儿齐心合力，集体劳动。不过，千头万绪一点一滴汇集成卷宗，就像医院里拍出来的片子一样，草包医生看片子容易出差错，而专家往往能发觉常人不易觉察的细节。看，可不光是用眼看，还得用脑子看。大家都仔细看了，没看出什么端倪，并不代表叶队长看不出来。”

“啊？”听到话头突然转到父亲身上，叶真生发出了纳闷的声音。

“你爸爸明察秋毫、心细如发，经他阅卷的卷宗，无一例外，都能做成无可挑剔的铁案，他可以说是现实生活中的神探。”老张将视线投向叶真生。

“我知道他挺行的，没想到这么厉害。”叶真生淡然一笑。

“如果他不是老被省厅借调出去协助外省市的疑案，我们S市的命案破案率一定会是百分之百。”

“可不是，常常出差，不断出差……省厅就是欺负我们局长好说话。”

这两位看来还要唠叨下去，雪莉拽了拽叶真生的衣角，说：“好想认识你爸爸。”

“这个容易。”叶真生伸手掏手机，指尖在衣兜一角触到了一个纸团。

对了，前天拿餐巾纸给高穆叔叔的手擦血，当时没看到垃圾箱，就把纸团放进了兜里，后来事太多，就把它忘了。

再多的证据也只是参考，要查清人的身份，DNA检验才是最实在的——先前的话题突然在他脑中回响。

社团活动室总是他负责打扫，弄何老师几根头发应该不难。

次日，叶真生提早到五点起床，不辞辛劳地在早自习开始前进入了社团活动室。偏偏何为卫生习惯很好，桌位理得齐齐整整，硬是没有一根头发，更别说带毛囊的了。

就在气馁时，他忽然瞥见废纸篓里有一条用过的创可贴，戴上手套小心翼翼捡起来，发现内侧沾着血。

原来何老师并不是用创可贴来遮掩手指没受伤？他的手指真的流过血？

叶真生用一个透明的袋子把创可贴收了起来。多想无益，反正只有DNA能解决根本问题。

嫌疑人W的悲剧

犯罪者的七不规范第七条：

不自以为是

chapter 1

高二（1）班忙碌的早自习上，班主任艾老师领着一个女生走进了教室。

娇小的体形！甜美的笑容！精致的装扮！

全班男生都起了骚动。

“我是天方SAS过来交换学习的夏目晴，请大家多多关照。”女生说着不标准的普通话，鞠了个标准的躬。

“卡瓦伊！”男生们急忙礼尚往来，报以乱糟糟的日语。

夏目晴笑出了浅浅的小酒窝，然后走到叶真生身边坐了下来。唯一没有参与骚动的叶真生只好站起身，看着艾苓不说话。

艾苓迎着他质疑的目光说：“只有你边上有空位。”

“……因为我跟任何人都处不好。”叶真生向她强调原委。

全班同学都露出了憋不住想笑的表情。

“夏目同学，这个叶真生啊，有很多怪癖但也有不少优点。”艾苓在胸前握起双拳，故做夸张地点了一下头，“老师相信你，凭你这大和抚子特有的谦恭与包容，一定可以驯服他的。”

“驯服？”叶真生抗议道。

“哦，好吧，感化，我想说的是感化。”

“艾老师，我不想要同桌。”

“抗辩无效，休庭。”艾苓拿起黑板擦，混充惊堂木，重重拍了一下讲台。

早自习余下的半小时，大家显然都没什么心思学习了，好多人朝夏目晴传纸条套近乎。只有叶真生认真预习今天的课程。

遗憾的是，虽然他没主动对夏目晴说一个字，夏目晴却不停地打扰他。

“叶小哥，听说你懂日语？”

“嗯。”

“还懂德语？”

“嗯。”

“还懂朝鲜语？”

“嗯。”

“英语自然是你最擅长的了？”

“嗯。”

“还会用鼻子和我交谈！”

“……”这回连“嗯”都没有。

“好厉害！”夏目晴一把抓住他的手臂。

他皱了皱眉，用力挣脱。

“还是这么容易害羞。”夏目晴歪着头看他，边看边笑。

“我没有害羞。”叶真生板起脸，不悦地解释道，“我长这么大就没有害羞过。”

“咦，好巧，我最喜欢坦率的男孩子了。”

“呃。”

“你脸红了。”

“呃。”

“脖子后头都红了。”

“呃。”

“容易害羞偏又不肯承认，你这样口是心非真的好吗？”

“我一向有事说事，实话实说。”

“噢，那我问你，你觉得我人怎么样？”夏目晴用柔软的身子撞了撞他的肩。

一瞬间叶真生的心情极为复杂。但他终于克制住了自己。他淡然答道：“你人挺好，但我不打算和你做朋友。”

如果对这么受欢迎的女生直接说“你太烦”，结果只会是烦不胜烦。不知有多少护花使者摩拳擦掌想在美女面前挣表现呢。

终于熬到了午休时间，七八个男同学围过来向夏目晴献殷勤，顺便向她科普：叶真生真的不是害羞，而是任谁都碰不得。他曾经把他爸爸慈爱地摸他脑袋的手打开，结果被揍得可惨了。

“你们这些缺乏同情心的人哦。”夏目晴看大家笑得欢，忍不住也笑了起来。

“只有隔壁班的王梓，曾痛下决心用医务人员的七步洗手法彻底洗了手，然后理直气壮地把叶真生的脸捏成了猪猪脸。”艾苓老师也来凑热闹，“来，给你看照片。”

“艾老师，麻烦你为人师表……哇，叶真生的猪猪脸！”

艾苓的手机就跟篮球似的被几十只手抛来抢去，传遍了整个教室。

叶真生只得逃往二班避难。

“你脸上是怎么回事，还有，脖子后头也红了一大片？”王梓一眼看到了重点。

“大概是发风疹。”叶真生无奈地说。

“不就是有了个同桌吗？就跟受了天大的刺激似的，你至于吗你？”

“可能是化妆品过敏。”

王梓捧腹大笑。

“笑什么？”

“你对全人类对整个地球都过敏，不是吗？”

“不是，我本来只对酒精过敏，现在可能得添上化妆品过敏。”叶真生一板一眼地答道。

“那可怎么办，你以后没办法谈恋爱结婚了。”王梓故做担忧的样子只维持了几秒钟，就绷不住笑了，“不过你本来就只爱你自己对不对？任何人都瞧不上对不对？你会当一辈子单身贵族对不对，像夏洛克·福尔摩斯那样？”

“不对，为了改善日益低下的高知人群结婚率和生育率，我将来会娶一位女博士并且生两个孩子。”

王梓愕然眨巴着眼。

“根据现在的人口总量和年龄结构，全面二孩是最优解不是吗？”

“啊啊啊问题不在这里，啊，我算是服了你了。”

“我知道我有很多方面让你佩服，你不用每天都强调十七八遍。”

在场的人哄堂大笑。

王梓讪讪地扮了个鬼脸。

“话说回来，上次你们去登山路雪妍给你做了嘴对嘴人工呼吸哦！”

“嗯，是。”

“然而她却在你嘴上盖了一块纱布，让围观群众大失所望。”

“为什么？”

“一定是因为她害羞啦。”

“我是问围观群众为什么失望。”

“我，我算是……”王梓露出了忍耐的表情。看得出，这句口头禅他忍得很辛苦。

叶真生看了他一眼。

“好吧，她也可能不是害羞，而是嫌你脏。”王梓怒戳叶真生的痛脚。

“人工呼吸本来就应该防止交叉感染，我们卫生老师的医药急救箱里连人工呼吸防护膜都没有，本来就是不对的，搞得雪莉只好拿纱布应急。”

“……我问你，如果路雪妍溺水了，你是不是也会拿出一个，那什么来着，罩她嘴上？”

“那当然，其实我的登山包里就有人工呼吸防护膜，半打。”

“叶小哥，我觉得你根本不可能娶上老婆，二孩什么的纯属想太多了。”

这天下午的第一堂课是美术课。叶真生当然没什么艺术细胞，不过他能做到纸面整洁，线条明晰，色彩均匀，绘画成绩也是极好的。

他本来就没有一门功课不拿手，只是不擅长应付那些不懂得跟他保持距离的人。

一个人对另一个人表示好感，为什么非得动手动脚呢？而推开那些手脚你马上就会得罪对方。最早，是第一次和乡下的奶奶见面时，他推开了奶奶来抱他的手，此后一连三年，在那个大家庭不被人待见。后来是推开了爸爸来抱他的手，几次三番，针锋相对，搞得叶胜英后来每次想摸儿子了就打他一顿。再后来，是推开了小学班主任的手，那时他营养不良非常矮小，五官却极清秀，性子又文静，惹得好多老师想把他抱上膝头怜爱……然后就没有然后了。

把来跟你亲近的人都得罪光，这日子可不好过，但叶真生并不觉得被各路亲友摸头捏脸敲肩撸背拍屁股的日子更好过，所以，这些年也就这么过下来了。

这辈子或许只有两个人是例外，高穆叔叔知道他的禁忌之后，主动把手缩了回去，而且没问理由。而王梓认真学习了最彻底的个人卫生管理方法，为了能当他亲密无间的好哥们儿。

“这个色该怎么调呀？”

美术室是一人一座，没有同桌，可惜架不住夏目晴硬挤到他身边，香喷喷的发丝直往他领口里灌。他只觉得前胸后背都痒了起来。

“离我远点。”

夏目晴没有被得罪，只是睁大水汪汪的眼睛，好像要哭了。

叶真生只好追加了一句：“我对你身上的化妆品过敏。”

“啊，原来是这样，对不起。”夏目晴立刻后退了好几步。

“咦，夏目同学你化妆了吗？”边上好几个傻乎乎的男生叫了起来，而女生们向他们投去不屑的目光。

“本来你涂脂抹粉来上学就是不对的，不穿校服也是不对的。因为是交换生所以不严重违纪老师也不管你。但你想想你这样行使特权，交换学习有什么意义。”

“你说得对，我明天就改。”夏目晴诚恳地说。

第二天，夏目晴果然不施脂粉，还换上了无香、控过敏的护肤品，胸怀坦荡地缠着叶真生不放。

叶真生觉得自己都快窒息了。

此时小道消息已经传开，说交换学习的报名本已结束，是夏目晴的爸爸赞助了枫林五中三十万，她才得以破格入学。这么大的执念也不知道是为什么。

……该不会是为了来调教叶真生吧。

现在每逢课间休息叶真生都逃到王梓的座位上避风头。因为夏目晴开朗大方，甜美可爱，一下课，桌边就围满了献殷勤的男生。叶真生就算不至于真的过敏而死，也快被男生们的唾沫星子淹死了。

素面朝天的夏目晴比第一天颜值降了不少，但胜在所谓的“女子力满满”，嗯，是的，这些乱七八糟的日式中文，也让叶真生头痛。

她个子矮，按说穿枫林五中的校服不会好看，但是，没想到她把校服裙子改短了五寸，裙摆从遮住膝盖提升到了膝上三寸半的位置，还加了蓬松的内衬。在衬衫和绒线衫的压制下，短短的百褶裙像伞一样打开，看起来又精神又漂亮。那效果，就像月野兔的校服裙子变成了水手月亮的战斗服。

“天哪，高二（1）班那个时髦妩媚的幼女是什么来头？”整个校园的男生都轰动了。

只有叶真生身在福中不知福。

一放学他就像逃难一样往社团活动室躲，跟夏目晴比起来，那些神神道道的民俗爱好者也没那么可怕了。

然而夏目晴一路追赶。

“你离我远点。”

“我今天没有化妆。”

“裙子太短。”

“我明天就改回去……唉，真的好丑。”

他俩拉拉扯扯进了活动室，里头的妹子们都瞪大了眼。叶真生真想挖个地洞，在雪莉眼前钻下去。

“你们是什么社团呀？”

“民俗研究会。”接待员挺不高兴地指了指门外的塑料牌。

“我想申请加入，我是昨天才转学来的插班生。”

沈小辰的脸色这才好转：“你有什么民俗方面的特长吗？”

“哦哦，我对日本的妖魔鬼怪如数家珍呀，还知道很多驱邪的法子呢……”

不可理喻的仪式和讲究可能是妹子们的共同话题，她们很快就兴致勃勃地聊了起来。

叶真生正要抓着书包往外走，何为走了进来。

因为偷捡了他的创可贴，叶真生有点心虚，反而不敢直接走掉，于是上前跟他打招呼。

“何老师，您今天怎么来了？”

“忘了点东西，来取。咦，那不是夏目晴吗？”

“您也认识夏目晴？”

名字频繁地被提及，终于让夏目晴转过身来。啊，说时迟那时快，她就像被踩到了尾巴的猫一样，扑进了叶真生怀里。

“你这是干什么？”雪莉好像感受到了叶真生求助的目光，把夏目晴揪了下来。

“夏目晴看见我就心情不好。”何为笑了。

“为什么？”叶真生问。

夏目晴不吭声，却一个劲地拽着叶真生往外走。

叶真生终于产生了一点好奇心。

两人又一次拉拉扯扯走了好长一段路，夏目晴看看左右无人，只有绿树成荫，这才松了口气。

“那是何医生的桌位？”

“嗯，怎么了？”

夏目晴大口呼吸着新鲜空气：“他们都说我有精神障碍，叫什么PTSD，其实只是失去了一小段记忆而已，强迫我治治治治治，又打针又吃药，还催眠。我看到他就觉得压抑。”

“你是何老师的病人？”

“我一直被迫在长阳医院治疗，起先是高斐医生，后来换了他。有时他俩一起，像审犯人一样审我。”

“态度不好？”难以想象高斐疾言厉色的样子，老实说，叶真生虽然不大信赖何为，却也不觉得他会凶别人。心理医生不都是和颜悦色哄人敞开心扉的吗？

“态度倒很和蔼，但我就是有一种被审讯的感觉。”夏目晴抓紧了叶真生的手臂。

看得出她彷徨无依需要安慰，这回叶真生没有推开她的手。

“爸爸曾经帮我抗议过，后来你猜怎么着？来了两位日方的国际刑警，高斐医生也陪在边上。日方的刑警告诫我和爸爸，说我失去的记忆牵涉到一个跨国大案，我身为国民，有国民必须履行的义务。最讨厌的是他们再三强调药物和仪器对人的身体绝对无害，爸爸也就认为我的感受不那么重要了。”

“跨国大案……”叶真生心中一动，“六·一二爆炸案？”

“叶小哥。”夏目晴甜甜地笑了起来，“这么说起来，我还蛮感激何医生的激进疗法，那让我忆起了你。你是我的救命恩人啊。上次你帮我找妹妹的时候，我就觉得你有一种说不出来的亲切感……虽然你的性格毫不亲切。”

“呃，不好意思，毫不亲切。对了，那个所谓的激进疗法是什么，让你抗拒成这样？”

“简单点说就是模拟现实，带人进入他们安排好的情境。”

“这么高科技？”叶真生吃惊地问。

“本来也不算高科技啦，高斐医生给我做催眠的时候，就经常用语言诱导我在梦里回到爆炸的那一天，还会放点爆炸、哭喊、嘈杂的音频什么的。但都不太成功，老实说人睡着了会梦见什么，可不是这么简单就能操纵的。”

夏目晴说起了这几个月的遭遇，叶真生认真地听着。

“后来何医生来了，先是弄了个CT一样的大型仪器，让我躺在里面接受催眠，后来又嫌催眠效果不好，又加了口服药，很快又加了针剂，怎么说呢，不得不承认何医生有一手，效果很明显，特别是第一次，活脱脱地身临其境！于是，在梦里我看到了你，忆起了你。”

“你看到罪犯了吗？看到了罪犯的动作吗？”杀手妖狐的大名在叶真生心头掠过。

“没。”夏目晴摇摇头，“话说回来，你为什么会在现场呀？你老穿校服，应该不会去购物中心的男装部呀。”

“那时快到父亲节了，大家都在讨论给自家老爸买点什么……”

“看不出你还有这么温情的一面。”夏目晴笑了。

“也不是，本来也没觉得该给老爸买礼物，只是那天之前，也就是十号的时候，好几个人对我说，你就不用参与讨论了，你爸爸那么差劲，你从小到大都没收到过生日礼物吧，也没见你穿过新衣服。其实我并没有参与讨论，只是坐在自己的位置上而已，被人那么一说，反倒想起来了，从六岁到十二岁，我每年都收到了生日礼物，不仅如此，还有儿童节礼物、圣诞礼物——总是装在一只傻兮兮的大袜子里。那些东西对我来说没什么用，我也从不放在心上。”

“嘿，还真是你会有的反应。”

“十三岁起，爸爸把工资卡交给了我，由我掌管家里的开支，那样的东西就再也没有买过。直到高中同学用怜悯的眼光看我，我才意识到，礼物的意义并不限于需求或实用，还有一种精神层面上的价值。这么说起来，逢年过节爸爸也必然会在单位里被同事用怜悯的眼光看着吧，而且他六年以来也没添一件新衣服，呃，我只是在超市里买菜的时候偶尔会想到该添置点汗衫、内裤、袜子什么的……总之，我在网上搜了一下口碑最好的男装店，带了五千块钱的现金去了那个购物中心，说实在的，我爸爸肯定想不通为什么会在现场看到受伤的儿子，毕竟我看起来跟温情二字无缘，对不？”

“嗯。”

“那之后他再没打过我，特别特别生气的时候就自个儿撞墙。”叶真生呵的一声笑了，“我就像个返厂大修过的机器人，他只怕一碰就坏了。”

“你竟然能救回来，真是奇迹呀，我那时心慌意乱，什么也没看清，在梦里，一次又一次回到现场，看了无数遍，才认清你的样子。你流了好多血，被压在钢架下，看起来简直像死了一样。”夏目晴眼圈红了。

“从小健身，科学养生，身体素质好。这种时候拼的就是身体素质。”

“忆起你的那一刻起我就决定马上转学到枫林五中来！”夏目晴的红眼圈里爆出了红心，“我要了解你是个什么样的人，为什么奋不顾身地救我！”

叶真生尽量温和地把她推远一点，淡然答道：“因为我是个好人。”

“别哄孩子似的回答我好吗！”

“人做坏事有千万种理由，但大致上不外乎贪婪、偏执、怯懦、情绪失控或几种兼而有之，说到底就因为是个坏人，所以做坏事。我遇到疑案，一般只对真相感兴趣，不管罪犯心里想什么都无所谓。”叶真生耐心地说，“而相应地，人做好事也有各自的理由，责任感、成就感，甚至只是想出风头。然而说到底还是因为这是个好人。同样是想出风头，搞连环杀人案也能大出风头，对吧？”

“嗯。”

“大家总是不爱听最直接的答案，总觉得简单直接太肤浅。那我就多说几句话吧。我为什么救你，是因为根据我的人生准则判断，救你是一件正确的事，见死不救是一件错误的事。”

“不是觉得我这样的小姑娘好可爱又好可怜吗？”夏目晴用

力转了个身，把裙摆转开，还扮了个鬼脸。

“我以为从昨天到今天至少有五十个多嘴的男生向你科普过我是一个什么样的人，大家都说我不近人情，毫无温情，皮肉里面只有机械的齿轮。”

夏目晴忍不住笑了。

“其实我从不发脾气，讲文明懂礼貌还乐于助人，他们那么说我，只因为我从来不犯错。我从懂事开始说的每一句话都是正确的话，做的每一件事都是正确的事，我明辨是非，真诚待人，所以，大家都说我不像人。连我爸都受不了我。”

“好厉害！我好崇拜你！”夏目晴两眼发亮，双颊发红。

如果换成叶胜英，一定会敲着儿子的脑门说“看你这副不知天高地厚的轻狂相，你这种心态就是不正确的”。

如果换成王梓，一定会老调重弹说“我算是服了你了”。

换成一般人，他们都会笑吧，这世上闹情绪的人比讲道理的人多得多，正不正确在大多数人心里不是什么大事。如果换成高穆，嗯，高穆叔叔对人很好，就算对面是童言无忌的小孩子，高穆叔叔也会认真应答，而这种涉及人生观的话题，高穆叔叔会怎么应对呢？

人非圣贤，孰能无过。知错便改，善莫大焉。

高穆叔叔一定会这么说吧。

严于律己、宽于待人的高穆叔叔，曾经对拔刀相向的歹徒说过类似的话。

这世上，再也不会有比高穆叔叔更美好的人了。

“叶真生，这个周日我又得去做心理治疗，可以请你陪我去吗？”夏目晴拉他袖子。

“唔……”

“你陪我去我就会安心了，求你了。”

“那种治疗……做梦的时候是什么感觉？”叶真生轻轻推开她的手。

“他们管它叫意识解读，美国的科学家也在研究这种技术，想把它用在霍金博士身上。但两者之间有着本质的不同。美国的那种需要被测者集中注意力想一些东西，据说已经可以读取被测者脑中念想的图案，只是很模糊，除非你本来就知道是什么图案，不然看到的只是无法理解的色块和线条。而长阳医院的这个技术是刑事科学技术，也就是说将来投入实际使用时，可能会遭到嫌疑人的主观抗拒。所以打一开始走的就是催眠的路子。被测者会在失去意识的状态下，被引入一个事先设定好的‘梦境’，也就是还原相关案件的现场，然后仪器来记录被测者在睡梦中的自然反应。”

“也就是说，是一种高级测谎仪？被测者一次次返回犯罪现场，自然而然地做出各种反应，无法主观造假。好厉害，这要是能投入实用，可是划时代的技术成就啊。”

“嗯，我只告诉你哦，被测者虽然不能主动撒谎，言行却未必会反应最初的现实。比如说我吧，一次一次被带回爆炸案那天，你知道我有多痛苦吗？明明事情已经过去了，再可怕也过去了啊，现在他们把它变成了一个每周必做一次的噩梦！连最宠我的爸爸都放弃了帮我！所以，我没有必要折磨自己、帮他们把真相读取出来，对不对？”

“明辨是非”的叶真生赞同地点了点头，夏目晴当即得意地卖弄了起来。

“最近这几次，我每次进入梦境就捣鬼。如果人还在家里，我就对妈妈说，不想出门，夜观天象，今日出门必有血光之灾；如果人已在路上，我就闹着说肚子痛，要回家；如果不幸人已在购物中心，我就撒腿往街上跑……既然有一个大爆炸在等我，我干吗非在那儿等着挨炸啊。哈哈，想想医生们能在仪器上看到什么就觉得好笑，数据本来就模糊而费解，我还要拼命蹦跶到处乱跑。”

“这岂不是跟游戏一样？GAME OVER了就吸取教训、从头再来。”

“是很像游戏，只是里面的景物、人物、事物都是真实世界里挪用过来的，叫什么VRAR的……可我那样胡搅蛮缠，事件的发展肯定不会符合真相了。所以仪器记录下来的数据根本就没用嘛，亏他们还在那里加班加点地解读，好蠢。”

“科学家总有点呆的。”叶真生笑了。

“只有第一次……那次根本不知道是梦，身临其境，还以为是真实经历呢。醒来才知道我一直在仪器里面躺着，一切景象都是大脑受刺激产生的幻象。后来啊，我就抱着打游戏的劲头，力争改写自己的不幸遭遇。有一次我甚至见到何医生站在街上。因为是我的大脑编造出来的幻境嘛，我想我应该可以为所欲为的，就大叫一声魔法少女变身，然后飞檐走壁，跳跃如飞，隔老远我还能望见何医生脸上的苦笑。”

“那么俊俏的何医生，你也舍得老跟他作对？”

“哪有，我觉得他长得一般。”

叶真生困惑地歪了歪头。

是抵触感引起了审美的偏差？还是男生女生审美观不同？何老师虽然不像高穆叔叔那样美得耀眼，可毕竟骨子里跟高穆叔叔很像啊。那秀逸的身姿，优雅的体态，清俊的面容，难道不能让女生一见倾心吗？

“喂，你听我说呀。”夏目晴又开始摇他，“当时我觉得好像盗梦空间哦，何医生竟然能通过仪器走进我的幻梦！但那次治疗结束后，我问他现在的科技已经发展到这个程度了？他回答我说，把现实生活的一部分——把他这个人和把爆炸导入幻境，技术上没什么区别。也就是说，在我梦里出现的既不是他本人，也不是他的灵魂，只是他在仪器外进行声波诱导，加上药物助攻，让我接受了‘他在那条街上’这一信息而已。”

“跟道边的树、街头的车、你的妈妈或陌生的行人，本质上没有区别？”

“对，而且这一切都由我的大脑决定，大到整个情境切换，小到一片树叶是什么颜色，以及我遇见的所有人和动物，也包括‘他’，一言一行一颦一笑本质上都是由我自己的大脑捏造的。真正的他只是在控制室里看电脑记录数据而已。所以和盗梦空间完全是两码事。”

“这么有意思，我都想躺进去试一试了。”

“本以为何医生发觉我这么捣乱不合作会生气，没想到若不是我自己说啊，他光看仪器的终端数据，根本看不出我对梦里的他具体做了些什么。”

“以后我每次都陪你去。”叶真生郑重地说。

吔！夏目晴又撩起裙摆转了个圈。

不知道是不是因为有外人陪同，这次的治疗并没有动用传说中的超大型仪器。高斐也不在。何为只是把夏目晴请进咨询室，让叶真生在门外的候诊椅上等着。

叶真生百无聊赖，打开了手机上的电子词典练日语，没过几分钟，就看到王梓和雪莉穿着护工服，有说有笑地走了过来。

看来雪莉的制服收集癖越发变本加厉了。

他俩一左一右在叶真生身旁坐下，聊着叶真生毫无兴趣的话题，好像是要搜集医院里的民俗怪谈什么的。幸亏片刻之后就有一个神思恍惚的人过来要坐。护工当然不能抢患者的位置，王梓和雪莉只得让位。

“我来得太早了。”这个人看起来很憔悴，像患了抑郁症。

叶真生决定给予帮助：“我是何医生的学生，我陪你聊聊天可好？”

王梓吃惊地瞪大了眼，而雪莉捂着嘴笑了。

“那就再好不过了，不然我撑不下去了，心情好低落，好沮丧，连吸气……呼气……都提不起精神……”

“我姓叶，你可以叫我小叶。你呢，你怎么称呼？”

“徐枫。”

“咦，这个名字，总觉得在哪里听过，而且跟抑郁症有关。”王梓在一旁插嘴。

“我的姓和名都很普通，是不是跟你的哪个熟人撞了？”

王梓摇头说：“不是，是公众人物……是谁来着……”

“香港金融地产界有位阔少，容貌俊俏，性情忧郁，人称忧郁小王子，他的母亲就叫这名字。”雪莉展示手机搜索的成果。

“忧郁小王子的母亲，呵……”徐枫发出了苦笑。

“有什么心事，不如跟我们讲讲？”叶真生说。

于是，徐枫倾诉了多年以来的心病。

倾诉和讨论持续了很久，直到何为送夏目晴出来还没结束。

夏目晴高兴地对叶真生说：“何医生觉得我现在心理压力太大，只要做做常规疏导就可以了，就是聊聊天谈谈心什么的，再也不用打针吃药啦。”

“真好。”叶真生暂停分析，对她笑了一笑。

徐枫则对何为说：“何医生，我好像不用继续治疗了，这孩子差不多已经把我的心病解决了。”

Chapter 2

周末的地铁口行人如梭。徐枫久病初愈，身子又向来单薄，缩在石柱后站着，才总算有了些许安全感。

鼓起勇气独自上街的感觉，真是久违了。

从小到大，不知被多少人嘲笑过，像什么多愁善感啦，矫揉造作啦，徐枫不屑跟俗人计较，却也难免心里难过。岳小川还活着的时候，隔三岔五就会叹着气说：“简直就像林妹妹投的胎！没有我，你可怎么办啊！”

岳小川惨死后的第八十三天，徐枫确诊了重度抑郁，没有任何人感到意外。

他死的时刻天色已亮，皑皑白雪映着朝阳。

而徐枫的天一下就黑了，再也没能亮起来。

患了抑郁症的人，便如同情绪之海上漂泊的一叶孤舟。海水时而晦暗如死，时而狂暴如疯，这一叶孤舟并无驾驭之力，只得随波逐流，驶入茫茫绝望。

徐枫离开了发生悲剧的城市，搬到温暖而潮湿的南方。

S市的冬天不供暖气，人际关系也更为冷漠，但徐枫在心理咨询室的候诊椅上交到了意想不到的朋友。

从此人生豁然开朗，明白自己从不孤单。从那天起，试着敞开心扉，试着回应感情，主动追求圆满的幸福。

咚。

大衣兜里的手机发出了提示音。

徐枫摸出来一瞧，果然是恋人发来的短信：错过了一班车，大概会迟到十分钟，抱歉哦。

十分钟而已，特地来致歉，还附带着萌萌的表情图。徐枫心头涌起了一阵暖流。

恋人细致入微地呵护着徐枫脆弱的心。

恋人总是这么贴心，知道哪怕只是迟到几分钟，徐枫也会往不好的方向胡思乱想。

咚，手机又响了。

徐枫急忙把手机举起来，想看是甜蜜的俏皮话，还是温柔的情话。

却是一段微信语音。

轻轻一点，朋友恳切的声音就传了过来。

“嗨，我把你俩的故事改头换面写成了小说，来豆瓣看我的加密日志吧。我又超水平发挥了！啊，当然，你看了要是不高兴，我马上删。没拿到你的许可我肯定不会公开。”

徐枫打开手机app，去看朋友自鸣得意的大作，哪知看着看着，眼中竟浮起了泪光。

* * *

嫌疑人W的奉献

——轮椅上的真探系列之N

这是一个发生在北方的故事。

很多年前的故事。

这年十一月刚到，就下了好大一场雪，纷纷扬扬，持续了一天一夜，直到凌晨才停。

通暖气还得再等十来天，家家户户用起了简陋的取暖设施，像什么电热毯、电暖炉、煤油汀之类的，乡下还有人烧炕呢。

肖枫朝手心呵了一口热气，在积雪颇深的大街上跑了起来。早上没听到闹钟响，睡过头了，想想店长老邓此时会有的表情，就觉得头痛。

唔，其实也不好这么说，老邓虽是个暴脾气，对文静内向的肖枫还是关爱有加的，就算工作上出了什么差错，他也很少对肖枫说重话。更何况，肖枫昨晚睡下时就已经头痛欲裂了。一夜没睡好，正是大清早睡过头的原因。

从租的房子跑到工作的超市只要十二分钟。还好，肖枫看了下表，七点二十九分，没有迟到。卖场的卷帘门已经拉起大半，里侧的玻璃门也解了锁，由于货架林立，商品也摆得满满当当，看不出里面是否有人在。肖枫回头瞧了瞧自己在雪地上留下的脚印，绕开正门，让这串脚印向整栋楼的侧边延伸。

侧门进去首先是杂物间，想想自己肯定是最后一个，而楼里的其他商户自有其专用的出入通道，肖枫就把防盗栅栏门锁死了，然后匆匆跑进了更衣室。

“你怎么来得这么晚！”

老邓果然冲这边吼了起来。

“抱歉，身体突然有点不舒服……”

因为只是把大衣脱掉换围裙，肖枫连更衣室的门都没关，手忙脚乱地将围巾、帽子、提包之类的物件往自己的置物柜里塞。

一般情况下，只要祭出体弱多病的大旗老邓就不会多说什么了。今天却是个例外。

“早上要搞特价大促销你忘了吗？”

“没忘，真的对不起……”

肖枫被气冲冲的老邓拽进了办公室。

室内的煤油汀烧得很热，这让人松了一口气。可无意间瞥到卖场，肖枫的头又痛了起来。

和普通的单位不同，超市的办公室又称主控室，面积很大，和卖场相邻的墙上大半面都装着玻璃，地面也比营业用的卖场高一米左右。也就是说，人站在办公室里，对卖场的状况可谓一览无余。

肖枫瞥见两个同事正站在冷藏架旁指手画脚，交流得很起劲的样子。

卖场也还没通暖气，冷藏架附近该多冷？那两人之间的气氛却那么热烈，简直可以用激情洋溢来形容。

肖枫连心都抽痛了起来。

不论从什么角度看，何川都是如此英俊。

也正是因此，他对着美人充满激情的样子也格外刺眼。

何川是肖枫暗恋了整整四年才修成正果的恋人，然而俊俏的新人似乎即将横刀夺爱。

凭良心说，新来的这个吴阳人不坏，对老邓恭恭敬敬，跟何川亲亲热热，也常和肖枫套近乎，隔三岔五送甜点给肖枫吃。肖枫其实不爱吃甜点，勉为其难地收了几次，后面就一律转手给何川了。一般人想不到何川嗜甜如命，何川也常自嘲，这么魁梧的汉子这么爱甜食，说出去简直丢脸。

可肖枫怎么也不明白，何川总不至于是为了后半辈子都有免费甜点可吃，就去追求吴阳了吧!

肖枫和何川的恋情一直没有公开，怕在单位里影响不好。也不知吴阳究竟是否知情。

总之肖枫对恋人的不满远大于吴阳，但每次吴阳满面堆笑来拍肖枫肩膀时，肖枫总会嫌弃地把那只手打开。

因为总部突然要搞早市大促销，涉及饮料、冷冻食品以及日用品，商品多达数百种，昨晚，每个人都加班到深夜。

“雪还在下！”下班时老邓嘀咕了这么一句，就戴上帽子匆匆走了。

“真的还在下！”何川和肖枫对视一眼，又一起看吴阳。

吴阳笑了笑，比了个“没法子”的手势。

是的，这俊俏的新人是个聋哑人，总部为了完成扶助残疾人的指标才招进来的，有了这个人，公司能省好多钱。

天生残疾或许是极大的不幸，但是出众的相貌却给人笼上了一层浪漫色彩。吴阳虽不能发大财，却也衣食无忧，生活安定有保障。

“雪这么大，不安全，我送吴阳回去。”

何川一边向吴阳打手语，一边对肖枫说。

“你就不担心我吗？”肖枫发脾气了。

“你住得近嘛。再说了，下雪天能见度低，吴阳什么也听不见，很危险的。”

眼见着厚此薄彼已成定局，又见吴阳两手乱摇一副急着打圆场的样子，肖枫火更大了，扭头就走。

风雪迎面袭来。

使人不禁联想起风雪夜归人的诗句，心头尤为凄凉。

肖枫和何川结识的缘起就是一场大雪，现在却似乎要在大雪纷飞的时节绝交了。

四年前，一场突如其来的大雪让话剧社的女主角滑倒受了伤，元旦联欢会的压轴戏眼看不保。新人肖枫挺身而出，说要替女主角登台表演。大家都质疑肖枫哪有演出资格，但最后话剧社的这出“霸王别姬”大获成功，让所有人惊叹不已。从那时起，男主角何川认真记住了肖枫的名字和样貌，而肖枫再也无法淡忘师兄出演项羽时的英姿。

“我真傻，嫉妒会让人显得面目可憎。我明明可以做得漂亮一点，陪何川一起送那个残废回家嘛。只有善良和热心能帮你把男友夺回来，尖酸刻薄只会起反作用。”

想到这里，肖枫握了握拳，又折了回去。

但是，远远望见何川主动地扶住吴阳的手臂走路，不知怎的，就变成了尾随。

看看何川的真面目……也好……

抱着这样的念头，肖枫悄悄尾随了一路。

大学毕业时肖枫其实可以找到更好的工作，为什么进了这家没什么大前途的小超市，就是为了跟何川在一起。

从幼儿园开始就有星探搭讪的肖枫，一直享受着美人的各种特权。同学帮做作业啦，老师在口试时放水啦，连勤工俭学的时薪都比一般人高，可是，各方各面都很顺遂的肖枫，唯独恋爱一直不顺利。总是喜欢上不该喜欢的对象，一次次受伤，直到遇见了何川，才有所好转。

何川相貌堂堂，胸襟广阔，为人处事充满了男子气概，当今社会，这样的男人已经不多见了。大学四年，追他的女生简直能组八支篮球队，甚至还有三个男生羞答答地向他表白了爱慕之情。肖枫的容貌虽然占了优势，却因为生性优柔敏感，在这追求大军中根本混不出头。

幸好何川为人非常正直，不玩弄别人的感情，也从不说伤人的话。肖枫的单相思也因此得以持续到师兄毕业。

可是，近水楼台先得月的好处并不只适用在肖枫身上，超市新来的店员吴阳长得特别好看，天生残疾却又努力坚强，没多久就抢走了何川更多关注。

在吴阳家门口，恋恋不舍的何川热烈地打着手语，肖枫看不懂，忧心如焚。这么说起来，何川当初执意在业余时间学手语，以便跟新同事交流，就已经预示着大事不妙了吧。

“谈”到最后，何川伸手揽住吴阳，在慌乱躲闪的吴阳脸上轻轻地亲了一下。

在黑夜里，吴阳的脸像雪一样白，骤然冒出来的红晕，又像血一样红。

站在暗处旁观的肖枫一阵反胃，好不容易挨到吴阳进门、何川一个人往回走，立刻上前去质问：“你怎么能这样！你这是要背叛我吗？”

“你一直在跟踪我？”恼羞成怒的何川第一次冲肖枫发了脾气，“你这么神经质我也是会累的啊。”

“想抛弃我的话就直说，不要做这么恶心的事。”

“你想太多了，我从来没有想过要跟你分。”

“这样只会害了所有人，你这人渣，到底打着什么样的如意算盘？”

两人在街头压着声音争吵。这种时候还得保持理性、克制情绪，这样的恋爱想想真是悲哀。

肖枫却不知道，吴阳早已打开窗户，将这一幕尽收眼底。

虽然隔得远，听不到争吵的内容，就算隔得不远其实也听不到，因为是聋子，但正因为是聋子，吴阳对肢体语言的理解力远超一般人。

这一夜，其实是三个人的不眠之夜。

“网络出了问题！你还来得这么晚，再过半小时就要开门营业，你说怎么办！”老邓的咆哮声把肖枫的思绪拉回了职场。

肖枫这才明白一向温厚的他为何如此暴躁。

“总部的人也是脑子进水了，特价促销能这样搞突然袭击吗！还说什么这样能让顾客养成没事就到我们店里转转的习惯。现在倒好了，让吴阳去换价格标签，结果收银机扫出来的价格还是昨天的！两百多种商品啊啊啊！就算网络马上修好、收银机能读取到改后价，我们也来不及更换商品架上的标签了！我真该昨天就把改价单打出来，至少先把价格标签换了也好啊。”

“如果把商品的价格标签先换了，收银机扫出来的价格却没变，不是会更麻烦吗？顾客要是在结账时闹起来，就不好收场了。总部也有规定，原则上是要在确认收银机价格已更改后才能去换货架上的标签。”

“嗯……你说得对。”

“我这就去给宽带服务商打电话！”肖枫拿出了行动力。

“早打过了！那边没查出问题。”

“哦，对了，何川不是管订货的吗？他手里那个条码扫描器还中用不？要是条码扫描器还能读取库存数量、向供货商发送订单，就说明宽带确实没坏、路由器也是好的……啊，应该就是集线器的问题了。”

“不中用！”老邓又怨气冲天地嚷嚷了起来，“你没见他正跟吴阳一起手忙脚乱吗！”

“那我去检修集线器？”

“算了，集线器还得爬到桌子下面去看，我去吧。说起条码扫描器，我倒想起来了……”老邓指了指办公桌上的杂物堆，上面搁着个空调遥控器般的东西，只是体积比较大点，这就是条码扫描器了，看上去笨头笨脑的。

“这玩意儿怎么会搁在这里？”

“早坏了，该寄回总部修理才对，幸好我们还有两个……然而此刻一个也不中用……我咋这么命苦！每天早上都得追加的面包就不说了，一周只能订一次货的冷冻食品怎么办？就等着被顾客和总部的人一起骂吧！”

怨妇附体的老邓一边唠叨，一边向肖枫发出了指示：

首先，整理好需要送往总部的收货单及其他文件，外加这台出了故障、已取得总部维修许可的条码扫描器，用飞机盒牢牢地包装好，搁到防盗栅栏门后的长桌上去。快递员一般早上8点来，正是超市最忙的时候，只锁防盗栅栏门、不锁铁门，就不用在百忙之中特地去为快递员开门了。他们自己会把贴着快递单的纸盒从栏杆间掏走。这是不成文的约定。

然后，给总部打电话，告知今早的订货可能无法完成，要等早市的繁忙时段过去，再手写订单发传真。

最后，去库房对昨天深夜送达的货物进行清点。

——店铺的事总是这么杂乱，分工也不明确，肖枫哀叹一声，做起了不擅长的体力活。

大约只过了一刻钟，店内广播就响了起来，老邓让肖枫停止清点货品，改去协助上货。牛奶、豆浆、各种盒装饮料及加工食品是每天打烊时必须丢弃、每天开门前必须上架的货品。

“拿我当壮劳力用。”肖枫嘀咕了一句，却也不敢推托，尽量麻利地把那些货品往平板车上堆，然后推着车朝卖场赶去。

实在是因为太重，也因为肖枫的体力实在差，眼见着卖场到了，平板车的前进路线却不受控制地一偏，撞上了什么东西。随着轰然巨响，肖枫一头栽进了卖场里。

醒来时，肖枫发现自己正躺在一个担架上。店里既有警察也有医生，还有愁眉苦脸的老邓。

“怎么了这是？”肖枫挣扎着问。

警察们个个忙进忙出，老邓只顾叹气，于是守在肖枫身边的医生回答道：“你倒没什么大碍，救护车应该是用不上了，近期有空的话自己上医院做个精密检查吧。你店里的同事还挺细心，说见你倒在开架的冷藏柜旁，今天外面气温又低，担心你冻伤却又不敢轻易搬动，因为也不知道你哪里摔坏了，生怕一动反而害你重伤。结果呢，就把大衣罩在一个长梯子上，做成了简易担架，把你抬进了有取暖器的办公室。”

肖枫往身下瞄了一眼，嗯，果然是老邓的呢大衣。

“这种半吊子细心其实也没啥用。”医生嘿嘿一笑，“你要真是摔坏了颈椎、腰椎啥的，上担架也一样会把你害惨。”

肖枫不由得转动了一下头颈。惹得医生再度忍俊不禁。

“为什么有警察在这里？我自己摔伤警察也肯出警呀？”

“这是因为邓店长跑去看你的时候，发现你身边倒着一个死人。”

“什么？！”

谁死了？！

什么？何川！

而跟何川一起在卖场里的吴阳成了重大嫌疑人。

据说何川的后脑有明显外伤，似乎是某种长方形钝器猛砸所致，但店里却找不到凶器。他倒在距内门仅五米的通道上，发现时间是七点五十分。

事发前，老邓人在库房，正忙着往下一辆平板车上装货，听到肖枫摔倒发出的那声巨响，一开始也没有多想，只是喊了几嗓子问怎么回事，迟迟得不到回应，才赶来查看，遂发现两人一昏一死。

老邓说自己当场就吓呆了，也没注意吴阳的样子，足足愣了好几分钟才想起打电话报警、叫救护车。

由于路况不佳，十五分钟后警察和医护人员才先后赶到。

何川的死亡时间大约在七点三十八分到七点五十分之间。

七点半出头，也就是肖枫开始包装快递盒时，老邓进了卖场，七点四十分不到，老邓把集线器修好了，回办公室打电话叫总部再发一次改价数据过来。当时何川还是活着的，说要搬梯子去，瞧瞧安装在内门上方的桥接器还正常不，没准也只要拔一下电源再插进去就好了。

之后的时间，老邓和肖枫一样都没进过卖场，一直在办公室和库房之间打转，直到事发。因此留在卖场换标签的吴阳成了重大嫌疑人。

还有一个对吴阳特别不利的证据，在店门外聊天的两个老太太说，七点三刻左右吧，吴阳突然推开店门，奋力挥着铲子铲门前的雪。老太太以为是提早开店，高高兴兴想过去，没想到吴阳抬头发现了她俩，当即面色大变跑回了店里。

警方初步推测是吴阳打死了何川，随即发现自己处境不妙，门外的雪地上没有外人的脚印，想撒谎说有外贼入侵都不行，于是匆忙出店扫雪，这样也可以在事后辩称是为方便顾客安全行走。尽管大清早在有员工在的超市里盗窃杀人有点不可思议，但好歹勉强能说通。

可不巧的是，七点四十分起两位老人就一直在店门附近站着，确证这个时段无人出入。

另外，警方还在吴阳的口袋里发现了一张改价单，背面潦草地写着一行字：别告诉小枫。字写得很大，确认是吴阳的笔迹。

由于这是个聋哑人，不肯应答时宛如泥雕木塑，警方请了手语专家，但根本逼不出半点信息。

不知不觉过了中午，大家依然忙作一团，附近的小面包厂来送货了。送货员虽是两个年轻男人，其八卦水准却和两个老太有得一拼。消息飞速地传了出去，一时间，此案成了全城的谈资。

警方在现场没有找到和死者致命伤吻合的实物，血迹和其他痕迹也明显经过笨拙地处理，此案立为杀人案，成立了专案组。

现场痕迹这么多，犯罪嫌疑人的行为无法以常理解释，并始终缄默，不为自身辩白。

可能在大众看来这已经可以定罪了。但警方要把嫌疑人移送检方，这样还远远不够。

案情一时胶着，小道消息满天飞。

谁也没料到，此案直到最后也没能形成有效证据链，吴阳在看守所羁押了很长一段时间，最终因证据不足恢复了人身自由。

案子成了悬案，不过，对于普罗大众来说，对于死者的家属来说，“证据不足”约等于“凶手就是这个人”。

之后的三年，吴阳受尽苦楚，被歧视，被排斥，被孤立，被何川的父母家人几次三番寻仇，终于有一天，不知所踪了。

而肖枫始终放不下这件事。

多少年来，肖枫见到雪就会泪流不止，后来，在心理医生的建议下，搬到了不下雪的南方城市。

S市的冬天其实偶尔也会下下雪，不是那种成片的雪花，而是细小的雪珠，不比人的泪珠大多少。

是的，在S市，肖枫依然离不开心理医生。每次坐在精神科的候诊椅上，都有一种想站起来跳楼的冲动。

只要推开窗跳下去，就能一了百了。

再也不用烦恼，再也不用辛苦地活着。

马上就死掉的话，就保证不会见到今年的雪了。

“嘿，你好。”

一只温暖的手，轻轻压住了肖枫的手背。

明明只是秋季，天气一点也不冷，那肌肤的暖意却如此鲜明、不容置疑地存在着。

肖枫舒出了一口气。

“这儿只是三楼，人要是掉下楼去，多半不会死，只会残。下半辈子只能在轮椅上度过，多可怕。”

“可你自己就坐在轮椅上。”肖枫忍不住反驳道。

手的主人笑了。

这是一个非常清秀的少年，笑起来显得很有礼貌，但是，他的笑容里完全没有愉悦之意。

“对不起。”肖枫喃喃地说。

“没关系，我很坚强。不管事实有多可怕，只要是事实，我就能平静面对。唔，你不问问为什么吗？”

自己是成年人，而且肢体健全，在这样一个残疾的孩子面前自怜自伤，实在是太不要脸了。于是肖枫打起精神问道：“为什么？”

“遇到惨事，坐在原地哭是一个办法，抱住头发抖也是一个办法，只是这些法子都无济于事罢了。”少年淡然一笑，“如果平静面对、理性思考、勇往直前，或许前方就是转机。就算走到最后也没能找到转机，至少心里不会留下遗憾吧。”

肖枫怔怔地望着他：“我以为你会劝诫我，有手有脚，为何不好好爱惜自己，你羡慕还羡慕不来呢，之类的。”

“我不羡慕你。”坐轮椅的少年平静地说。

肖枫真的呆住了。

这少年身有残疾，弱不禁风，却自有一股慑人的气势——不是那种权威的霸气，也不是那种聪慧的锐气，而是彻骨的冷静，冷，像一把手术刀，像手术刀雪亮的刀锋。

面对他的感觉，就好像面对真理。并不是神圣感，并不是妖异感，只是高纯度的理性。

“你是谁？你是什么人！”

“爱看海外刑侦剧的朋友们给了我一个绰号，真探，TRUE DETECTIVE，我还蛮中意的，你可以叫我轮椅上的真探，或者简单点，直接叫小真也可以。”

肖枫迷惘地眨着眼，然后视线下落，落在这少年手上。从来没见过这么干净的手，所以被这手压着也不讨厌，没有被骚扰的感觉。

“你还想跳楼吗？”

“暂时不了。”

“你看，我毕竟行动不便，所以不要哄骗我好吗？”

“不骗你，唔，谢谢你。”

少年把手缩了回去，似笑非笑地说：“我很抗拒肢体接触，那会传播细菌。只有一种情况能让我破例，那就是我断定自己该出手救人的时候。”

“谢谢你。”肖枫由衷地说。

“有什么烦心事吗？还是单纯的压力太大，不堪重负？”

“DETECTIVE的意思是指侦查探案？”

“嗯。”

“我本来就是个不开朗的人，但造成抑郁的病因却是一桩悬案……”

肖枫把自己所知的一切都告诉了轮椅上的真探。

少年听得十分认真，甚至拿出了记事本，写写画画，把超市的平面图都画了出来。超市的格局大致是个“日”字，上口是办公室和库房，下口是卖场，中间那一横上挨着一排开放式冷藏柜，正中央是宽达一米五的对开式内门，可供平板车出入，而负责无线传输信息的桥接器就在内门的上方。

条码扫描器，集线器，桥接器，这些专有名词，少年一个一个地百度过去，一边看手机，一边点头。直到改价单……

“改价单是什么？超市特有的一种单据？”

少年给肖枫看手机屏幕，百度上只有一些淘宝刷单改价之类的无关信息。

“嗯，是老邓当天早上打印出来的商品改价清单，正面是一排排条形码，旁边印着改前价和改后价，拿到收银机那边一扫，就能知道收银机里的价格有没有正确更新。”

“哦，我明白了。”

那胸有成竹的微笑，显示他明白的绝不只是改价单的概念。

肖枫疑惑地问：“这句留言很重要吗？”

“不重要的话，你为什么会追到S市来呢？”少年悠然反问。

肖枫发出了惊呼声。

“你追查吴阳的行踪，一路追查到这里，难道不是吗？”

“是……”肖枫颓然低头，“你怎么看出来的？”

“南方的城市那么多，而我们S市明明会下雪啊。况且你也说了，你一直放不下这件事……”

“我想知道，所谓的‘别告诉小枫’，究竟指的是什么事！”

“可你找到了吴阳，也没敢前去接触。”

“我不是不敢……那就是个哑巴，什么都不会说的！”

“好吧，那就让我来为你指点明路吧。”

这张纸是商品的改价单，是当天早上打印出来的，所以这行字必然是事发前后写的。

据警方的笔迹鉴定，这行字的确是吴阳写的。

聋哑人写字，自然是要写给别人看。

那么，吴阳是写给谁看的呢？

何川已经死了，就算没死，他也懂手语。

留言的内容是“别告诉小枫”，自然不是写给肖枫看的。

所以只能是写给邓店长看的了，不是吗？

“啊，竟然这么简单！”肖枫跳了起来。

“你只要去问问邓店长，应该就能知道真相了吧。他可不是聋哑人，没法装聋作哑。”

“为什么我一直想不到，为什么连警方都没想到……”

“警方应该是觉得留言的内容和案件真相无关吧。他们当然能推断出这句话是写给邓店长看的。又或许是邓店长给了警方合理的解释。总之，吴阳身上的疑点太多了，有没有这张纸都影响不了什么。”

“可是，听你这口气，难道这句话偏偏和真相有关？”

真探再次露出了恬淡的微笑："我认为邓店长其实知道真相。"

老邓的电话已经五年没打过了，肖枫拨号时手直发抖。

"你……真的有勇气面对真相吗？"

"有！我终于明白了，我痛苦的根源是真相不明！不管真相多可怕，只要是事实我就可以平静面对。"

真探轻轻鼓掌。

然后，电话接通了。

肖枫深吸一口气，用颤抖的声音说："邓店长，还记得我吗？我是肖枫。事隔多年，我终于想通了一件事，你应该知道那天早上的真相呀。"

"啊，我不……"

"邓店长，难道你要沉默一辈子吗？"

"可是……"

"所谓的别告诉小枫，究竟指的是什么事？"

"吴阳已经被伤害了这么多年，好几次，差点儿被何家的人杀死。如果我现在说出来，那一切牺牲都失去了意义，除了伤害你，不会有别的意义。"

"吴阳……不是凶手吗？"

"不是，我跟警方也说过很多次，不是。"

肖枫用探询的目光看着真探。

少年慎重地点了点头。

"邓店长，对于我来说，最大的伤害就是真相不明。不管真相多可怕，只要是事实，我就能平静地接受、积极地面对！"

"为这件事付出一切的是吴阳，只有吴阳本人能决定该不该对你说。”

邓店长挂了电话。

“可是，可是……”肖枫的眼中又浮现了泪花。这双泪眼楚楚可怜地看着真探，“可是吴阳什么也不会说的呀。”

“我也知道真相。”少年淡然说道。

“让我面对它！”肖枫尖叫起来。

“没有人想故意害死何川，但何川的死亡确实是某个人造成的……”

“谁？谁！”

“你。”

肖枫愕然瞪大了眼。

“这个事实，你有勇气面对吗？”

肖枫没有坐倒在地哭泣，也没有抱住头发抖，他呆了很久，最终以一种平静的口吻问道：“可以为我解说一下？”

“我很高兴你战胜了自己。”少年点点头，条理分明地解说道，“何川死于七点三十八分到七点五十分之间。在这段时间里，没有店员以外的人出入卖场，而你和邓店长也没进去过，显然在物理层面上只有吴阳能杀害何川。以此事实为基础，分析一下邓店长的态度，你会看到两个不合理之处。首先，邓店长坚信吴阳没有杀人。他能当一店之长，应该不是个糊涂人，不可能只听一面之词就相信唯一有杀人机会的吴阳不是凶手。其次，邓店长仅凭‘别告诉小枫’这句话，就立刻决定与吴阳联手向你隐瞒某项事实。吴阳是聋哑人，邓店长又不懂手语，他们如何只凭一句话就达成了协定？只有一种情况能解释这两个疑点，那就是案发现场清晰地显示何川并非死于吴阳之手，清晰地显示何川的死与你有关。”

“他总不至于是为我自杀的吧？不是自杀的话，我又是怎么害死他的呢？我压根儿就没进过卖场啊。”

“你的话只说对了一半。清醒时的你确实没进过卖场，但在失去知觉的那一瞬间呢？”

“你的意思是……”

“还记得邓店长的证词吗？他修好集线器、使收银机开始正确工作后，何川说要搬梯子去拔一下桥接器。你看看我画的这张平面图，桥接器在什么位置？”

“内门上方……啊，难道他当时人正在梯子上，被我推着平板车一撞……”肖枫骇然掩住了嘴。

“电光石火的一瞬间，惨祸发生，目睹了这一切的吴阳措手不及。不过，最初的惊慌过后，吴阳立刻决定保护你。于是有了那句写给邓店长的话。而现场的平板车、翻倒的梯子和梯子旁的尸体，也令邓店长瞬间相信了一切。你是一个多愁善感、为些许小事就会心碎神伤的人。他俩都担心你可能会想不开。你跟何川的恋情，其实他俩都看出来了吧。吴阳匆匆出门扫雪，想做出遭到打劫的假象，发觉已有顾客等在门外，只得放弃。后面的事我就不太清楚具体分工了，总之他俩尽量收拾了现场，寄掉了‘凶器’，在最关键的梯子上罩上呢大衣，把你放在上面，做成了临时担架，这样一来，旁人很难想到这梯子在惨祸中起了重要作用，还能破坏掉可能会在梯子上留下的、指向真相的痕迹……”

“等一下，什么叫作寄掉了凶器？”

“你想想，何川的致命伤，是不是跟条码扫描器的形状正吻合？”

“啊！”

“为了能尽快确定插拔电源是否有效，何川爬上梯子时身上应该是带着条码扫描器的。连梯带人摔倒时，条码扫描器从他身上飞出，而他的后脑不幸撞在了那上面，他就那样死了。吴阳抑或是邓店长，把擦去了血的条码扫描器放入快递盒，替换出原来那个有故障的，神不知鬼不觉地寄到了总部。由于总部事先已得到汇报，说店里会寄一台条码扫描器过去，初期自然无人起疑。”说到这里，真探歪了歪头，“后来，警方按理会追查超市发出的所有快递件，只是机器已被总部送回工厂，或维修，或报废，上面的痕迹早已被破坏殆尽，所以才叫形不成证据链。有证据，有很多，却形不成证据链，难怪警方和家属死咬着吴阳不放，不甘心呀。”

“真相竟然这么简单？”

“是的，真正的杀人凶手，手法也往往很简单，三分手法，七分运气嘛。顺便说一句，快递员八点来收件，而警方是在邓店长报案的十五分钟后，也就是八点十分之后赶到的。老邓说他吓呆了，其实未必，或许只是确保机器被快递员带走，故意推迟报警。”

“因为找不到制造出致命伤的物件，警方坚决不肯排除他杀可能。这些年吴阳可遭了不少罪！”

“没错。”

“吴阳为什么要这么做？没有道理！没有道理这么爱护我呀。”

“人家喜欢的是你，你感觉不出来吗？”

“咦！咦？怎么会……”

“吴阳一直暗恋你，从来没喜欢过何川。你想想人家送你的小甜点，还有那些让你觉得恶心的套近乎的举动。你想想，人家是对何川态度不错，可有过半点暧昧的意思吗？就连你尾随那次，人家也只是对何川的示爱慌乱躲闪啊。”

“咦！咦？可是我只喜欢男人，只喜欢帅哥，我不可能回应她的爱啊，虽说她确实生得俊俏……”

“你可以试试。”

“这怎么试！”

“说不定你是双性恋呢。”

“我怎么可能是双性恋嘛！”

肖枫羞红了脸，一个劲地跳脚，忽然静了下来——

真探那张线条清晰、情绪匮乏的脸上，确凿无疑地浮现了促狭的笑容。

“啊呀，难道我真该去试试？”

“嗯，祝你幸福。”

* * *

并没有幸福。

极致的幸福过后是更深的痛苦。

徐枫的眼泪，一滴接着一滴，掉在手机屏幕上。

然后，迟到的恋人终于来了。

在汹涌的人潮中，王阳总是这么耀眼，附近的男人们纷纷投以惊艳的目光。

发现徐枫在看她，王阳开心地挥着手，随即打起了徐枫早已学会的手语。

“老公，我好爱你呀！”

Chapter 3

敲门声响起，叶胜英刚巧在门边，就打开了门。访客的拳头险些敲中他胸口，反倒吓了一大跳。

“叶大叔，您这身手可真是非比寻常的利落啊。”

“王梓，这么多年了，你还没学会按门铃。”

两人对视一眼，一起笑了。

“真生不在，只能用垃圾食品招待你了。”

叶胜英请王梓在长沙发上坐下，摆出了可乐、薯片之类的零食和饮料。

叶大叔虽然脾气不好，但并不是爱搭架子的人，平常还蛮有幽默感的，所以这番言行还算挺自然？可是王梓看得出他在强颜欢笑。

“高穆叔叔……情况不好？”

“咦，你怎么知道我刚从长阳医院回来？”没等王梓回答，叶胜英又道，“他情况还行，康复得不错，最近又兴致勃勃搞一个脑科学方面的项目，就在刚才，还硬拉我参观他的成就——听人说梦话，噢不，精确点说，是听昏睡的人在梦里说的话，不是真正出声的、边睡边说话的那种。听起来好玄幻是不是？”

又来了，强颜欢笑的感觉。王梓无比清晰地感受到了这个男人心底的痛苦。

“我入秋后一直在长阳医院打工，刚才亲眼看见您在三楼控制室。”

“啊呀，答案原来这么简单。”叶胜英哈哈一笑，“对了小王子，今年父亲节你给你老爸买了什么礼物？”

“刮胡刀。”

“有什么讲究？”

“因为是每天都用的东西，用的时候能想起儿子的孝心？之类的吧。”

“哎，这么有深意。”

“叶真生从不给您买礼物是吧？不过今年他打算买的，我听他提过，只是不巧那天商城里大爆炸，礼物也炸没了……”

两人对视一眼，一起叹了口气。

“小王子，你说我明年父亲节还有盼头吗？”

“那还用说。明年他肯定会给您买个特别豪华的。”王梓一边说，一边从书包里掏出一沓厚厚的打印纸。“新作，请叶大叔不吝赐教。”

叶胜英草草翻了一遍，心烦意乱，看不进去。

“这么糟糕吗？我还觉得我这次写得特别好呢。采用了一种全新的手法……”

“这个肖枫是男是女？”

“咦！”王梓发出了惊呼声。

“你在所有该用人称代词的地方都不嫌累赘地用人名，尽力回避‘他’和‘她’，所以，你是想掩藏人物的性别，误导读者，对吗？”

“对，叶大叔，这种手法叫叙述性诡计，现在呀，写推理小说不来点叙述性诡计，简直都不好意思跟同好打招呼。”

叶胜英哦了一声，显然毫无触动。

“没想到被大叔您一眼看穿！”

“嗯。”

“大叔，您猜猜，这肖枫是男是女？吴阳呢？”

“肖枫男，吴阳女。”

“我，我算是服了您了……”

“我随便列几点，即使只是在更衣室脱大衣，老邓也不能跑到女员工那里吼吧，肖枫若真是女员工，再匆忙也应该会关上更衣室的门。还有，除非实在安排不过来，店长一般不会安排女员工干那么多体力活，当天明明有个烦琐但不需要体力的活儿：改标签，安排给吴阳做了对吧？”

王梓点点头。

“所谓的公开恋情怕影响不好，也是这个理，同性恋，不能公开。文中几次三番讲到何川对新人照顾有加，大雪夜更是执意护送其回家，厚此薄彼，自然也是因为新人和肖枫男女有别，女孩更需要照顾。还有四年前那场话剧，周围人质疑肖枫没有资格替代女主角出演，演出成功后大家还惊叹不已，这反应也未免太夸张了。自然，其实是因为肖枫是男生嘛。对了你还特别强调追求何川的人里既有女生也有男生……还要我再列下去吗？”

“要！每一处伏笔都被人看出来，才是作者的幸福！”

“你误导读者相信何川和肖枫是一对男女情侣，而何川似乎对俊俏的新同事动了心。那么两人争吵的那段就有点奇怪了，什么叫‘这样只会害了所有人’，一个男人喜新厌旧，移情别恋，严格来说只有被抛弃的那个才是受害者，同性恋骗女人结婚倒是会害得三个人都陷入不幸。话说回来，何川去追求吴阳也不仅是因为她长得漂亮吧，聋哑人，好糊弄，好控制，管不了丈夫……不是吗？他倒是真的不想和肖枫分呢。”

“所以肖枫理解了吴阳的深情后，完全没有心理障碍地去找她了。何川的死并不是他俩之间的阴影。”王梓点头。

“完美结局？”

“完美极了，真人真事，有原型。”

“哦，是这样啊，对了王梓，说正经的，你把你早前写的那个笨蛋警察的角色砍了，这一点我不反对，可这少年神探越写越像我家真生，你不觉得不自在吗？”

“不觉得。”

“你写小说是为了讨小月亮欢心吧？你不怕小月亮看了你的文章迷上我家真生呀？”叶胜英笑了。

“她本来就喜欢叶真生，我已经放弃她了。”

“可你喜欢了她好多年啊。”

“那时年纪小，不懂事。”

“说得来你好像现在年纪很大似的……”

说到这里，叶胜英突然意识到，王梓真的和以前不一样了。

他脸上的棱角变得更鲜明、下巴上也隐隐透着青，就连清朗的少年音，最近都开始沙哑起来了。读高中的孩子，目前正处于男孩至男人的转变期，隔几个月看就大不一样了。

chapter 4

这年冬天S市降下了第一场雪。

极细小，极轻柔，似柳絮，如杨花。

S市的雪，从来没有豪放过。

在雪中，有人发现了一具男尸，惊慌失措，冲进了最近的派出所。

由于很快就排除了他杀可能，并没有惊动市局的刑警队，以自杀结案了。自然也没闹出大新闻。

所以，徐枫的死讯，是王梓告诉叶真生的。

“他怎么可能自杀？”叶真生睁大眼。

“或许是抑郁症复发？”

“不会吧，前阵子，你不是告诉我他把女朋友的肚子都搞大了，正喜气洋洋准备结婚？”

“话是这样没错，但抑郁症也可能毫无预兆就复发吧？只是那个聋哑女好可怜，痴痴守护了他那么多年，好不容易修成正果，现在又竹篮打水一场空了。你说她怀着孩子怎么办哦！”

“什么事都归结到抑郁症上，也未免太方便了。我不相信徐枫会自杀。”叶真生斩钉截铁地说。

“照你说，该查？”王梓的推理癖发作了，摩拳擦掌。

可惜现实生活并不是动画片，并不会有刑警上门来请教。事件的详情该怎么打探出来呢？王梓只是偶尔在微信上和徐枫聊几句，既不知道他的住址，也不知道他的工作单位，除了一个手机号码，加上王阳这个聋哑女的真实姓名，别的就一概不知了。

“看来，我们只能雇私家侦探调查了……”王梓有气无力地趴倒在课桌上，嘟哝着说，“难道我们不是传说中的高中生名侦探，跟外面那些主要业务内容为寻找走失宠物、跟踪出轨男女的LOW货不一样？”

“私家侦探会不会很贵？要多少钱？”叶真生显然没有名侦探的自尊心，此时的表现活脱脱是个买菜不忘货比三家的主妇。

王梓愤愤然白了他一眼。

“虽说见过真人，生活里却没有交集，其实跟网友也没多大区别，我们还不如发动人肉搜索。”

这么接地气的主意终于让王梓抓狂了：“你倒不如发挥一下你的特殊优势，找熟人……来，跟我说，咱局子里有人……”

于是叶真生从善如流地回家找爸爸。

“我有个认识的人最近自杀了，但我确信他不会自杀，能帮我查查不？”

“家属报案了吗？”叶胜英头也不抬地看着手机新闻。

“因为他是死在路边，所以是行人报的案，一开始不知自杀他杀，也不知身份，搞得警察叔叔忙碌了好一阵。”

“既然如此，那排除他杀可能的结论应该是慎重可靠的，不用我出马了。”

“但派出所可能会搞错吧？或者，为了追求破案率什么的，命案能推就推、能赖就赖……”

“任何行当都难免有害群之马，这一点我不否认。但是，你现在毫无根据地臆测人家出错、渎职、违法，你觉得合适吗？”叶胜英瞪了他一眼。

“爸爸，你帮我去那家派出所瞧一瞧，你瞧过了，我就放心了。真的，我保证我不打听细节。”

“坦率地说，去翻查人家已有定论的东西，就算我是上级单位的，也挺不好的，会得罪人。”

“我可以把这个人的事都告诉你，你听了就知道他没道理自杀。”

“好吧，哪家派出所？”

“昨天王梓打他微信，对了，他叫徐枫，没想到接起来的不是他本人，而是西城区大桥派出所的警察，这才知道徐枫自杀身亡了。但详细情形警察不肯说，也懒得听我们多唠叨。其实嘛我们也没觉得一定要警方查，自己查也是可以的，只是苦于无从着手。”

“别胡说，你们看的那些小说里常写的，什么去询问家属、去纠缠左邻右舍、去套同事朋友话，这一类的，严格点说都是犯法。小孩子家家胡闹什么！”

“所以还是要爸爸出马。”

“只此一回。”

叶胜英从手机的通讯录里调出大桥派出所的电话号码，打了过去。开头他还皱着眉，一副不情不愿的样子，问着问着，眉头舒展了开来。

“怎么样？”好不容易等他东拉西扯聊完家常收了线，叶真生急忙发问。

“看来用不着我出马了。真是巧，高副巡视员当天刚巧在大桥派出所督导工作，事实上也正是因为他在场，排除他杀可能、确立自杀的结论才下得那么果断。”

叶胜英露出了志得意满的笑容，仿佛在说“你看，就算你信不过别人，难道你还信不过你高穆叔叔”？

唔，叶真生也觉得自己实在是没有理由怀疑高穆叔叔会在这种小事件上带领一群警察一起出错，可又没法服气，一时间，视线游移不定。

“咦，那是什么？”他的视线落到了沙发前的茶几上，那是一沓厚厚的打印纸。

“哦，王梓的新作，请我看的。”

叶真生拿起来翻了翻：“你看了没，这就是以徐枫为原型写的小说？”

“稍微翻过一下……”

“你仔细看，仔细看了就会明白这人没道理自杀。”

叶真生硬把父亲按坐在长沙发上，硬把那沓纸塞进他手里。大概是因为儿子很少主动碰他，叶胜英有点受宠若惊的样子，接住了稿纸，并没有推辞。

叶真生挨到他身边坐下，怕他半途而废、耍花样脱身，又伸手按住他的大腿。

……或许是因为最近失眠得太频繁，不知不觉，竟睡着了。

期间恍惚醒过一次，发现自己已趴在父亲腿上，背上罩着父亲的外套。

在家里，这种马虎、不协调的睡法，记事以来还是第一次。他一向都是穿着正规的睡衣端正地躺在床上从十一点半睡到清晨六点的。

话说回来，现在几点了？夜色似乎很深了，四下俱寂，只有叶胜英缓慢地翻动纸张的声音，一下，一下，又一下，怎么看了这么久，是看了好几个小时吗？

偶尔，那轻轻翻动纸张的右手会落下来，以更轻更柔的动作抚一下叶真生的脑袋。

放在平时，叶真生一定早就严词抗议了。只是空调实在开得太暖，又恰逢他平时熟睡的时段，感觉实在是太困。虽然知道长沙发上常有客人坐，细菌肯定很多，还有讨厌的烟味，不，不知道为什么，长沙发上的、爸爸外套上的、身上的烟味，好像也没那么讨厌了。

他又睡着了。

这回睡得很沉，醒来时天已蒙蒙亮，本以为老爸必然会倒在长沙发上，跟儿子睡得乱七八糟，没想到他依然维持着原来的姿态，坐着。打印纸已经放回茶几上了，老爸嘴里咬着一支没点燃的烟，翻来覆去地咬着。

从蒙眬的眼里望出去，在朦胧的天光里，这个男人眉目深邃，鼻梁挺秀，面庞与下颌的线条几近完美。有浅浅的胡茬冒出了阴影，这使他平时的英气和干练打了折扣，看起来有几分邋遢，有几分疲惫，甚至……透着愁苦。

从叶真生记事开始，老爸好像就没有真正开心过，可是，最近他显然是愈发苦闷了。

“你醒啦？小说我仔细看了，男主角最后确实像是得到了幸福的样子。但是，抑郁症患者这样草率停药其实挺危险，王梓和你可能好心办坏事了。那医院的医生也真是的，不提醒患者一声。”

“提醒了，何老师把我们训斥了一顿，又劝说……差不多算是强迫吧，又强迫徐枫接受一个为期半年的新疗程。”

“难怪你坚决不信徐枫会自杀了。”叶胜英疲惫地吁出了一口气。

父亲已经操劳过度，还硬把他工作范围外的案子塞给他，真的好吗？

“之前我也听大桥派出所的兄弟说了，死者有个怀孕了的未婚妻，正在筹备婚礼什么的。是有点可疑。总之我去和高穆谈谈，再亲自跑一趟吧。”

“谢谢爸爸。”叶真生干脆利落地说。

那只厚实的大手，却带着显而易见的迟疑，小心翼翼地，摸了摸他的头。

三日之后，叶胜英回来告诉他阅卷心得——徐枫自杀的结论正确无误。他也就没再追缠下去。这是他事先承诺的：只核查结论，不过问细节。他只是觉得，父亲好像更憔悴了。

咒 灵

联结篇

chapter 1

万全的准备之后，叶真生按响了眼前的门铃。

来应门的正是他的目标人物：法医张伯伯。

这家的女主人是长阳医院的护士，今天值夜班。独生女在省城上大学。也就是说，此时张伯伯一个人在家。

“张伯伯，我有两个人的血样，想请您比对一下DNA。”叶真生开门见山地说。

“不行，这种事必须要当事人委托。一方要查，一方不同意，还查不成呢。”

意料之中的回答。

哪怕是打官司分财产，当事人也有权利拒绝亲子鉴定，只不过法院的判决会向另一方倾斜而已。

于是叶真生胸有成竹地补充道：“其中一份是高穆叔叔的，他肯定不会反对——尽管他目前并不知情。您可以事后去问他。”

“另一份呢？”

叶真生本身是不爱通融的性格，完全不觉得张伯伯有义务为自己徇私，因此大言不惭地撒谎：“我自己的。”

老张的两颗眼珠子都快从眼眶里掉出来了。

叶真生决定乘胜追击：“我怀疑高穆叔叔才是我爸爸。”

老张的嘴巴顿时变成了O型，足足塞得下一个大号电灯泡。

“这种事胡乱猜疑、四处侦查也不好，还是查一下DNA比较放心，您说是吧？我爸爸和高穆叔叔目前都不知道我这点小心思，您要是帮我验出来，这两份血样的DNA毫无亲缘关系，这事就算过了，从今往后我再也不会想起。就算真的验出了关系，我也会在第一时间把报告销毁，绝口不提DNA的事，只会对他俩旁敲侧击。您总不希望我现在疑心生暗鬼，去找人刺探、打听吧？”

“别的都是虚的，你别没事整出事来。”老张的嘴巴总算恢复了说话功能，“成本费一千两百块，没法加急，你这违规的件，得等我找找机会。一两周后给你结果。”

“张伯伯，大恩不言谢。”

叶真生打开书包，想掏血样出来，手却直发抖。被老张看在眼里，连连叹气。

自己的冷静和淡漠是人尽皆知的，也难怪张伯伯感慨了。

他胡乱掏出了一大堆学习用的杂物，最后才在记事本的封套里挖出了沾血的餐巾纸和创可贴。

礼貌地道谢、道别之后，他回到了自己家，像往常一样做饭洗衣，运动健身，温习功课，十一点三十分准时合眼，次日六点准时起身。

吃过早饭，他再次前往张家。这回应门的也是他的目标人物：女主人陈阿姨。

张伯伯大清早就上班去了，刚下夜班的陈阿姨一个人在家。

“咦，小叶子？”

“阿姨好，我昨天好像把文具盒落在这儿了。”

两人一通翻找，果然在鞋柜的角落里找到了文具盒。

叶真生再一次彬彬有礼地道谢和道别，回到自己家，把门窗锁死，向艾苓老师发短信说身体不适请半天假，然后打开文具盒，掏出了藏在夹层里的录音笔。

十二小时连录，内容大部分是没有意义的杂音和闲话。只有半小时左右的、实质性的对话。

“老婆，你知道吗？小叶子今天来找我，说他怀疑自己是高穆的种。”

“你说啥？！”

“老实说他不说我是没想到，他说了我想想好像真是那么回事啊。你跟他妈妈宁巧真曾是同事对吧，你说她性格跟小叶子像吗？”

“不像不像，宁巧真又娇又嗲，跟小叶子一点也不像。”

“老叶就更不像了，那暴脾气，火药筒似的，一碰就炸。所以你看，小叶子这文静内敛的脾气，不，这孩子就没脾气，你看这没脾气的样儿，像谁？”

“没错，像高穆！”

“我现在竟觉得这孩子长相也像高穆。这孩子容貌秀气，我们都说是宁巧真遗传，可气质又英气，我们又说是老叶的基因。可你想想，高穆不就是这种秀气中透着英气的长相吗？”

“死老头，你都快说服我了，不过，高穆进市局工作的时候小叶子已经两岁多啦！非不为也，是不能也。”

“可高斐是你们长阳医院的医生，工作前也是军医大学的学生，高穆中学、大学时，也不止一次上长阳医院玩呀。”

“有道理！”

“啊！”

“怎么了？”

“我突然想到宁巧真的死……”

“她不是被人贩子集团的歹徒报复、杀害的吗？”

“其实不是，当时老叶带着我们几乎把那个集团连窝端了，追查一千多公里，掀出了十几条线上百个据点……其实是村民报复杀人。”

“什么？！”陈阿姨发出了怪叫声。

“你让我没了老婆，也没人帮我生孩子了，自己倒娇妻爱子地爽着，所以拼着同归于尽，也要让你后半辈子都不爽，大概就是这样的理由吧。赶到现场时凶手已经自杀了，我们也就只能在卷宗里写上这样的推测。”

“这、这种事亏你这么多年守口如瓶呀！”

“那还用说，这种事本来就是不能外泄的职业机密，传出去影响很坏的。”

“可你现在又对我说了？”

“因为我实在是太想说了啊！啊啊啊啊啊！当年那案子我们特别艰难，明明线索一大堆，却总是在关键的地方断线，好几次自以为的神机妙算都落空，伏击失败更是有几十次，过程中我们折了五位兄弟的命，所以到宁巧真的时候，大家都已经麻木得没有办法起反应了，那个现场呀，啊，我不能告诉你，当时小叶子啊，啊，我不能告诉你！”

“你这什么毛病你……”

一阵古怪的杂音之后，老张的声音像连珠炮一样响了起来。

“我非说不可但是又不能说，我好难受，现在想想，我操，我上了老叶的当！他的痛苦太真实了，我竟完全没有怀疑他。他的锥心之痛未必是因为宁巧真的死，也可以是发现自己最宠的小兄弟跟他老婆通奸，甚至让他喜当爹了不是吗？当时那桩大案搞得人仰马翻死伤无数，趁此机会弄死老婆和孽种，想栽赃也方便。毕竟离婚的话既不能解恨，又会把面子丢光……说起来，那个杀人的手法，说村民报复是说得通的，说接盘侠报复也说得通啊，这是机密，真的是机密，老婆，我只能死死捂住你的耳朵对你说，那么恶劣的现场，我们队里所有人都被恶心到了，到处是血，还有污秽和粪便。宁巧真曾是那样出色的一个美女，尸体却肮脏不堪，她的腹腔被利刃大幅打开，小叶子的头被硬塞在里面。后来我们发现，其实子宫也被彻底撕裂了，像一张扭曲的皮覆在小叶子脸上，堵住了他的口鼻，仿佛是凶手的宣言：你不该出生，回你娘肚子里去……”

突如其来，一阵笛声响起。

叶真生这才发现自己已经汗流浃背，冷汗甚至从指尖上滴了下来。

他站起身，茫然地转了两圈，才找到笛声的来源。

床头的闹钟出了故障，不知怎的，在上午九点响了起来。

他把闹铃按掉，继续听老张捂着老婆的耳朵才敢一吐为快的秘密。

交给张伯伯的血样，是高穆叔叔和何老师的，再怎么查，也不可能查出自己和高穆叔叔的亲子关系来。真是对不起张伯伯，亏他发挥出了这么恢宏的想象力。

可是，张伯伯说到了妈妈的事。

那么可怕的事。

……溺水的记忆是幻觉吗？因为真相太可怕，所以大脑决定用溺水的幻象替换掉自己差点被妈妈的子宫闷死的事实吗？

即使听张伯伯绘声绘色描述当年的现场，眼前也没有景象浮现出来。

保护得真彻底。

自己总是很好地爱护自己，真不错。

叶真生对自己的大脑表示满意。

> “现场，老叶只瞧了一眼就晕倒了，现在想想未必不是凶手的伪装。在一群警察面前，晕倒是最安全的做法嘛。我们都被现场的残酷和血腥震住了，大家都认识宁巧真，还有好几个暗恋她的，所以没有办法迅速反应过来采取措施。是高穆，那时他进市局还不满一年，竟然没有惊慌失措，他冷静又麻利地把小叶子救了出来，那么脏的孩子，脸上都是尸体里的秽物，他一边泼茶水

洗，一边吮孩子的嘴，毫不嫌弃，毫不犹豫，后来又给孩子做人工呼吸，可以说没有高穆的话，小叶子绝对半分钟内就死，救护车来也没用了，现在想想，那可能真是他的种，亲的……”

这么可怕的经历，一点都想不起来，听得再仔细，也没有丝毫真实感。叶真生多少年来念念不忘的，只有高穆叔叔温暖的怀抱啊。

按张伯伯的说法，高穆叔叔对年幼的他做了嘴对嘴吮吸，舔出了堵在口鼻与喉间的血污，可是他的唇舌丝毫没有忆起那样的触感，反倒清晰地想起了洗脸盆旁的往事，高穆叔叔拿一块手帕覆在了他嘴上，给他做了安全卫生的人工呼吸。

真实和幻觉可以混淆到这个地步吗？

这么多年了，他一直坚信人工呼吸要在防止交叉感染的前提下做，因为他觉得高穆叔叔的任何做法都不会错。没想到这只是大脑捏造出来的假象？

张伯伯实在没必要捂着老婆的耳朵撒谎，他是亲历者，他的话可信度极高，而且也从侧面解释了叶胜英为什么总是回避妻子的死。

终于，音频结束了，叶真生面不改色地站起来，走进厨房，拿菜刀背用力一敲，录音笔就成了碎片。他打开水龙头，把这些碎片倒进水池附带的垃圾粉碎机里研磨，很快碎片就被水流冲得一干二净了。

这天下午叶真生还是如约去了学校，虽然自觉沉着冷静，但艾苓老师还是一脸担心地问他身体是否吃得消。

他回答说可以，艾老师却把他推进了医务室。

卫生老师给他喝了一杯热水，让他在床上躺下。真是的，这样还不如留在家里，还能看看新闻洗洗衣服。

也不知过了多久，何为进来拿东西，后来叶真生才知道那是借口，是艾老师拜托人家来的。

“哪儿不舒服？”

“其实还好，只是遇到了不大开心的事。”

“我还以为没有任何事能让你觉得开心呢。”何为笑了。

“嗯，对，精确点说，是遇到了不太满意的事，心里不畅快。”叶真生也报以礼节性的微笑，“我遇事遇人，一般就分成满意和不满意两种感觉。”

“什么事让你这么在意？”

“说起来，跟您还有那么点儿关系呢。”

这人绝不是好糊弄的人，叶真生必须说点实在的，只好把徐枫的死说了。

何为认真听完，说：“有过抑郁症病史的人自杀，十分自然。并不是说生活幸福婚姻美满加上及时就医，抑郁症就一定能痊愈的。不过，听你说了这么多，我倒是觉得，就算杀人凶手不存在，把徐枫逼上死路的罪魁祸首还是存在的。”

“谁？”

何为的嘴角微微向上翘起——这是一个带着邪气的表情，似笑非笑，非常迷人。

这种时候，没有任何人会说他和高穆有相像之处。

“究竟是怎么回事？”

“我没有义务告诉你呀，小、叶、子。”

“咦？”

“虽然我俩是在聊天没错，可是，没有哪条法律规定你提出疑问，我就必须回答。你说对吗？”

“……对。”

“好孩子，你是个讲道理的好孩子，比大多数成年人更明理，老师好喜欢你。”

如果换成一般的男生，大概已经起了一身鸡皮疙瘩；如果是女生的话，早就又羞又恼地叫起来了吧。然而这些反应都是叶真生无法理解的。

他淡然地、近乎麻木地看着何为越凑越近，没做任何反应。

“老师可以给你一个特别的提示……”

何为用额头抵上了他的额——肌肤相亲，这在叶真生的容忍范围之外，说时迟那时快，他双拳齐出，砰的一声，击中了对方的胸膛。何为身体晃了一晃，却没有向后摔倒，这让叶真生更疑惑了，就凭自己卧推一百公斤的臂力，对方即使不至于当场肋骨骨折，起码也得摔个跟斗吧。

“再过十来天，就是12·24了，这日期有点意思，不是吗？”何为若无其事地继续原来的话题。

“什么意思？”

何为取出手机，打开本市的地图，随手拨大又拨小，最后终于戳中了上面的一个点：“你看这里。”

叶真生不明所以地看着他。

“12·24下午2时，也就是当天的14时……你看，这串数字多有意思？”

叶真生并不觉得数字的组合该用“有意思没意思”来评价。

“如果说这是时间的‘点’，然后地点嘛在这里。”何为把手机地图放大，让叶真生足以看清图上的街道和建筑物，“在这时空的交叉点上，我宣布，那个让徐枫走上死路的罪魁祸首会当众毙命！”

“呃，何老师，您要是喜欢用这种神神道道的口气逗学生玩，就该去教小学生。”

“真是一点童心都没有，像个老学究。”何为展颜一笑。这样看起来，他又是平常那副老好人的样子了。

chapter 2

放学后，叶真生带着微妙的心情回了家。

往常叶胜英总是不在，这天却偏偏在家。

叶真生想起法医老张的“树洞”——虽然张伯伯的想象力未免太丰富，其内容中不乏前后矛盾、逻辑不通之处，但叶真生看到爸爸的脸，还是有一种难以面对的尴尬感。

“嗨，小叶子。”

客厅里传来了意想不到的招呼声。

啊，高穆叔叔。

“叔叔您好，欢迎您来我家做客。”

“这话说得真是规范之极。”高穆从长沙发上起身，不太满意地说，“却未免缺了点人情味。”

"不要忽略他脸上的微笑，可能在你看来也太规范，但是……"跟在叶真生背后的叶胜英半开玩笑地说，"刚才他进门看到我，脸就板了起来，听到你的声音才眉开眼笑。真是一秒多云转晴，你还有什么不满意！"

"那我可受宠若惊了。"高穆哈哈一笑，握起叶真生的手，把他拉到自己身前。

叶真生轻轻噫了一声。

"果然，才十二月中旬，数九寒天还没到，我就穿起羽绒服了，有点怪，对不？"

"没，我只是想呢大衣可能更衬您的气质。"

"羽绒服比较轻便又比较暖嘛。"

可是，人明明在开着空调的室内，冬至也还没到，并不是隆冬时节，您的手却冷得像冰一样——叶真生真不想说，之前的一瞬间，脑中想的竟是这个高穆叔叔可能是何老师假冒的。

坐在空调间里穿着羽绒服，手却依然缺乏暖意，真的跟何为好像啊。可是这样的臆想显然逻辑不通。

如果高穆和何为是同一个人，那只能是高穆乔装成何为活动。考虑何为乔装成高穆的可能性，就等于承认何为是一个独立的个体，跟高穆各有各的主见了。

"高穆叔叔会在咱家住一段时间，你有意见吗？"

叶胜英话音刚落，还没等叶真生回答，高穆就发出了惊讶的声音："这怎么好意思，早知道你有这打算，我今天就不过来玩了。"

"我睡客厅，把卧室让给客人住，不会打搅你太多。"叶胜英对儿子说。

“等一下，你不要这样自说自话……”

“你那狗窝也有脸让高穆叔叔睡。”

这回，叶真生和高穆几乎同时开了口。大家一起笑了。

凭良心说，叶胜英把卧室里能换的日用品都换了，收拾得还不错。于是高穆说必须享受一下这懒汉难得的劳动成果，可以留宿一晚。

一宿无话，到了第二天早上，叶真生走进厨房就呆了一呆。太阳从西边出来了，叶胜英居然是做好了早餐才出去上班的。

“土豆上还沾着皮，青椒块掰得七大八小，一共就两个煎蛋，一个还破了黄……”

“不，他一共煎了三个，那个焦了。”高穆笑了起来。

大清早看到这么亲切的笑容，就算是叶真生，也不由心里一阵松快。

“这么好笑吗，高穆叔叔？”

“嗯，之前我劝他别做早饭，我一来他就这么勤劳，小叶子会抱怨爸爸厚此薄彼的，不要惹小叶子不满。你猜他说什么？他说你看到他做的早饭一定会不满地抱怨，但内容肯定不会是抱怨爸爸厚此薄彼……”

“呃。”

高穆夹起一筷子青椒拌土豆，送到叶真生嘴边：“尝尝，很好吃的。”

这种长相的青椒土豆……可是，叶真生不想破坏眼下这亲昵友好的气氛，只得硬起头皮吃了下去。

“唔！”

“怎么样，好吃吧？”

“嗯。”

“做菜并不是做化学实验，草率一点也没关系。”高穆温柔地说。

“可是，高穆叔叔，小时候您做菜给我吃，就拿天平称分量呢，可精确了。”

“那时候的事你还记得呀？我嘛，因为没有育儿经验，不免紧张过度，一不小心就搞得有点教条主义了。不过归根结底，是因为你爸蛮会做菜，而我不大会做。”

“咦？是这样吗？”

“当然，严谨也有严谨的好处，你把你爸照顾得那么好，每年的体检报告，你爸的总是最棒的。你要是怀念高穆叔叔用天平量出来的菜，改天做给你吃呀？”

“嗯，好。”

“你爸爸说，他不做饭也不洗衣服的原因是不想惹你不满。本来我还想这渣男居然可以这么厚颜无耻地胡扯……难不成是真的？”

“真的。他洗衣服比切菜还马虎，我总得重洗，更烦。”

高穆哈哈大笑。

说是说只留宿一晚，事实上却住了一周多。高穆的生活习惯非常好，克制、内敛，又特别随和好说话，叶真生完全没有生活空间被冒犯的感觉。只是，最近也渐渐明白爸爸为什么硬拉高穆叔叔来住了。

光用眼睛看，也看得出他的身体衰弱不堪，尽管他从不叫苦，因疼痛而失眠的夜里也只是静静躺着。他畏寒、乏力、饮食极少……幸好这病况并不是日复一日地恶化，而是明显有好转。

“唉，那讨厌的医生用药太猛了，本来我只是半年期满、循例去复查而已。那心狠手辣的医生，还有脸说是我姐的老同学，使劲推销进口药，副作用又那么大，我基本上就是被药害惨了！”

这么大的牢骚，看来没事。

因为只是药物的副作用，所以停药后身体渐渐好转——合乎逻辑。

叶真生放心了，每天帮他做营养五餐，好让食欲不振的他少食多餐，保证营养。

“啊，今天是个特殊的日子。”十二月二十四日到了，是个周六。

“咦，小叶子也过圣诞节？”

“没，我从小就觉得圣诞老人纯属无稽之谈。”

“是呢，你爸爸曾在单位里诉苦，说你要求他必须说出一个合乎逻辑的理由——为什么礼物要装在巨大的、完全不能给人穿的、没有实用价值的袜子里？”

“呵，我真是从小就不可爱。”叶真生淡淡地说。

“今天是十二月二十四日，圣诞节前的平安夜，除此之外，还有什么特殊意义吗？”

有个神经兮兮的老师说今天下午两点某处会死人，但是，由于我怀疑这老师是你乔装的，所以我不能把这事直接说出来。话说回来，这如果不是一个玩笑的话，想让这话应验，老师就必须在现场做点什么，既然如此，我何不满足“你”呢，如果“你”就是他的话。

“高穆叔叔，陪我出去逛逛街好不好？”

“也好，出去转转我感觉或许能好点。只是我最近精神不好，可能要你多照顾我。”

叶真生先查了地点，精确定位在闹市区的某银行大堂。然后，不动声色地带着高穆去那一带逛了起来。

下午一点三刻，两人准时经过那家银行的大门。叶真生装模作样地瞥了眼门前的广告牌，用非常自然的语气说：“咦，这个理财产品有点意思，高穆叔叔，进去瞧瞧行吗？”

“小小年纪就研究理财产品？”高穆笑了，并没有异议。

走进银行，叶真生直接叫来大堂经理，跟他谈了起来。什么一直在买的是某某宝啦，稳妥有余可获利太少啦，看中了门外广告牌上倾情推荐的理财型保险啦，简而言之，说得头头是道。

期间也密切关注高穆的动向——他只是很有耐心地陪在一边，似乎并没有偷偷做什么手脚的意思。

想想自己还真是无聊，多好的休息日，跟喜欢的人在一起，老是疑神疑鬼干什么。真希望DNA的鉴定结果快点出来，好让自己安心。

世界之大无奇不有，没准，这世上就是有这种身体像、脸不像的陌生人呢。

因为是周六，银行里人挺多，都在抱怨窗口动作太慢。叶真生默默地想，过了两点就走，不如拉高穆叔叔去看电影。面对眉开眼笑的大堂经理着实无趣，就在这时，突然一声枪响，一个声音大叫道：“抢银行！都趴下！谁报警谁死！”

四个蒙面的歹徒冲进门来，提枪就射，打伤了好几个哭闹的人，于是大家都老老实实趴下了。

两个人开始搬运柜台的现金——看来也不是什么大能人，只是不知道他们怎么搞到的枪。

剩下的两人提着枪镇守。

“大哥，你看这女孩腿中枪，不送医院可能有生命危险。你们也不想闹出人命吧，放受伤的人出去就医好不好呀？”叶真生平和的语声打破了沉寂。

“臭小鬼，你以为我们蠢吗？”歹徒的回应是也给了他大腿一枪。

“蠢啊，用枪打伤人，还扣着伤者不放，会变成杀人犯啊。”叶真生压着腿伤，忍着痛跟他们讲道理。

“这小鬼有完没完……”

趁歹徒分心发脾气，高穆猛地从地上蹿起，一拳，一肘击，放倒了两个看守的歹徒，那两个搬钱的歹徒还没来得及转身，高穆已经连开两枪，一枪一个，随即把这些人脱手掉地的枪都踢得远远的。

银行中喧哗大起。

“我是警察，不要慌！”高穆拽起保安，让他们帮忙控制歹徒、叫救护车、报警、疏散人群。

就在这混乱中，失血过多、疼痛不堪的叶真生敏锐地抓到了不祥的端倪。是什么！是什么！伤痛让他几乎无法思考，但他终于还是抓到了头绪。

笛声。

是笛声。

轻快的笛声如梦似幻，泉水般跃动。

这种地方为什么会响起笛声？已经没有余力研究了。

爆炸声骤然响起，而叶真生用尽全力把身边的女孩推开。

一大堆杂物夹裹着钢架压住了血流不止的他。

“小叶子！”

高穆扑到他跟前，拼命想把他拉出来，然而他俩随即发现，除非立刻锯断他的下半身，不然根本不可能。于是高穆又转为呼救，想叫人合力搬开压在他身上的重物。

这些该死的歹徒，被保安铐起来了还在耍花样。居然不惜把自身也炸进去。

“天！早知如此就该不计后果地枪击他们的要害！不过小叶子，不要怕，现在我已经把他们彻底捆起来敲晕了。”高穆的语速很急迫，但声音还算镇定。

“不，不，不妙，不对劲……”

“小叶子，不要怕，你再坚持一会儿，我就把你挖出来了。”

“可是两点还差几分钟，笛声还没停止，啊，好吵，好吵，我耳朵要被吵聋了……”

“就算是小叶子，也毕竟只是个孩子呀。”高穆显然听不懂他的话，以为他吓破胆开始胡言乱语了吧，“听着，小叶子，高穆叔叔在这里，保证能救你出去，保证。只是还需要一点时间。镇静下来好吗，跟着我，深呼吸，对，深呼吸，你要珍惜自己的体力，尽量让自己状态平稳些。”

反复的深呼吸也不能让震耳欲聋的笛声停止，这笛声就好像一群大黄蜂，往叶真生的脑子里钻，钻得他意乱神迷神志不清。或许是失血过多造成了大脑缺氧，世界正在离叶真生远去，一切都在渐渐变得虚妄。

但是，高穆的话语和深呼吸毕竟还是让叶真生冷静了下来。

在意识渐失的迷雾中，他用最后的气力，轻轻地说：“我猜，还有一个炸弹马上要炸。”

“什么！还有一个炸弹？”高穆失声惊问。

银行中的人群顿时骚动起来，争先恐后地往外挤，保安们也放弃控场，只管逃命了。

银行的玻璃门本来算是很宽大的，架不住人多，一时间，人群挤作一团，挤出去的人还没有摔倒和挤伤的多。

“其实也未必是炸弹，我也不知道，我只知道危险还没解除，危险在后面，我不知道，高穆叔叔，我好困啊……”

高穆的两手戴着白手套，此时早已血迹斑斑，帮他的人全都跑了，很明显他不可能凭一己之力把沉重的钢架搬开。

“高穆叔叔，您走吧，安抚一下大家，好歹多带些人出去。”叶真生合上眼，沉静地说，“这是最优解，不会有错。”

“小叶子……”

“别留在这里做无谓的牺牲。”

“小叶子，我……”

“根据我的判断，这是您应该做、必须做的事。”

“嗯，你说得对。”

随着这句代表着永别与决绝的话，一双冰冷而濡湿的手捧住了他的脸。

强烈的血腥味。

是高穆叔叔为救他流的血。

双方都已经尽力了，所以，就算是死亡结局，也没有错。

别了，高穆叔叔。

这件事解决得不圆满，但我心里没有遗憾。

今天的你如果不是正在养病的你，结果或许会不一样。

我只是运气不大好。

生活毕竟不是拍电影，叶真生用手捂住紧闭的眼，任由眼泪将手心打湿。如果是拍电影，主角们就会争论着“你先走，不，我不能”之类的陈腔滥调双双活下来吧。

他听到了高穆和众人的争执声，听到了时钟的敲击声，听到了血从自己的身体里飞速流失的声响，这一切都混乱不堪，听不真切。唯一明晰的是那奇怪的笛声，越来越嘈杂，轰鸣不断，像一台庞大的机器，笼罩了一切。

是谁在那里哭泣？

是小月亮吗？

那是痛惜着什么的、少女的哭声。

“酷いよ！酷すぎ……”

一句清晰的日语冲入他的耳膜。

哦，不是小月亮。是了，最近跟小月亮没什么来往了。

那是夏目晴的泣诉声啊。

半年多前，六月十二日的时候，也曾发生过一桩爆炸案，当时的夏目晴，就是哽咽着低语：“酷いよ！酷すぎ……”

Chapter 3

厨房里，叶胜英把土豆切成两厘米见方的正方体，然后，皱着眉不情不愿地把不规则的部分丢进了垃圾桶。

再取出绿豆芽，切头去尾，每根都弄得一样长。

这么做是不是太过火了？

儿子虽然不止一次抱怨他做菜马虎，可是，好像也没见儿子胡乱浪费食材啊。

管他呢，难得的平安夜，过火一点也没关系。

叶胜英把油倒进量杯，用精确到个位数的方法，对菜谱进行了教条主义式的拙劣模仿。

“咳咳，我有重大事项要宣布……”

这样的开场白也未免太臭美了吧。还是收敛点好。

“其实也不是什么大事。我，我正式调岗、离开刑警队了。从下周开始，可以按时上下班，更好地照顾儿子，照顾兄弟……”

嗯，前半段说得不错，后面一不小心就肉麻起来了。得改。

“我本想去装财科混吃等死，局长一口否决。也是，去年局长为了让我高升副处，出了不少力。副处总不能去装财科当着科长混吃等死。所以呢这阵子我是很痛苦的，也考虑过实在不行就辞职……”

究竟为什么要把单位里的人事变动说得这么详细啊！有谁爱听吗？略过略过。

“我这把年纪，既担心跳出来找不到合适的工作收入大减，也担心儿子大好的医疗保险从此没了着落。幸好今天局长主动找我谈心，说思来想去，决定调我当办公室副主任。平时做做事务性的行政工作，但遇到大案要案也得为侦查出力。我操，这是局长吗，这简直是亲爹啊……”

糟糕，又漏出流氓腔了。

时髦浪漫的平安夜，就算不夹点洋文意思意思，至少也不该说脏话吧。

叶胜英一边炒菜，一边煲汤，一边来回打腹稿。

虽然确信儿子是不会吃他一口菜的。但是，吃不吃是儿子的事，按儿子的口味做菜，是爸爸的心意。

“这是我准备的圣诞礼物，不许笑，我已经退让一步，放弃我的大袜子了。圣诞节和装在大袜子里的礼物，是我这个乡下人从小的憧憬，知道都是城里人玩剩下的。但是，请至少理解我这一次，我这个乡下人心目中的浪漫……”

给儿子又添了个蒸汽火车模型，精密而老派的机械美，感觉和儿子很搭，虽然并不觉得儿子会喜欢。儿子对礼物向来不屑一顾。在不解风情的儿子眼里，物品只分成“用得上”和“不需要”两种。

不过，自从五年前悄悄攒零花钱给儿子买车头开始，积累到如今，车头车厢铁轨沙盘已一应俱全，模型的型号也挺丰富了。真希望未来的某一天，儿子面对开动起来的小火车，浮现出真情流露的笑容。

男娃，就应该喜欢玩模型不是吗？

今年的平安夜大餐要招待高穆，所以也给高穆买了礼物。高穆嘛，不管心里对礼物是否中意，脸上一定会露出开心的表情说谢谢的。

想到马上就能看见高穆明朗的笑脸，叶胜英心头松快了些。

哎呀，天都快黑了，怎么还不回来呢。

他解下围裙，站到窗前。

不知何时起，外面飘起了细雪，嗯，这样就再完美不过了，白色的平安夜。

他朝高穆的私号拨了电话。

还是不通。

八年前拿到的这个私用手机号，前后只打了三次。今天拨打的次数，都超过八年间的总和了。

“真是的，又怕冷，又没力气，这下雪天偏还要在外面逛到天黑……”

门铃响了。

“不是给了你钥匙嘛，就懒成这样？啊，是不是给我买了好大的礼物，手里都快拿不下啦？”

叶胜英一边唠叨，一边打开了门。

chapter 4

叶真生从昏迷中醒来时，发现自己在病房里。天花板和四壁都是他中意的白色。

何为正坐在床边，以一种十分奇妙的眼神看着他。

“12·24，是6·12后又一个6·12的意思？”

“是啊，老师好喜欢这样的数字游戏哦，简陋又直接。”

“您知道六月十二日发生的事？”

“是啊，每一个看报纸的人都知道啊。”

“我爸爸……”

“他遭受了重大的精神创伤，正在住院治疗。不知道是你先康复去楼上探视他呢，还是他先康复来这里探视你。”何为脸上又一次浮现了那种似笑非笑的表情，“我现在是你的代理监护人，警方指定的哦。”

抗议也不会有用，因此叶真生不作声。

“给你看一些好东西。”何为把手机打开，侧躺下来，跟他头挨着头。这一回，叶真生臂上插着输液管，没办法推开他。

“这可是你爸爸都看不到的绝密资料哦。”

“对我说话的时候，麻烦最后一句不要用语气词收尾。”

何为毫不介意地说了声好，打开手机里的视频播放了起来。

叶真生只瞧了一眼，眼就睁大了。

越往下看，眼睁得越大。

这是出事银行大堂内的三个监控摄像头、银行外的五个街道摄像头、十七个群众的手机摄像头拍下来的视频，时间跨度为三分钟，全方位、多角度地展示了高穆警官的死。

高穆在叶真生背后的杂物堆下挖出了第二个炸弹，那是一个设定为两点整爆炸的定时炸弹。此时离爆炸只剩八十五秒，别说歹徒已被敲晕了，就算醒着，也来不及强迫他们解除了。

高穆显然一眼就看穿这炸弹不可能顺利拆除，直接举在手上让银行里的人群让道。然后，大街上的摄像头接续了下去。他冲到街上似乎才意识到这里是闹市区，熙熙攘攘，满是行人，还有大量车辆，川流不息。在这种地方发生爆炸，就算炸不死几个人，也会惊吓车辆和行人，引发严重的伤亡事故。

高穆该怎么做呢？

天网的摄像头只录下了画面，但有几个手机录下了声音。

“我是警察！”

他亮出了警察证，大声呼喝，让人群避让。

然而转身就逃的人并不多，还有不少人围了上来，念叨着“哇，拍戏吔，好走运，这是哪家的新人，好靓”之类的话。

确实，不管从哪个角度拍，俯拍，斜拍，穿着便服的高穆都俊美极了，优雅极了，真的……好像在拍电影。

叶真生静静地看着。

只见高穆迅速掏出枪，鸣枪示警，总算让群众后退了一些。

视频太模糊，看不清他的表情，但他的肢体语言显示了他的决心。说时迟那时快，他脱下羽绒服，罩在炸弹上，然后合身扑了上去。

本应是惊天动地的爆炸声，但在手机里，只听到了噗的一声闷响。

然后，本应是鲜红色的血，黯淡地、灰扑扑地淌了一地。好多人摔倒，好多人围了上去，好多只脚踩进了那血泊里。

果然是绝密资料，只有专案组的警官才有权浏览的第一手资料。即使是长阳医院的医生，也没有权限接触这种东西吧？而且，还拷了出来，还给未成年人看……

叶真生静静地看着屏幕，并没有看枕边的人——即使这人一直在边上唠叨，完全没有旁观者该有的礼节性沉默。

“いいね、最高、絶賛、凄い、素敵、素晴らしい……”

这人嘴里冒出来的，尽是这一类的日语词，语气轻快，近乎轻佻，仿佛无数弹幕在屏前自以为是地飞过。

叶真生会日语，确实每一个词都听得懂，却只想骂他是不是脑子进水了。

但是，展示这些视频也好，说这些奇怪的日语词也好，很显然是想捉弄叶真生。如果他轻易被激怒、情绪失控，就正中这变态的下怀了。

“麻烦您说中文。”

“噢，替高穆蜀黍点赞，噢不，点蜡。”

“麻烦您，说规范的普通话。”

“啊，懂了。高穆警官，生得光荣，死得伟大，现已在烈士陵园安息，正所谓死得其所。”

……头一次，叶真生发现，自己竟然会因为一种名为愤怒的情绪，气得浑身发抖。

刚巧在这时，敲门声响了。

“谁这么不识相，打搅我和小叶子的大好时光。”带着这种玩笑般的轻佻语气，何为跳到门边，打开了房门。

叶真生这才意识到，这病房条件出奇的好，不仅供他专用，还分里间外间。门也不是敞开着供医务人员随意出入的。

“小何，听说你是小叶子的代理监护人？”门口传来法医老张的声音。

“嗯，是的。这孩子身心受创，大家都觉得我这样的心理医生监护他是最合适的。”

“本来嘛，他在半昏迷状态中死死抱着你的腿，一个劲儿地叫‘高穆叔叔，救我’……谁也不忍心硬把他拖开，是不？”

“也是，所以，这段时间就由我好好照顾他吧。”

“这孩子本来托我办了件事，现在结果出来了。可是，我不知道是不是应该告诉他本人。”

“怎么了张哥？”

“坦率地说吧，这孩子怀疑他自己和高穆有亲子关系，所以交了两人的血样给我做DNA比对。”

“哎，和高穆警官……亲子关系？”

“不论结果是有还是没有，我都不会太惊讶，我也有义务只通知他本人，替他保住隐私，可是啊——”老张叹了口气。

“可是？”

“DNA检测的结果让人费解，我认为这孩子对我撒了谎。我吃不准他是什么意图，所以打算把结果告诉你，身为监护人，又是心理医生，你应该能保证守住秘密，并且设法刺探他、矫治他吧？”

“能。”何为严肃地答道。

“DNA的检测结果是：认定同一。”

老张的语声中透出了深切的茫然。

虽然叶真生和对话的两人之间隔着一堵墙，可是，不知道为什么，他产生了一种被蛇盯住的感觉。

一只青蛙被一条蛇盯住的感觉。

这是一年的最后一天，S市又下了雪。叶真生住在中央空调严格控温的医院里，并不是街头卖火柴的小女孩。他手里也没有点燃的火柴。然而眼前的墙似乎正在渐渐变得透明，墙那边的何为，正不动声色地回头望着病床的方向。

知乎问答：

有一个谢耳朵一样的朋友是一种什么样的体验？

腹筋少女写道：

前排抢答！

我哥们儿Y，神人，奇葩，JP（此处非贬义）。

他老爸不让他跳级，不然早就是博士了，绝对的。目前还屈居在高中学他早已了如指掌的东西……

呃，不好意思本人也是高中生，没错，学历低，年纪小，拉低了贵知的逼格（抠鼻）。

他爸对他说，跳级没意思，你该有个像样的童年，和每个同龄人一样，实在闲得慌就打游戏去吧，听说打游戏既费脑子又费时间。哎妈呀这叫和每个同龄人一样？！

所以每逢我老爸对我说“你看别人家的孩子”Y同学，我就反唇相讥说“你看别人家的爸爸”Y大叔，有奇效。

如果他真去打游戏那可真跟谢耳朵一模一样了！

你们猜对了，他没去打游戏。

他去健身了哈哈哈。此处与谢耳朵有本质区别。

健身又费时间，又费精力，脑子再灵也没法投机取巧，于是成功填补了他课余生活的空白。

至于效果嘛，嘿，过百赞我就爆他照，此君肩宽胸大腰细臀翘腿长颜值高，看了包你不吃亏！看了包你不上当！

妈的，转眼三百赞了，服务大众，给你们看一张挥汗如雨穿着运动紧身衣的。

点儿正吧？不好意思不能露正脸，光看侧脸，看那鼻梁，看那睫毛……哦，我虽然名字叫腹筋少女但我是男生，我只是想泡有腹肌的少女。

不，我是直的，我是直的，我是直的，重要的话说三遍。

Y君擅长所有运动项目，除了沾水的……旱鸭子哈哈，这一点跟谢耳朵一样。

初中开始半马，去年高一，参加了全程马拉松，是本市年纪最小的选手，得了第四吧好像，今年本来是有希望争铜牌的，可是，唉，闹市区爆炸的事你们都知道吧，他那天在现场，紧急关头推了身边的女的一把，自己被倒塌的钢架压住，现在还躺在医院里。

即使能再站起来，也绝对跑不了马拉松了。

哭。

这么说起来，确实跟谢耳朵不太像啊。算了，大家点“反对+没有帮助”好了。

不想删。

我把这里当日记本写下去吧。

纪念我的哥们儿Y君。

评论区里惊现校友，禁止认亲，禁止认亲，禁止认亲。

神马！是老师？！不是同学吗……求放过！

真希望Y君快点好起来。

小时候他特讨厌，大事小事都看不惯，随时随地教训人。后来总算被他爸给打服了。老实说每次看他被揍我心里都暗爽。

文静，干净，成绩好，家务全包，Y大叔算是活活打出了一个楷模般的乖儿子。但他那样子看起来总有点可怜。

不过，我跟他做朋友并不是因为可怜他，怎么说呢，跟他在一起我确实经常生闷气，他的明智和正确几乎时刻都在反衬我的不明智和不正确。但我知道他没有显摆的意思。

他这人吧，缺乏正常的心理需求，缺乏正常的情绪。就算你在他最敬爱的某叔面前直接指出他的低级错误，他也不会生气，还会对你说谢谢咧（虽然事实上他并没有犯过任何低级错误）。总之，他完全意识不到自己的某些言行是在践踏别人的自尊心。

……我也不是没有自尊心。

我只是渐渐想通了，尊严这玩意儿不是靠恼羞成怒和嘴硬维持的。谦虚好学，勤勉奋进，让自己变得更优秀，自然会得到更多尊敬。

Y君让我变成了一个更好的人。

Y君，注定是我一生的好友。

你们看，这些是他历年来送我的好东西。

安耐晒小蓝瓶。理由：阳光中的紫外线是皮肤老化、劣化的根本原因，还有致癌风险。（我一看价格……这么贵真的可以收吗？后来被我妈抢去用了，喂，那是儿童防晒霜好不好！）

飞利浦超声波电动牙刷。（壕就一个字，我只说一次。）

一整套学习笔记的复印件。（还手把手辅导我进了区重点高中……）

还有，我跟他说再拿钱砸我就绝交，于是他做了一个月的爱心便当给我吃，啧啧，比我妈的黑暗料理强出三百倍不止。

好吧，你们都看到了我对Y君的一往情深，但是！他对我没！感！情！

我怀疑他对任何人都没感情。

他送我礼物只是因为看我的样子不顺眼，并不是因为他对我感情深。任何人有需要他都愿意满足，只要他办得到。

不，他从来没在地铁口施舍过钱，倒曾经抓过几十个骗子扭送派出所……你们以为当一个永远正确的人那么容易吗？这需要极高的智商和武力值啦。

对了，想起一个笑话，有一次，其实就是去年，我班里几个女生神秘兮兮地谈论什么生理痛，不能吃冰啊要多喝姜糖茶啊什么的，他过来串门听到，回头就送了人家一盒芬必得，这TM就有点尴尬了。

场景回放如下：

女生甲：“我妈都带我看医生了，什么都没查出来。医生就知道开止痛药圈钱。”

女生乙：“可不是！而且我每次都拉肚子，这究竟跟肠胃有什么关系啦？真是搞不懂。”

女生丙：“痛得快死了，我爸还说我矫情，我上医院都不肯陪。真是的，男人根本没法理解女人的苦。”

Y君：“伴随腹泻症状？那应该是前列腺素分泌过多吧，布洛芬抑制一下就好，听医生没错的。”

在场的同学：？？？

然后隔天他就买了盒芬必得……

女生当然不会收啦，还联名告他性骚扰。

我的班主任脸都绿了！

好吧，我们这位年轻的女老师大概是想不通女人痛经的原因为什么会是“前列腺素”这么奇怪的东西……然后她也觉得自己被冒犯了……去教导处告了……去校长室哭了……

后来怎么收场的？下次有空再写。

啊，几天没来，过五百赞了，好神奇。

再爆照一张，待会儿就删。

看到没，这么清秀端正的一张脸，充斥着性冷淡的气息好不好！怎么可能会去骚扰女生。

Y君，一定会好起来吧。

真怕他下半辈子在病床上度过啊。

在这一年的最后一天，请大家陪我一起为他祈福吧。

后　记

好心的读者大概都能猜出来，叶真生死不了，他这才要开始坐轮椅。轮椅上的真探第二乐章，会以双生灵为题材，讲述一些诡奇的故事。

话说回来，这本书到了结尾处，反而抛出了更大的谜团。这使人感到不适……还是跃跃欲试呢？

我为大家准备了一些缓解不适的措施。一是随书赠送的书签，签上藏有解谜的线索（线索也可以通过清晰的推理自行得出）。二是，我打算在微博的私号上连载下一本书的始动篇，以解主线的燃眉之急。

http://weibo.com/xelly

衷心感谢大家的阅读。

我写得很开心，希望你们也看得开心。

图书在版编目（CIP）数据

犯罪者的七不规范 / 张舟著. -- 北京 ：新星出版社，2018.7

ISBN 978-7-5133-3013-8

Ⅰ. ①犯… Ⅱ. ①张… Ⅲ. ①长篇小说－中国－当代 Ⅳ. ①I247.5

中国版本图书馆CIP数据核字（2018）第057283号

午夜文库
谢刚 主持

犯罪者的七不规范

张舟 著

责任编辑：王　怡
特约编辑：王　萌
责任印制：李珊珊
装帧设计：Caramel

出版发行：新星出版社
出 版 人：马汝军
社　　址：北京市西城区车公庄大街丙3号楼　100044
网　　址：www.newstarpress.com
电　　话：010－88310888
传　　真：010－65270449
法律顾问：北京市岳成律师事务所

读者服务：010－88310800　service@newstarpress.com
邮购地址：北京市西城区车公庄大街丙3号楼　100044

印　　刷：北京玥实印刷有限公司
开　　本：910mm×1230mm　1/32
印　　张：14.125
字　　数：192千字
版　　次：2018年7月第一版　2018年7月第一次印刷
书　　号：ISBN 978-7-5133-3013-8
定　　价：48.00元